唐宋诗词名家精品类编

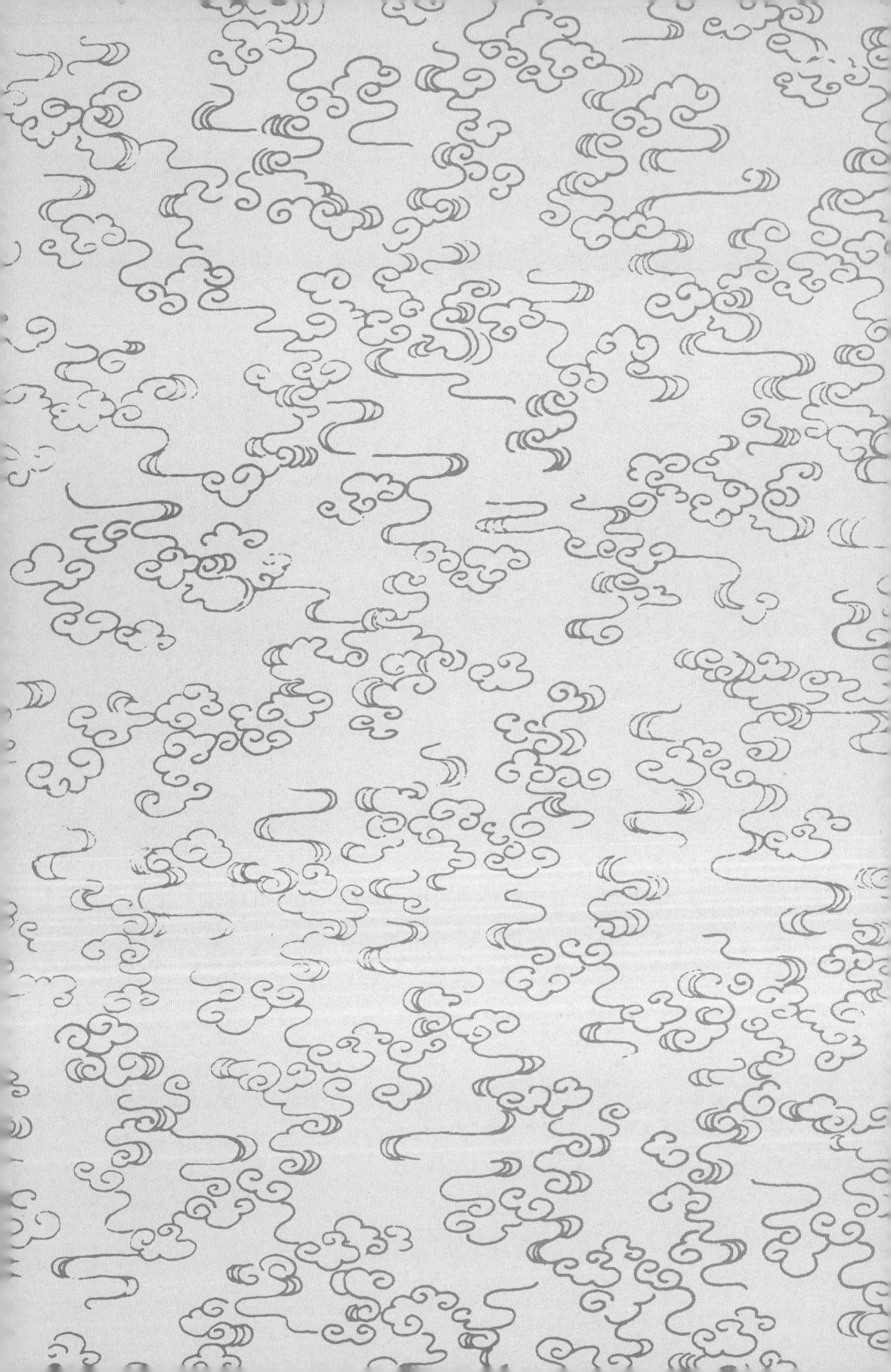

烟笼寒水月笼沙

杜牧集

陈祖美　主编

胡可先　编著

河南文艺出版社

图书在版编目（CIP）数据

烟笼寒水月笼沙:杜牧集/胡可先编著. —郑州:河南文艺出版社,2015.7(2019.5重印)

（唐宋诗词名家精品类编）

ISBN 978-7-5559-0191-4

Ⅰ.①烟…　Ⅱ.①胡…　Ⅲ.①唐诗－诗集　Ⅳ.①I222.742

中国版本图书馆 CIP 数据核字（2014）第 295677 号

出版发行　河南文艺出版社
本社地址　郑州市郑东新区祥盛街 27 号 C 座 5 楼
邮政编码　450018
承印单位　河南瑞之光印刷股份有限公司
经销单位　新华书店
开　　本　700 毫米×1000 毫米　1/16
印　　张　16.5
字　　数　267 000
版　　次　2015 年 7 月第 1 版
印　　次　2019 年 5 月第 4 次印刷
定　　价　32.00 元

杜牧，字牧之，京兆万年（今陕西西安）人。曾为江西观察使、宣歙观察使沈传师和淮南节度使牛僧孺的幕僚，历任监察御史，黄、池、睦诸州刺史，后入为司勋员外郎，官终中书舍人。其诗风格俊爽，精练含蓄，与李商隐并称『小李杜』，代表了晚唐诗坛的最高成就；其文寓意深刻，笔锋犀利，众多名篇脍炙人口。

总　序

⊙陈祖美

　　"一树春风千万枝,嫩于金色软于丝。"白居易描绘春日柳条迎风摇曳之态的名句,无形中似乎也道出了唐宋诗词千姿百态的风姿。从公元第一个千年的中后期到第二个千年的末期,在这一千三四百年的历史长河中,唐宋诗词作为人类精神文明的乳汁,她哺育和熏陶过多少人,她的魅力又使多少人为之倾倒,恐怕谁也无法数计。

　　然而,有一个事实却为人熟知,这就是在唐宋诗词作家中,特别是其中的名家如李白、杜甫、李商隐、杜牧、温庭筠、李煜、柳永、苏轼、周邦彦、李清照、陆游、辛弃疾等,且不说在他们生前身后所担荷的痛苦或所受到的物议和攻讦"罄竹难书",更令人难以思议的是,在 21 世纪的钟声即将敲响之际,竟发生过这样一件事:

　　这得追溯到 1998 年的国庆佳节前夕。那是一个不似春光胜似春光的金秋时节,四五十位专家学者从四面八方来到河南——唐代诗人李商隐的家乡,出席李商隐学术研究会第四届年会。由于东道主把此事作为一种文化建设对待,更由于成果斐然的诸位李商隐研究专家的莅临,此次年会的成功和人们的热诚是不言而喻的。但作为本套丛书最初的编撰契机,却是出人意料的:由于对李商隐的全盘否定和极力攻伐所引发的一种怅触——那仿佛是一位挺面善的老人,他历数李商隐种种"罪愆"的具体词句一时想不起了,大意则说李商隐是"教唆犯"。他不但自己坚决不读李商隐,也严令其子女远离这个"教唆犯",因此他的孩子都很有出息。听了这番话,有位大学女教师娓娓道出了她心目中的李商隐,而她的话代表了在座多数人的心声。不必再对那位老人反唇相讥,听了这位女教师的一席话,是非曲直更加泾渭分明。尽管这样,上述那种离奇的话,还是值得深思和认真对待的。

刚迈出这个会场的门槛,时任河南文艺出版社编辑的王国钦先生叫住了我,以商量的口气询问:能否尽快搞一本深入浅出而又雅俗共赏的李商隐诗歌类编,以消除由于其作品内容幽深和文字障碍等所造成的对其不应有的误解,甚至曲解……联想到上述那位老人莫名其妙的激愤情绪,王国钦先生的这一建议,显然既是出自编辑出版人员的职业敏感,更是一种难能可贵的社会责任心。人非木石,对这种公益之举岂有无动于衷之理!后来听说,王国钦还想约请那位堪称李商隐知音的女教师撰写一本《走近李商隐》。这更说明作为编辑出版者的良苦用心,并进而激发了笔者的积极性和应有的责任感。

当我回京后复函明确告知愿意参与此事时,随之得到了王国钦大致这样的回音:一两本书难成气候,出版社领导采纳了王国钦以及发行科同人的倡议,计划力争搞成一套丛书,并将之命名为"唐宋诗词名家精品类编"。而且,还随信寄来了较为详细的丛书策划方案。方案显示:丛书除包括唐代的大李杜、小李杜和宋代的柳、苏、李、辛八卷作品集以外,唐、宋各选一本其他著名诗家词人的精品合集。整套丛书一共十本,每本约三十万字。我当即表示很赞赏这一策划,除建议将李清照换成陆游外,无其他异议。而换掉李清照,并不是因为她的作品达不到精品的档次(相反她的各类作品中精品比例比谁都大),只是因为她在中、晚年遭逢乱世,流寓中大部分著作佚失得无影无踪。后人陆续辑得的十多首诗和比较可靠的约五十首词,即使都算作精品,也很难编撰成一本约三十万字的书稿。当然,要是将评析部分写成两三千言的长文,字数达标是不成问题的。但是这样做,一则太长的文字不尽符合丛书"点评"的体例,二则主要是担心不合乎当今和未来读者的口味与需求。而号称"六十年间万首诗"的陆游,人呼"小太白",其作品总和万数有余,古今无双,选择的余地非常大,容易保质保量。

双方很快达成了共识。在这里,我愿意负责地告诉读者:"唐宋诗词名家精品类编"丛书,以创意新颖、方便读者为宗旨。所谓创意新颖,是指本丛书既不排除"别裁"式的分类方法,更知难而进地在全面吃透作品内容的基础上,从"题材"方面分门别类。类似的分类,以往只在有关唐人绝句等方面的多人选集中见到过,像这样既兼顾体裁又着眼于题材的分类,尚属前所未有。本丛书还在每类相同题材的若干作品中,均以画龙点睛的诗句作为小标题,每本书则以该作家作品中的最为警策之句加以命名,于是就有了《黄河之水天上来·李白集》《每依北斗望京华·杜甫集》等一连串或气势不凡或动人情愫的书名。从每集作者作品中选取一句最恰如其分的诗句，用作该集的书名——这一创意本身，无形中体现了出版社对"唐宋诗词名家精品类编"丛书的一种极为独到而又相当可取的策划思路。对整套丛书来说，则力求做到"以其昭昭使人昭昭"，也就是说，同类精品都有哪些可以一目了然。由此所派生的本丛书其他方面的特点和适用之处，则在每一本书中都不难发现。

原先没有想到的是，出版社嘱我担任整套丛书的主编并撰写总序。对此，我曾经再三谢辞。直到最后同意忝于此事，其间经历了一个不算短的过程，延缓了编撰时间，使出版社在策划之际尚得风气之先的这套丛书，耽搁了一段时间优势。为了顾及一定的时间效益，我于酷暑炎夏中攻苦食淡，最终亦可谓尽力而为了！

最重要的是选择和约请每一集作品的撰稿人。

丛书的第一本是大李（白），其编撰者林东海先生，早在20世纪七八十年代就沿着李白的足迹进行过考察。这对深入研究李白、了解其诗歌的写作背景及题旨等，洵为得天独厚之优势。20世纪80年代问世的《诗人李白》（日文版）及近期关于李白的新著，无不体现出林东海对这位"谪仙人"研究的深湛造诣。因而编撰"唐宋诗词名家精品类编"丛书中的李白集，对林东海来说是轻车熟路、手到擒来之事；而对读者来说，则将有幸读到一本质量上乘的好书！

至于小李（商隐）诗歌编撰者黄世中先生，我在20世纪90年代初于天涯海角与其谋面之前，已有多年的文笔之交，而且主要是谈及李商隐。仅我拜读过的黄世中有关玉溪生的论著已臻两位数。他对人们所感兴趣的李商隐无题诗尤其研究有素，对李商隐著作的每种版本乃至每一首诗几乎无不耳熟能详，其家传和经眼的有关李义山的典籍，几乎难有与之相埒者。因此由黄世中承担本丛书的李商隐集，可谓厚积薄发，定能如大家所预期的那样，以深入浅出之作，引导人们沿着正确的途径走近李商隐，从思想性和艺术性两方面，说明其独特的价值之所在，从而向广大读者奉献一餐美味而富含营养的精神食粮。

人们所称"小李杜"中的小杜，指的是《樊川文集》的作者杜牧。关于杜牧诗歌的精品类编，之所以约请胡可先先生编撰，是因为早在他到南京师范大学做博士后之前的1993年，就已有专著《杜牧研究丛稿》出版，可谓对杜牧研究有素。同时，笔者自然也联想到曾经拜读过的胡可先的一系列功力颇深的论文。如他提供给中国唐代文学学会第九届年会的关于"甘露之变"与晚唐文学的论文,其中既有惊心动魄之笔,亦有细致入微之文。特别是其中把"甘露之变"对文人心态的影响,以及晚唐诗歌之被目为"衰世之音"的原因所在,剖析得很有说服力。"甘露之变"时,杜牧刚过而立之年。稔悉这一政治和文学背景的胡可先,对杜牧诗歌进行注释和评点自然易近腠理,能于深邃之中探得其诗歌之内涵,弘扬其精华,同时也就消除了人们对杜牧的某种片面理解。

丛书的宋代名家中,柳永的年辈最高,但对其生平事迹和作品系年,后人都曾有重大误解。而浙江大学文学院的吴熊和先生,对此曾做过令人深信不疑的考证和厘定。柳永集的编撰者陶然先生,自然会承祧其业师的这些重大的学术成果,贯穿于自己的编著之中,从而撰成一本甄误出新之作。再者,陶然虽说是这套丛书十位编著者中最年轻的一位,但他有着相当机智精练的语言功底。无论其何种著作,行文中总是既以流丽多姿的现代语汇为主,又不时可见精粹的文言成分,其用语既富表现力,又令人颇感雅洁可读。同时,他作为年轻的文学博士,在其撰著中很善于运用新颖的科学论析方法,兼具宏观把握和微观剖析两方面的优长。表现在此著中,既有对词学源流的总体把握,又能对柳永诗词做出中肯可信的注释和评析。

苏轼是古往今来文学家中最具魅力的人物。选评苏轼诗词精品的陶文鹏先生,则是名声在外的多才多艺之辈。在他相继撰写、出版的多种论著中,有不少是关于苏轼诗词方面的,堪称是东坡难得的知音之一。以其不久前结项的"国家社会科学基金项目"——《中国古代山水诗史》一书为例,关于苏轼的章节就写得特别全面深透。其中不仅有定性分析,还有相当精确的定量分析。在其他各种论著中,陶文鹏不仅对两千六百余首苏轼诗中的精品有所论列,对三百余首东坡词的代表作亦时有画龙点睛之评。在这样的基础上所撰成的本丛书苏轼集,更不时可见出新之笔。比如,书中引述"苏轼诗词创作同步说",以及对《念奴娇·赤壁怀古》中的"故国神游"等句的新解,都体现了苏轼研究的最新学术成果。

从编著者的组成来看,这套丛书最突出的特点是较多女性编著者的参与。人数虽然只有宋红、高利华、邓红梅、陈祖美四位,男女编著者的比例只是三比二,与"半边天"的比例还有些距离。但是请君试想:迄今为止,在有关古典文学作品的类似规模的丛书中,有哪一套书的女编著者或作者能占到这样大的比重?

在这里需要说明的是,编撰本丛书的初衷和着眼点,绝不是单纯地追求女作者的人头优势,主要还是在不抱任何性别偏见的前提下,使每位撰著者的才华和实力得以平等展现!

不妨先从宋红先生说起。她从北大中文系毕业来到人民文学出版社古典文学编辑室不多久,就主持编辑了一本《〈诗经〉鉴赏集》。我在撰写其中《〈邶风·谷风〉绅绎》一文的过程中,宋红在关于泾渭孰清孰浊的问题上提出了很好的建议。后来这篇标题为《借荠菲之采,诉弃妇之怨》的拙文,竟得到一些读者的由衷鼓励,这与宋红的建议有着密不可分的联系。她的才华在相当大的学术范围内几乎是有口皆碑的,这自然也与她所处的学术环境有关。以 20 世纪 80 年代初在出版界出现的"鉴赏热"为例,她所在的古典文学编辑室及时推出了规模可观、社会效益甚好的《中国古典文学鉴赏丛刊》。特别是较早出版的关于唐宋词、汉魏六朝诗歌和《诗经》等鉴赏集,对这一持续了约二十年之久的"鉴赏热",起了很好的导向作用。这期间,宋红在编、撰结合中得到了很实际的锻炼。所以,此次她在编撰本丛书杜甫集这一难度颇大的书稿时,一直是胸有成竹,甚至发现和纠正了研治杜诗的权威仇兆鳌等人的不少疏误。这种学术勇气和责任心是极为难能可贵的。

生在绍兴、长在绍兴的高利华先生,她喝的不仅是当年陆游喝过的镜湖水,而且与这位"亘古男儿一放翁"还有一种特殊的缘分——在她从杭大毕业回到绍兴任教不久,即参与筹办纪念陆游八百六十周年诞辰大型学术活动。这是她逐步走近陆游的一个难得的良好开端。此后每五年举办一次的同类学术活动,自然都少不了她这位陆游研究者的热心参与。直到今天,在她担负着绍兴文理学院中文系极为繁重的教学任务和该校学报执行主编的同时,她的身影还不时出现在陆游的三山故里及沈氏名园之中,进行实地考察、拍照,仿佛仍在时时谛听着陆游的创作心声……这一切,对于高利华正确地解读陆游均有着难以替代的重要作用。体现在她所选评的本丛书陆游集中,尤其值得一提的是,在"灯暗无人说断肠"一类中,她是把《钗头凤》作为陆游与其前妻唐琬彼此唱和的爱情悲剧之章收入的。这一点是有争议的。假如她一味按照自己的观点解读此词,无疑是片面的。好在高利华把这首词的有关"本事"及关于女主人翁是唐琬还是蜀妓的历代不同见解,在简短的文字中胪述得清清爽爽,洵可作为有关《钗头凤》词的一篇作品接受史和学术研究史来读。仅就这一点,没有对陆游研究的

5

相应功力和对这位爱国诗人的一颗赤诚之心，是难以做到的。

　　人们如果很欣赏哪位演员的表演才华，往往夸赞说某某浑身都是戏。我初次与邓红梅先生在一次学术会议上谋面时，就明显地感觉到她浑身都透着活力。等到听了她的发言、看了她关于辛弃疾的文章之后，便感到这种活力远不止表现在触目所见的外形上，更洋溢于其智能、业绩之中。所以在考虑辛弃疾集的编著者时，我便自然而然地想到了这位从江南来到辛弃疾故乡的、极富活力的女博士。当笔者与邓红梅在电话里初谈此事时，她二话没说，仿佛是不假思索地说："我将写出一个与众不同的辛弃疾！"果然不负所望，她很快将辛弃疾六百余首词中的佳作按题材分为主战爱国词和政治感慨词等十一类，从而把人称"词中之龙"的辛弃疾，由人及词全面深刻地做了一番透视与解剖。这样，即使原先是"稼轩词"的陌路人，读了邓红梅的这一编著，沿着她所开辟的这十多条路径往前走，肯定会离辛弃疾其人其词越来越近，并从中获得自己所渴望的高品位的精神享受。

　　然而令人痛心的是应了那句"文章憎命达"的谶语，红梅竟在其春秋尚富的2012年离开了我们，我和不少熟悉她的文友都为之痛楚不堪！在她逝世两周年之际，"唐宋诗词名家精品类编"丛书（共十卷）得以重新修订出版。此系每位编撰者有所期待的良机，然而九泉之下的红梅对于她所编撰的辛弃疾集则无缘加以厘定。忝为这套丛书的主编，我有义务联手责编王国钦先生代替红梅料理她的这一学术后事。所以我在肠癌手术尚未痊愈的情况下，通校了辛弃疾集，从而深感红梅堪称辛稼轩的异代知音！她对每一首辛词的"点评"之深湛精到，令我不胜服膺。对于红梅出色"点评"的内容要旨，我未加任何改动。对于我在此次通校中所发现的问题，大致分以下两种情况：一是个别漏校或笔误，诸如"蛾眉"误作"娥眉"，"吟赏"误作"饮赏"，"疏"误为"书"，"金国"误为"全国"，"谕"误为"喻"，"询"误作"讯"等，径作改正。二是对于"惟"与"唯"，想必红梅曾和我一样理解为此二字必须严格区分，就连"唯一"也必须写作"惟一"；"唯"只用于"唯心""唯物"等少数哲学词汇，其他均写作"惟"。然而在红梅去世后问世的《通用规范汉字字典》（商务印书馆，2013版）"惟"的第二义项与"唯"是相同的。所以我此次通校过的唐代合集和辛弃疾集中所用合乎《通用规范汉字字典》规定的"惟"字义项，都没有改动。

　　上述未经本人审阅的作者"小传"，鉴于笔者了解情况不尽全面，表述又不见得很准确,所以不一定完全得到"传主们"的首肯。但是有一点,即使他们不予认可笔者也要坚持:这就是他们均为治学严谨的饱学或好学之士,对于唐宋诗词的研究尤为擅长。不具备这方面的优势,所撰书稿很容易误人子弟。因为不论是唐诗宋词或唐词宋诗,其老版本都曾存有各种谬误。即使一些很有影响、极受欢迎的选本,当初由于各种条件的限制,也都存在着种种不足之处。没有相应的学识,没有严谨的态度,不加深究,就很难发现问题,很容易以讹传讹。

本丛书的所有编撰者,在这方面都是可以信赖的。而他们的另一共同点是,大都具有与古代诗词名家发生共鸣的文学创作才能。仅就笔者经眼之作来说,比如林东海的《登戏马台》诗云:

> 当年戏马上高台,犹忆乌骓舞步开。
>
> 九里狂沙怜赤剑,八千热血恨黄埃。
>
> 时来竖子功名立,运去英雄霸业摧。
>
> 回首楚宫空胜迹,云龙山外鹤鸣哀。

此系诗人于彭城(今江苏徐州)凭吊项羽之作,其用事、用典何等妙合自然,感慨又何等遥深,早被旧体诗词的行家里手赞为"诗风沉郁,颇似杜少陵之抑扬顿挫"。笔者所拜读过的林东海的其他诗作还有七绝《过邯郸学步桥》、七律《吊白少傅坟》《马嵬坡怀古》等,也都是思覃律精,足见功力之深。

在黄世中只有十五六岁时,他就曾有感于一出南戏对陆游、唐琬爱情悲剧表现之不足,遂写了一个自己心目中的陆唐情深的南音剧本,且作词、谱曲一气呵成,后来又把陆唐之恋编成了电影文学剧本。当他将这一剧本寄到上海海燕电影制片厂后,不久就收到该厂回复的长信,希望他对剧本做一些加工修改以期拍摄。同时,黄世中还把剧本寄奉郭老(沫若)和朱东润先生求教,并很快收到了郭老和朱先生加以鼓励的亲笔回信。笔者不仅细读过黄世中所写的历史小说和颇具规模的散文集,还亲耳聆听过其具有南昆韵味的自弹、自唱、自度之曲,其文艺才能可见一斑。

陶文鹏是新诗、旧诗俱爱,而且几乎是张口就来,出口成章。例如他的一首七律《晚云》:

岁月催人近六旬，经霜瘦竹尚精神。

胸中故土青山秀，梦里童年琐事真。

伏枥犹思腾万里，挥毫最喜绘三春。

何须采菊东篱下，乐在凭栏对晚云。

此外，陶文鹏还有一副高亢嘹亮的歌喉，每次在学术会议上总是属于最为活跃的一族。多年来，他一肩双挑，编撰兼及，硕果累累。当然，这一次他将再度奉送给读者一个惊喜。

宋红谙悉音律，对旧体诗词的写作堪称得心应手。其长篇五古《咪咪歌》，把她的宠物猫咪写得活灵活现，想必谁读了都得为之捧腹不迭。此诗被识者誉为："神机流动，天真自露。猫犹人也，可恼亦复可爱，以其野性存焉。"

在20世纪60年代出生的那辈人中，旧体诗词的爱好者已不多见，擅长者更是凤毛麟角，而毕业于河南大学中文系的王国钦却对此情有独钟。20世纪90年代初，他曾写过一首题为《桂林赴上海机上偶得》的七律，诗云：

关山万里路何迢？鹏鸟腾飞上九霄。

云海涛惊心海广，航空技越悟空高。

却思尘世多喧扰，莫道洪荒不寂寥。

笑瞰人间藏碧水，乾坤一点画中瞧。

此诗为老一代著名诗人所看重并为之精心评点："……首联设问，引出壮志凌云；颔联设比，胸怀何其广大；颈联表现一种复杂的矛盾心理；尾联化大为小，小中见大，表现了作者对人间的无限依恋与热爱。作者融天上人间、喜乐忧烦、神话科技于一诗，别具情趣，也别有一种超乎时空的磅礴之气。"王国钦在诗词兼擅的基础上，还从1987年至今摸索、创造出一种新的诗歌形式——度词、新词，并得到当代诗词界人士的广泛称赏。当初他来京商谈丛书编选的诸项事宜时，我因为手上稿事过多等缘故，希望与他一同主编丛书。他诚恳地说：自己可以多承担一些具体的编辑工作，主编还是由社外专家担任，所以只承担了宋代合集的任务。之所以再三邀他负责宋代合集的编选，也正是由于他对宋词的偏爱和对词体发展的不懈努力。

20世纪90年代初,中州古籍出版社曾出版、再版过一本享誉海内外的《当代诗词点评》。在这本厚达六百七十多页的选集中,所有编著者均按长幼顺序排列。排头是何香凝,而高利华是其中最年轻的女编著者——在当时也是旧体诗词界最为年轻的新生代。此书选收了高利华的《浣溪沙·夜出遇雨》《菩萨蛮·雨过索溪向晚戏水》等篇,行家认为其词善于将"陈句融化,别出新意,既富造诣,又见慧心"。其《八声甘州·八月十八观钱江潮》有句云:"叹放翁、秋风铁马,误几回、报国占鳌头。休瞧我,凭栏杆处,欲看吴钩。"此作更被知音者推为:"上片写景,是何等气势!下片怀古,是何等襟期!山阴多奇女子,信哉!"

笔者之所以对丛书编著者们如此着意介绍,既不同于孟子所云"知人论世",也与胡仔所谓"知人料事"不尽相同。这里似乎略同于学术领域的"资格论证"和文化消费中的"品牌意识",或者说借重上述诸位的专长和才华,以增加读者对这套丛书的信任感,在假货无孔不入的情势下使精神消费者能够放心。虽说人们对某种"品牌"的喜爱和信任程度,最终要靠"品牌"本身的质量说话;虽然即使声势浩大的"广告",最终也不见能抵得过下自成蹊的"桃李"的魅力,但是还有一种"话不说不明,木不钻不透"的更为通俗和适用的道理——被埋在地下的夜明珠人们尚且看不到它的光芒,而一个新问世的"品牌",多少也需要自我"表白"一番的。

本套丛书初版于2002年8月,之后已陆续重印多次。随着时间的推移,虽然丛书在封面设计、版式设计及印刷质量等方面略显不尽人意之外,但在内容的编选和点评方面却依然值得肯定。因此,丛书的本次重印,除由编选者对内容进行了个别的修订、勘误之外,还由出版社对封面、版式进行了重新设计,将印刷质量进一步提高。同时,本着"把辛苦留给自己,把方便提供给读者"的编辑初衷,丛书又在一些体例方面做了进一步规范。比如对于词牌、词题在目录或引述时的表述方式,无论是在学术界或是在出版界,并无明确而统一的规范形式,所以不同的编选者就不可避免地出现了不同的表述。而这对于一套丛书来说,就出现了体例上不统一的问题。经过多方的交流、咨询和讨论,出版社在修订时提出了统一规范的建议,笔者认为十分必要。

具体来说,规范之前的一般表述形式大约分为三种情况:(一)原作既有词牌又有词题:"词牌·词题",如周邦彦《少年游·感旧》;(二)原作只有词牌却无词题:"词牌",如秦观《鹊桥仙》;(三)原作只有词牌却无词题:"词牌(本词首句)",如秦观《鹊桥仙》(纤云弄巧)。

本次规范之后,实际上是把第二、第三种无词题的情况合并为了一种形式,也就是说把原作无词题的情况统一都表述为"词牌(本词首句)",如姜夔《暗香》(旧时月色)。进行这样的规范,起码有这样两点好处:(一)对现在并不太了解古典诗词(尤其是词)表现格式的读者来说,能够将有无词题的作品进行一目了然的区分;(二)对于一般读者和研究者来说,方便对同一作者同一词牌的多首作品进行准确表述及辩识。而出版社的这些建议和规范,恰恰是丛书初衷的自觉践行。作为本套丛书的主编,笔者当然表示尊重和欢迎。

一言以蔽之,这套丛书的最大特点和长处是策划独到、思路新颖,它仿佛为每位编选者提供了一双崭新的"鞋子"。穿上这双"新鞋",是去"走世界"还是到唐宋诗词名人家里"串门子",抑或是像"脚著谢公屐"似的爬山登高,那就该是因编选者各自不同的"心气"而有所不同的事情了。但我可以夸口的是:他们全都没有"穿新鞋走老路"!

初稿于 1999 年 10 月,北京

改定于 1999 年 12 月,郑州—北京

厘定于 2015 年元月,北京

目　录

山水风景·霜叶红于二月花

感慨抒怀·啸志歌怀亦自如

亲情友谊·碧山终日思无尽

情诗恋歌·赢得青楼薄幸名

妇女生活·轻罗小扇扑流萤

羁旅思乡·杜陵芳草岂无家

追忆往事·秋山春雨闲吟处

褒贤刺时·留警朝天者惕然

时序节令·但将酩酊酬佳节

国家兴亡·听取满城歌舞曲

论诗论艺·天外凤凰谁得髓

前　言

杜牧晚年为司勋员外郎时,著名诗人李商隐曾写过《杜司勋》一诗:

高楼风雨感斯文,短翼参差不及群。

刻意伤春复伤别,人间惟有杜司勋。

李商隐与杜牧堪称晚唐诗坛上光芒闪烁的双子星座,时人称为"小李杜",以别于盛唐的李白与杜甫。李商隐赠杜牧的这首诗虽仅四句,却淋漓尽致地写出了晚唐社会那种风雨飘摇的政治形势和诗坛的寂寞,以及厕身其中的诗人那种砭骨的寂寞落拓和无可奈何的悲哀。李商隐将杜牧视为诗坛知已,也就在诗中极力地表现他对杜牧的满心倾倒与相互惋惜的情谊,更是对杜牧诗歌的深切理解与地位的确认。杜牧所处的晚唐时代,唐王朝已经急遽地走上了衰亡的道路。这时的政局表现出三大特征:一、藩镇割据。唐代自玄宗开元盛世之后,爆发了由盛而衰急遽变化的"安史之乱",历时八年,虽最终被平定,但从此以后,河北被承德、魏博、幽州三镇节度使所瓜分,形成了藩镇割据的局面。其后由河北而至河南、淮西,藩镇割据愈演愈烈。尽管唐宪宗在削藩方面做出了不少努力,但始终不能铲除这一祸根。最终导致了唐王朝的灭亡。二、宦官专权。这一政局特征更关系到唐王朝的命运。宦官专权的起因,是皇帝猜忌宿将,重用宦官造成的。宦官掌握军权,是宦官专权的标志。唐玄宗始用宦官监军,唐肃宗以宦官为观军容使,唐德宗直接授予宦官以武职。至贞元十二年(796),宦官窦文场等领禁军达十五万人。宦官权势达到了废立皇帝的地步。三、朋党之争。元和三年(808)之后,在宦官控制朝政的同时,朝臣因冲突分为两派,持续达四十年,而鼎盛于文、武、宣宗三朝。这两派就是以牛僧孺和李德裕为党魁的牛李党争。

牛李两党的斗争,不仅在于其个人恩怨,而且有不同的社会背景。两党与宦官都相勾结,又鼓励了宦官滥用权力。三大特征的相互融合,造成了阶级与民族矛盾的激化。再加上皇帝的昏庸,给正在走下坡路的唐王朝带来了深重的灾难,整个社会处于暴风雨前夕的低气压当中,时人许浑所写的"山雨欲来风满楼"这句诗,非常形象地概括了这一时期的形势特征。这种危机四伏的政治形势,致使不少知识分子忧心如焚而不知向何方举步,心灵是极为苦闷的。"高楼风雨"就是当时政治形势的真实写照,伤春伤别则是以杜牧、李商隐为代表的进步知识分子苦闷心情的具体表现。

杜牧(803—852),字牧之,京兆万年(今陕西西安)人。出身于仕宦之家,京兆杜氏历来就是豪门望族。这一世系可以追溯到西汉时的御史大夫杜周。杜氏在唐代威望更加煊赫。曾祖杜希望,玄宗时为鸿胪卿、恒州刺史、西河郡太守,官至凉州节度使,封襄阳公,赠左仆射。祖父杜佑,做过德、顺、宪宗三朝的宰相。父亲杜从郁,官至职方员外郎,早卒。他的从兄杜一生官运很好,位至宰相。

杜牧出生于唐德宗贞元十九年(803),他年轻时很有抱负,在二十余岁尚未中进士之时,就写了《阿房宫赋》和《感怀诗》,表现出他对于时局的关切。唐文宗大和二年(828)杜牧二十六岁时,应进士试,受到了礼部侍郎崔郾的重视,以第五名及第,又连中贤良方正能直言极谏科,授校书郎。在当时是传颂一时的佳话。其年十月,沈传师出镇江西,杜牧入其幕府为从事,因为沈、杜两家既是亲戚,又是世交。大和四年(830),沈传师移镇宣城,杜牧也随之前往。大和七年(833),沈传师内擢为吏部侍郎,杜牧又应淮南节度使牛僧孺之辟,至扬州为淮南节度掌书记,颇受其器重。唐代的扬州,已是非常繁华的都市。杜牧在供职之余,常游冶其中,故后世流传不少风流佳话。大和九年(835),由扬州调往京城,任监察御史。当时的朝政已潜伏危机,杜牧见到情况对他不利,就称疾分司东都。果然在当年的九月,就发生震惊朝野的"甘露之变"。这一事件对杜牧的心灵触动很大。开成二年(837),杜牧又应宣歙观察使崔郸之辟,为殿中侍御史内供奉、宣州观察判官。三年(838)冬迁左补阙。四年(839),又为膳部员外郎,转比部。武宗会昌二年(842),受李德裕的排挤,出为黄州刺史。移池州、睦州。宣宗大中二年(848)因宰相周墀之力,内擢为司勋员外郎。四年(850),又转吏部员外郎,改授湖州刺史。在湖州一年,回京为考功郎中、知制诰,六年(852)岁中,迁中书舍人卒,年五十。

少年时期的杜牧,生于宦门世家的书香中,长于钟灵毓秀的山川上,其幼小的心灵就萌发了经世的大志,也培养出文学的胚胎。十岁时,祖父杜佑去世,不久,父亲杜从郁也病死,家道中落,开始过着清贫的生活,故杜牧自称"某幼孤贫"。走上仕途后,做了十年的幕府吏,入朝不久,又受李德裕排挤做了七年的小州刺史。直至李德裕贬逐,才有出头的机会。大中二年(848),回朝任司勋员外郎。但又因家庭困难所迫,为京官并不得意,又自请出为湖州刺史。最后卒于中书舍人。人生在有幸与不幸、得意与失意之间,对于士人来说,都是忧喜所系的,而这一切对于杜牧性格及诗风的形成都起到很大的作用。

杜牧的家世和经历对其思想影响很大。他继承祖父杜佑作《通典》那种经邦致用的传统,注意"探讨治乱兴亡之迹,财赋甲兵之事,地形之险易远近,古人之长短得失"(《上李中丞书》),对于政治、军事、地理形势、历史诸方面都非常熟悉。他反对宦官专权,反对佛教,主张削平藩镇。并于唐文宗大和八年(834)写了《罪言》,纵论天下大事,提出了精辟深刻的政治见解。他还注重研究军事,在曹操注《孙子》的基础上,结合历代用兵的形势虚实,重新注释《孙子兵法》十三篇。另有多篇有关军事的文章,并为时相所用,在平定泽潞时发挥了作用。

一个人的生命情态与其家世及周边人物都是息息相关的,杜牧的世族家庭,他的家庭教育、骨肉情谊、一生中的交往,形成他那风流倜傥的人格与峻拔不群的诗风,这也是他在诗坛独步千古的因缘。

本书是对杜牧诗歌进行分类点评与注释之作,故而在这里作简略的介绍。

怀古咏史

他的怀古诗更达到了完美的境界,常常将哲理的思索与历史的议论融化于鲜明的形象之中,无迹可寻。其议论又一反常人,具有独到的见解与史识,还做到千变万化。这类诗在近体诗中居多,尤其是七律与七绝。七律情致俊爽,笔调轻利,在豪迈中流露感慨,读来又抑扬顿挫,情思起伏。明杨慎《升庵诗话》卷十说:"律诗至晚唐,李义山而下,惟杜牧之为最。"诚非虚语。我们以《题宣州开元寺水阁,阁下宛溪夹溪居人》为例:

六朝文物草连空,天澹云闲今古同。

鸟去鸟来山色里,人歌人哭水声中。

深秋帘幕千家雨,落日楼台一笛风。

惆怅无因见范蠡,参差烟树五湖东。

杜牧在开元寺水阁登临凭眺,感慨苍茫,由此想到此地曾经有过六朝的繁华,如今却只见连天的秋草,其他什么也没有留下。古今千年,同样是天澹云闲,但人世已经经历过多少沧桑!当此风物长存而繁华不再之时,不由想起功成身退、泛舟五湖的范蠡,但东望太湖,也只有参差烟树而已。这首诗即景抒情,熔写景与怀古于一炉,并赋予深邃的人生哲理,涵容极大,且俊爽明快,是不可多得的佳作。清人薛雪评论说:"杜牧之晚唐翘楚,名作颇多,而恃才纵笔处亦不少。如《题宣州开元寺水阁》,直造老杜门墙,岂特人称小杜已哉!"(《一瓢诗话》)

在杜牧的各体诗中,最受人称道的还是绝句。他的咏史绝句,不仅史识高卓,论断精警,而且风华掩映,具有含蓄清丽之美。如《赤壁》:

折戟沉沙铁未销,自将磨洗认前朝。

东风不与周郎便,铜雀春深锁二乔。

《题乌江亭》:

胜败兵家事不期,包羞忍耻是男儿。

江东弟子多才俊,卷土重来未可知。

《题商山四皓庙一绝》:

吕氏强梁嗣子柔,我于天性岂恩仇。

南军不袒左边袖,四老安刘是灭刘。

或对赤壁之战提出新的看法,认为周瑜的胜利完全出于侥幸,如果不是东风相助,孙吴的霸业将成为泡影;或以为项羽刚愎自用,缺乏男儿应有的气质,经不起失败的挫折,不然则该卷土重来;或言商山四皓扶助太子,名为安定刘家天下,实际上是促使其尽快灭亡。皆反说其事,独抒己见,议论惊人,不仅暗寓自己的感慨,还给当朝统治者提出警戒。

杜牧的怀古绝句,常在广阔的历史背景上,选取典型的历史事件并做出评价,再上升到对历史发展的哲理思索。如《登乐游原》:

> 长空澹澹孤鸟没,万古销沉向此中。
>
> 看取汉家何事业,五陵无树起秋风。

乐游原,在长安城南,地势很高,四望宽敞,京都士女多来登临游赏。杜牧登上乐游原,思绪已跨越漫长的岁月,万古之前,千秋万代,人世沧桑,都消失在澹澹的长空中。即使是如此强盛的汉代,也仅存留秋风萧瑟中的寂寞陵园而已。感慨既深刻又沉痛。尤其是前二句,"有包揽一切之概,犹岑参《与高适薛据同登慈恩寺浮图》:'五陵北原上,万古青濛濛。'若置身阆风之颠,俯视万象,类泡影之明灭也。宋人词'消沉今古意无穷,尽在长空澹澹飞鸟中',即袭用此诗"(俞陛云《诗境浅说续编》)。

山水风景

杜牧的山水风景诗,在艺术上富有创造性,情韵悠扬,意境深邃,也达到了很高的艺术境界。以绝句最有代表性。如《山行》:

> 远上寒山石径斜,白云生处有人家。
>
> 停车坐爱枫林晚,霜叶红于二月花。

笔墨洗练,色彩鲜明,语言简洁,情景逼真。杜牧观察秋景,独赏枫叶之艳,谓红于二月春花,突出地表现了秋天富有生命力的一面,给人以一派生机。他的写景绝句最善于在俊爽清丽的语句中给人以豪爽明丽的悠扬情韵,也凝聚着作者热爱自然、热爱生活的美好感情。再如《入茶山下题水口草市绝句》:

> 倚溪侵岭多高树,夸酒书旗有小楼。

> 惊起鸳鸯岂无恨，一双飞去却回头。

《齐安郡后池绝句》：

> 菱透浮萍绿锦池，夏莺千啭弄蔷薇。
> 尽日无人看微雨，鸳鸯相对浴红衣。

皆清新爽健，明快隽永，饶有风致，都是自然天成的上品。绝句之外，律诗也颇多佳作，如《柳长句》：

> 日落水流西复东，春光不尽柳何穷。
> 巫娥庙里低含雨，宋玉宅前斜带风。
> 莫将榆荚共争翠，深感杏花相映红。
> 灞上汉南千万树，几人游宦别离中。

描写柳之一年一荣，春光无尽，水流复返，未有穷时。古人往往折柳赠别，故杜牧在写景之中更寓别离之感。堪称景中有情，情景交融之作。

感慨抒怀

杜牧是一位卓越的诗人，他的感慨抒怀诗，往往通过叙事表现自己的政治见解。这类诗突出地表现在他的古体诗中。如《感怀诗》是他二十五岁及第前所作，有感于安史之乱后，藩镇跋扈的局面，对于朝廷软弱、生民憔悴、兵连祸接、国无宁日的情况深表担忧，也表现出自己有志报国而无从施展才能的情怀。《李甘诗》不仅赞扬了李甘的气节，更重要的是写出了"甘露之变"前后极为阴沉恐怖的政治环境。这些诗大都是鸿篇巨制，又多选取社会政治题材，叙事洋洋洒洒，略无拘滞，格调豪健跌宕，寓风骨于流丽之中。这些诗明显受杜甫诗的影响，也是他的识见与抱负决定的。晚唐诗坛，诗人才短，写诗重近体，长篇古体极少佳者，古体能以自己的独特风格立于世者，只有杜牧与李商隐二人，这是相当突出的。后世学者对于杜牧古体诗往往多有异议，"牧之《樊川集》，古体常病猥杂率易"（《瀛奎律髓汇评》引许印芳语），实在过于片面。

亲情友谊

杜牧是一位很重感情的诗人,因而亲情友谊在他的诗歌中占有很大的比重。这一类诗有表现兄弟的友情,如《送杜颛赴润州幕》:

> 少年才俊赴知音,丞相门栏不觉深。
>
> 直道事人男子业,异乡加饭弟兄心。
>
> 还须整理韦弦佩,莫独矜夸玳瑁簪。
>
> 若去上元怀古去,谢安坟下与沈吟。

杜颛是杜牧之弟,李德裕出任镇海军节度使,辟为试协律郎,其时为大和八年(834),这时杜牧在扬州,为淮南节度掌书记。杜颛从长安赴任时,经过扬州,兄弟二人欢会数日。在赴润州时,杜牧作此诗相送。诗对杜颛谆谆劝勉,充满手足之情。并勉励他干一番大事业。"直道"句是杜牧心灵迸发之语,也是他人格精神的具体表现。他告诫杜颛要"直道事人",就是不阿附权贵,而要行自己正直之道,由此想见杜牧处于晚唐牛李党争极为剧烈的时代,自己又与二党有复杂的人事关系,但终不为两党所左右,保持自己的节操,是多么难能可贵。"异乡"句,虽平淡无奇,但内在感情至为炽热,体贴入微处莫过于此。

有的表现朋友之情,这在与张祜的诗歌中最为典型。张祜是会昌五年毛遂自荐到池州去拜访杜牧的,不久就离开池州。在短短的相会时间与分别以后,杜牧写下了好几首诗:《酬张祜处士见寄长句四韵》《登池州九峰楼寄张祜》《残春独来南亭因寄张祜》《汴人舟行答张祜》等。

情诗恋歌

读杜牧的诗歌,我们还要注意到一点,就是对于都市生活的反映。因为唐代都市发达,商业繁荣,随之而来的是人们物质文化生活需求的不断增长,因而唐代的文人,特别是新及第进士,生活较为放荡。在中晚唐商业经济发达的情况下,市民的生活气息,也给杜牧的诗歌染上了鲜明的色彩。

> 落拓江湖载酒行,楚腰纤细掌中轻。
>
> 十年一觉扬州梦,赢得青楼薄幸名。
>
> ——《遣怀》

娉娉袅袅十三余,豆蔻梢头二月初。

春风十里扬州路,卷上珠帘总不如。

——《赠别》

这类诗或写放荡不羁的行为,或写与歌伎舞女的恋情,或对友人的调侃,都表现出一种市民生活的气息。这也是杜牧豪俊的性格与抑郁情怀的表露,是杜牧生命情态的真实表现。与其他诗相比,虽格调稍嫌柔弱,但在艺术上却取得了很高的成就。古今学者对这一类诗毁誉不一,杜牧风流才子之名,或由这些诗而产生。

妇女生活

杜牧的诗歌中,妇女生活类的诗占有很重的分量。他极为同情不幸的妇女。《杜秋娘诗》通过杜秋娘一生的升沉变化,展现了唐代内部的宫廷斗争和藩镇的专横跋扈,反映出置身其中的下层女子不幸的悲剧命运。《张好好诗》,记述张好好的身世,对她的遭遇深表同情。诗的大部分写张好好姿色美丽、乐技高超以供人娱乐的生活情况。最后写重见好好之后,二人境遇都产生了极大的变化,不禁感慨万千。在诗中,他没有鄙弃这些歌伎,而是流露出深挚的情感与极大的同情,写出了她们的理想与追求,她们的苦闷与悲哀。此外,杜牧还有不少诗写宫廷妇女的悲哀,如《出宫人二首》《宫词二首》《月》《秋夕》等。更值得一提的是,杜牧仅有的一首词《八六子》,也是表现妇女生活的。词的内容是写宫怨,这是晚唐词中常见的题材。但这首词是草创时的作品,就艺术上说,虽比较粗疏,稍欠精粹浑融,但由杜牧创始之后,长调至北宋以后逐渐蔚为风气,作《八六子》者也很多,其中不乏受杜牧影响而又精粹浑融之作。

羁旅思乡

杜牧虽出身高门,家于京城长安,但一生仕途坎坷,早年做了十年幕吏,入朝为官不久,又被外放为黄、池、睦三州刺史,晚年又为湖州刺史。计杜牧二十六岁入仕至五十岁卒于中书舍人的二十四年间,在外为官将近二十年。故诗歌中思乡之情就成为杜牧要表现的一个重要的方面。这一类诗歌,或在赴任途中所作,如《将赴宣州留题扬州禅智寺》《南陵道中》《秋浦途中》《新定途中》;或在外任时所作,如《睦州四韵》《题齐安城楼》;或入京途中所作,如《商山麻涧》《途中一绝》《汉江》《宣州送裴坦判官往舒州,时牧欲赴官归京》)。

追忆往事

杜牧有不少诗,是追忆往事的,这些诗歌,有的是追忆旧游之作,更重要的是对以往生活的回忆,最突出的应该是《昔事文皇帝三十二韵》。这首诗作于杜牧在睦州刺史任上。全诗集中描写"甘露之变"之事。"甘露之变"是由文宗做后台,李训、郑注策划谋诛宦官,而最后弄巧成拙的悲剧。杜牧对于李训、郑注等人,是持否定态度的。从这首诗中,我们可以看出,"甘露之变"以前,杜牧是一个具有经世致用抱负的人,而"甘露之变"后,四宰相被杀,惨祸震惊朝野,文人的心态产生了极大的变化,杜牧也由积极用世而逐渐变为全身远祸的心态。直至宣宗时,已时隔十余年,回忆此事,尚感不寒而栗。因此,这首诗是杜牧思想发展过程中极为重要的作品,是研究杜牧的思想与创作过程时,需要深入挖掘的重要篇章。

褒贤刺时

杜牧是一位爱憎分明的诗人,他对于历史上有贡献的人物,都采取尊敬和赞扬的态度,不少诗歌称赞他们的嘉言懿行。比较典型的是对阳城、李甘、李中敏的褒扬。如《李甘诗》褒扬了李甘的气节与身世,更重要的是写出了杜牧这几年为朝官的极为不利的政治环境。特别是大和九年(835),发生了震惊全国的"甘露之变",这是唐朝政治史上的一件大事,也是杜牧这首诗叙述的重点。《商山富水驿》诗是杜牧赴京任左补阙时作,作诗的目的不仅在褒奖阳城,还要效法阳城,以敢言直谏为己任。杜牧的刺时之作也不少,《早雁》诗,在黄州刺史任上,想到北方边境的人民因为回鹘统治者带兵南下,仓皇逃难,颠沛流离,而写了这首忧时感事的诗。表达了对北方饱受异族蹂躏的苦难人民的忧念和对时局的感伤。《泊秦淮》诗,是针对当时吟诗作曲流于绮靡的风气而发。在描写水上夜色的同时,透露出深沉的感慨。意在讽刺歌女,她们不晓亡国之愁恨,竟然隔着江,唱起了《玉树后庭花》!故吴昌祺以为此诗"讥艳曲",颇为得之。

时序节令

杜牧是一位灵心善感的人,故自然的变化,时令的迁移,无不触动他的心灵,并形之于诗。如《江南春绝句》即写出春之感受。诗人着意描写千里江南的锦绣春色,并触发了吊古伤今的感慨。刘永济《唐诗绝句精华》209页称:"此诗乃杜牧游江南时,感于景物之繁丽,追想南朝盛日,遂有此作。"《九日齐山登高》,

作于会昌五年(845)重阳日。诗人与张祜九月九日一同登齐山,二人都怀才不遇,同病相怜,故登山时,感慨万千。但杜牧在诗中却故作旷达语,抑郁的情思难以排遣,而又不得不强自排遣。全诗爽快健拔而又含思凄恻,一向被推为佳作。

国家兴亡

杜牧是一位具有经世致用抱负的人,尽管一生不得志,但国家兴亡之感,时时萦绕于胸中。尤其是唐王朝在对外战争中胜利,杜牧就兴奋万分,形之于诗,情调明朗,给人以积极向上的精神,他的诗集中有几首写河湟诗,就是如此。《今皇帝陛下一诏征兵,不日功集,河湟诸郡,次第归降,臣获睹圣功,辄献歌咏》诗,作于唐宣宗大中三年(849)。当时吐蕃内乱,久陷于河湟地区的汉人发动起义,唐朝廷也出兵响应,数月之间,收复了三州七关,河湟地区人民归回祖国。八月,河湟地区千余人到长安,唐宣宗在延喜门迎接,他们当众脱去胡服,换上汉装,观者皆欢呼雀跃。杜牧睹此圣功,故作这首诗。全诗赞扬了宣宗收复河湟的功业,表现了作者爱国主义的热情。《河湟》诗,是杜牧的感时之作,表达了关怀国家命运,要求收复失地的愿望。

论诗论艺

杜牧是一位杰出的文学家。他的文学主张是"凡文以意为主,气为辅,以辞彩、章句为之兵卫"(《答庄充书》),提出了文章内容和形式的主从关系与构成诸要素。也就是说作文要以情意为主,既有真情实感,又要有气势,还要重视语言与结构。他"苦心为诗,本求高绝,不务奇丽,不今不古,处于中间"(《献诗启》)。所谓"不今不古",就是要追求自己的诗歌风格特点,既不是中唐后期以元白为首的追求华美通俗的诗风,也不是以韩孟为首主要写古体诗,追求古奥奇崛的诗风。杜牧这方面的诗歌虽不多,但很有代表性。如《读韩杜集》:

> 杜诗韩集愁来读,似倩麻姑痒处抓。
> 天外凤凰谁得髓,无人解合续弦胶。

这首诗就是杜牧写读韩杜集的感受,表现了对韩、杜文学成就的推崇。诗的前二句是正面抒写自己的感受。后二句是侧面描写,用奇特的比喻,说明无人能够继续杜甫与韩愈在诗文上的高度成就。杜牧这首诗,一方面表现对杜、韩的钦佩,另一方面也是针对当时的文风有感而发。晚唐时期,伤时的诗篇日趋减少,代之而来的是"纤艳不逞"的"淫言媟(xiè)语"。散文创作更趋于形式主义倾向,骈文再度统治文坛。杜牧这首诗颇有力矫时弊之意,是他文学主张与文学实践的具体表现。《屏风绝句》是他论画的诗,也很独具匠心:

> 屏风周昉画纤腰,岁久丹青色半销。
>
> 斜倚玉窗鸾发女,拂尘犹自妒娇娆。

这是一首题屏风画的诗。这幅画是唐朝大画家周昉所作。其画最擅长表现上层妇女的日常生活,故用之屏风较多。杜牧这首题画之作,前二句是正面描写,后二句是侧面描写。由倚窗少妇见到画中之人,顿生嫉妒之心,从而衬托出画之高妙。这是深一层的写法。读者由此可以想见,周昉"丹青色半销"的旧画尚且如此,则当其初画成时,其魅力就可想而知了。

杜牧的诗,主要收入《樊川文集》《外集》《别集》中。《樊川文集》是他的外甥裴延翰手编,其中有诗四卷,大致上可信。但该集收得不全,故自《文集》问世之后,后人常加补辑,以成《外集》和《别集》,因其抉择不严,混入不少伪作。选编杜牧诗者,对此往往不甚注意。清人冯集梧作《樊川诗集注》,堪称详赡,但仅注正集四卷,因《外集》《别集》真伪难以判别,故不加注,仅附于书末。清人所编《全唐诗》,对杜牧诗旁搜博采,共分七卷,计五百余首,其中伪作很多。故杜牧诗的真伪考证,是杜牧研究的一大难题。特别是有些名篇,如《池上偶见绝句》:"楚江寒食菊花时,野渡临风驻彩旗。草色连云人去驻,水纹如垮燕差池。"《清明》:"清明时节雨纷纷,路上行人欲断魂。借问酒家何处有,牧童遥指杏花村。"古今选本多加以选入。但据笔者考证,前者是刘禹锡诗,后者当是许浑所作,故本书仍不入选。

本书选编杜牧诗作109题共123首,大抵以《文集》为主,其余各集,凡能断定确为杜牧所作者,则酌量选入。注释重点是解决字词难点,说明典故含意,有时略作串讲,对于人名地名,尽量注释清楚。注释文字力求简明精当。有关每首诗的编年、写作背景、作品之特色、后人之评价等,均于点评中交代。原作文字以上海古籍出版社出版的陈允吉先生校点的《樊川文集》为主,遇有疑义,则参照《樊川诗集注》《全唐诗》及其他有关资料加以校改,一般不作校记。

　　本书注释曾参考了清人冯集梧《樊川诗集注》及时贤有关唐诗的注本,特于此说明。由于本人学识浅薄,错误之处,定然不少,敬祈读者不吝赐教。

胡可先
1999 年 7 月写于杭州西湖之滨

怀古咏史

折戟沉沙铁未销

金谷园①

繁华事散逐香尘②，流水无情草自春③。

日暮东风怨啼鸟，落花犹似坠楼人④。

[注释]

①金谷园：在河南洛阳市西北金谷涧。有水流经此地，谓之金谷水。晋太康中石崇建园于此，即世传之金谷园。

②香尘：沉香之末。晋王嘉《拾遗记》卷九："（石崇）使数十人各含异香，行而语笑，则口气从风而飏。又屑沉水之香，如尘末，布象床上，使所爱者践之，无迹者赐以真珠百琲。"

③流水：指金谷水。《水经注·谷水注》："谷水又东，左会金谷水，水出自大白原，东南流历金谷，谓之金水。东南流，径晋卫尉卿石崇之故居也。"

④坠楼人：谓石崇的爱妾绿珠。绿珠（？—300），晋石崇家歌伎，善吹笛。时赵王司马伦杀贾后，自称相国，专擅朝政，石崇与潘岳等谋劝淮南王司马允、齐王司马冏图伦，谋未发。伦有嬖臣孙秀，家世寒微，与冏宿憾，既贵，又向崇求绿珠，崇不许。此时力劝伦杀崇，母兄妻子十五人皆死。甲士到门逮崇，崇对绿珠说："我今为尔得罪。"绿珠边泣边说："当效死于君前。"因自坠于楼下而死。事见《晋书·石崇传》及《世说新语·仇隙篇》。

[点评]

这首诗作于开成二年（837）春，时杜牧为监察御史分司东都。金谷园是西晋石崇的私人花园。石崇《金谷诗序》："有别庐在河南界金谷涧中，去城十里，或高或下,有清泉茂林,众果竹柏药草之属,金田十顷,牛羊二百口,鸡猪鹅鸭之类,莫不毕备。又有水碓鱼池土窟,其为娱目欢心之物备矣。"石崇(249—300),字季伦,小字齐奴,南皮(今河北南皮)人。历任散骑常侍、青州刺史等职。尝劫远使商客,而致豪富。于河南置金谷园,奢靡成风。与贵戚王恺、羊琇以豪侈相尚,与潘岳、陆机等依附贾后、贾谧,时号二十四友。永康元年(300),赵王司马伦废杀贾后,崇以党与免官。又为孙秀所谮,被杀。石崇生活豪侈,歌伎很多。其中绿珠尤得宠爱。当时赵王司马伦专权,其亲信孙秀派人向石崇索要绿珠,不与,遂矫诏逮捕石崇。崇被捕,绿珠就在园中清凉台跳楼自尽。牧诗即咏此事。"前三句景中有情,皆含凭吊苍凉之思。四句以花喻人,以落花喻坠楼人。伤春感昔,即物兴怀,是人是花,合成一成凄迷之境"(俞陛云《诗境浅说续编》)。

题桃花夫人庙①

细腰宫里露桃新②,脉脉无言几度春③。

至竟息亡缘底事④,可怜金谷坠楼人⑤。

[注释]

①桃花夫人庙:在黄州黄陂县东三十里。诗题原注:"即息夫人。"息夫人姓妫,是春秋时陈侯之女,嫁与息国君主,称息妫。

②细腰宫:即楚王宫。因楚王爱细腰,故宫中女子多减食,以至于饿死。后世称楚王宫为细腰宫。

③脉脉:凝视的样子。无言:据史载息夫人被楚文王强纳为夫人后,生二子,但一直不与楚王言语。后来楚王问她,她回答说:"吾以妇人而事二夫,纵弗能死,其又奚言!"

④至竟：到底。底事：什么事。

⑤金谷坠楼人：指绿珠。参《金谷园》诗注。

[点评]

这首诗作于会昌二年（842）至四年（844）杜牧为黄州刺史期间。息夫人是春秋时陈侯之女，嫁于息国君主。楚文王闻其美貌，灭息攘为己有。息夫人在楚宫生二子，但始终没有说话。诗的前二句以息夫人之不语表其哀怨，后二句以绿珠坠楼责其不死。宋许顗《彦周诗话》称此诗为"二十八字史论"。清赵翼《瓯北诗话》卷十一说："以绿珠之死，形息夫人之不死，高下自见。而词语蕴藉，不显露讥讪，尤得风人之旨耳。"

题乌江亭①

胜败兵家事不期②，包羞忍耻是男儿③。

江东子弟多才俊④，卷土重来未可知⑤。

[注释]

①乌江亭：在安徽和县东北四十里。

②胜败句：谓胜败乃兵家常事，谁也不能预先知道。

③包羞句：谓能忍受耻辱，战败而不气馁，才是男儿的本色。

④江东句：谓江东子弟有很多优秀人才。江东子弟：《史记·项羽本纪》："于是项王乃欲东渡乌江。乌江亭长檥船待，谓项王曰：'江东虽小，地方千里，众数十万人，亦足王也。愿大王急渡。今独臣有船，汉军至，无以渡。'项王笑曰：'天之亡我，我何渡为！且籍与江东子弟八千人渡江而西，今无一人还，纵江东父兄怜

而王我，我何面目见之？纵彼不言，籍独不愧于心乎？'……乃自刎而死。"江东，自汉至隋唐称自安徽芜湖以下的长江南岸地区为江东。才俊：才能出众的人。⑤卷土重来：指失败以后，整顿以求再起。

[点评]

　　这首诗作于开成四年（839），时杜牧除官左补阙赴京，经过和州乌江亭。公元前203年，项羽在垓下被围，战败，至乌江自刎。全诗的意思是：胜败乃兵家常事，很难预先料定。而失败之后能够忍辱负重以重整旗鼓，才称得上真正的男儿。江东有众多豪杰俊才，如果项羽失败而不自杀，卷土重来、反败为胜也是可能的。显然杜牧对项羽的自杀不以为然。杜牧认为项羽刚愎自用，有勇无谋，不能包羞忍耻，缺乏男儿应有的气质，经不起失败的挫折，更缺乏大英雄的远见卓识。不然则应该卷土重来。宋蔡振孙《诗林广记》卷六引谢枋得语："众言项羽有速亡之罪，牧之独言项羽有可兴之机，亦死中求活意也。"此诗一方面对项羽进行批评与慨叹，同时也反映了杜牧的胸襟与气概，议论出奇立异，富含哲理意味。这首诗通过项羽失败这一具体事件，表达了诗人对于生死荣辱的另一面看法。从反面宣扬失败不馁、百折不挠的精神。认为为完成事业而委曲求全的精神同样是崇高的。历代咏项羽诗很多，著名的有李清照《夏日绝句》："生当作人杰，死亦为鬼雄。至今思项羽，不肯过江东。"王安石《乌江亭》："百战疲劳壮士哀，中原一败势难回。江东子弟今虽在，肯为君王卷土来。"看法虽不一，但可以互相参照。李清照侧重赞扬生为人杰，死为鬼雄，败而不降，宁死不愧的英雄气概，并寄托自己抗击侵略、收复故土的爱国之情。王安石则指责项羽在政治军事上的种种失误，以至丧尽人心，因此失败已成定局，卷土重来绝不可能。三诗题材相同，而情感迥异，但都是不可多得的佳作。

题横江馆①

孙家兄弟晋龙骧,驰骋功名业帝王②。

至竟江山谁是主③,苔矶空属钓鱼郎④。

[注释]

①横江馆:在安徽和县东南,也称横江浦,与南岸采石矶隔江对峙,古为要津。

②孙家二句:谓孙策、孙权兄弟及西晋龙骧将军王濬都在此地驰骋功名,孙家兄弟终成帝王之业。孙家兄弟,指孙策、孙权。孙策(175—200),字伯符,三国吴郡富春(今浙江富春)人,吴主孙权之兄。父孙坚为刘表部将黄祖射杀,策依附袁术。后得其父部曲,渡江转战,在江东建立政权。孙权(182—252),字仲谋。继其兄孙策据江东六郡。汉献帝建安十三年(208),与刘备合力破曹操于赤壁。从此西联蜀汉,北抗曹魏,成三分之局面。黄龙元年(229)称帝,建都建业,国号吴。事见《三国志·吴志》。晋龙骧,指王濬(206—285),字士治,晋弘农人,为巴州刺史,迁益州刺史。复为龙骧将军。武帝谋伐吴,诏其修舟鉴。吴人于江中设铁椎铁锁,濬烧断铁锁,抵达石头城,纳孙皓降。事见《晋书·王濬传》。

③至竟:毕竟,究竟。

④苔矶:长满青苔的石矶。矶是突出江边的小石山。

[点评]

　　这首诗作于开成四年(839)春,其时杜牧入京经和州游横江馆,凭吊古迹。以许浑《酬杜补阙初春雨中泛舟次横江喜裴郎中相迎见寄》诗"江馆维舟为庾公"之江馆参证,知此诗乃杜牧应裴俦之邀游览横江馆之作。参《初春雨中舟次和州横江,裴使君见迎,李赵二秀才同来,因书四韵,兼寄江南许浑先辈》注。诗以横江馆在三国两晋时期煊赫的功业与眼前荒凉的情况比较,生发出江山依旧、人事已非的感慨。

题商山四皓庙一绝^①

吕氏强梁嗣子柔^②,我于天性岂恩仇^③。

南军不祖左边袖,四老安刘是灭刘^④。

[注释]

①四皓庙:在商州东商洛镇。

②吕氏句:谓吕后强横而太子柔弱。吕氏强梁,即吕后强横。《史记·吕太后本纪》:"吕太后者,高祖微时妃也。""吕后为人刚毅,佐高祖定天下。"嗣子柔,即太子(后为孝惠帝)为人柔弱。《史记·吕太后本纪》:"孝惠为人仁弱,高祖以为不类我,常欲废太子,立戚姬子如意,如意类我。戚姬幸,常从上之关东,日夜啼泣,欲立其子代太子。"

③我于句:谓刘邦与太子和赵王如意都是父子,本没有什么恩仇,只是吕氏强梁,太子柔弱,与自己不一样,而如意类己,故欲废太子而立如意。天性,谓父母爱子女乃天然的品质或特性。

④南军二句:谓南军若不愿效忠刘氏,那么,商山四皓名为扶助太子安定天下,实际上是使刘氏灭亡。南军,西汉时禁卫军有南北军,南军保卫未央宫,因宫在长安城南,故称;北军保卫京城北部。据《史记·吕太后本纪》,吕后死后,掌握禁卫军的吕产、吕禄想拥兵作乱,刘邦旧臣绛侯周勃以太尉身份与丞相陈平谋诛诸

吕以安刘氏天下。"太尉将之入军门,行令军中曰:'为吕氏右袒,为刘氏左袒。'军中皆左袒为刘氏。……太尉遂将北军。"击败吕产,杀之于郎中府。杜牧诗称"南军",与史实略有出入。袒(tǎn),裸露。

[点评]

　　这首诗作于开成四年(839),时杜牧赴官入京,途经商山,题诗于四皓庙。商山四皓,汉初商山的四个隐士,名东园公、绮里季、夏黄公、角里先生。四人须眉皆白,故称四皓。高祖召之,不应,后高祖欲废太子,吕后用留侯张良计,迎四皓,使辅佐太子。一日四皓侍太子见高祖。高祖曰:"羽翼成矣。"遂辍废太子之议。事见《史记·留侯世家》。这是一首咏史诗,其特点是反说其事,说商山四皓扶助太子,名为安定刘家天下,实际上是促使其尽快灭亡。诗咏四皓,也给当朝统治者提出借鉴,要注意任人唯贤。

赤　壁①

折戟沉沙铁未销②,自将磨洗认前朝③。

东风不与周郎便④,铜雀春深锁二乔⑤。

[注释]

①赤壁:其地有多处,其一在湖北省蒲圻县长江南岸,北岸为乌林。汉末曹操追刘备之巴丘,遂至赤壁,为周瑜所破,取华容道归,即此。其二在湖北黄冈县,屹立长江滨,土石皆带黑色,名赤壁山,又名赤鼻矶或赤壁矶。其三在湖北武昌县东南,又名赤壁,亦名赤圻。杜牧所咏为黄州赤壁矶。其后苏轼作前后《赤壁赋》均此地,皆借其地以咏赤壁之战的史事。

②折戟句：谓折断的戟头沉没于泥沙之中，还没有完全销蚀。戟，古兵器，长杆头上附有月牙状利刃。

③自将句：谓我把它拿起来，磨洗干净后，认出是前代的遗物。

④东风：指火烧赤壁事。汉建安十三年（208），曹操率领十万大军南下进攻东吴，因北方军士不习水战，故以铁索将船舰连在一起。周瑜采取黄盖火攻计策，趁着猛烈的东南风，冲近曹军，同时发火，"顷之，烟焰张天，人马烧溺死者甚众。"大败曹军于赤壁。事见《资治通鉴》卷六五。周郎：周瑜（175—210），字公瑾，三国庐江舒人。"瑜时年二十四，吴中皆呼为周郎。"与孙策同岁，并相友善，策死，弟权继位，瑜以中护军与张昭共掌众事。赤壁之战后，拜南郡太守。后进军取蜀，至巴丘而死。事见《三国志·吴志·周瑜传》。

⑤铜雀：即铜雀台。汉末建安十五年（210），曹操建铜雀台、冰井、金虎三台。故址在今河北临漳县西南。铜雀台高十丈，周围殿屋一百二十间。于楼顶置大铜雀，舒翼若飞，故名铜雀台。二乔：三国时乔公的两个女儿，是东吴有名的美女。大乔嫁孙策，小乔嫁周瑜。

[点评]

武宗会昌二年（842），杜牧出为黄州刺史，四年九月，转池州刺史。黄州有赤壁矶，牧守黄州时曾游此，有感于周瑜赤壁之战事，而作此诗。诗中赤壁，并非赤壁之战时周瑜破曹操之地，只是借黄州赤壁抒怀古之意而已。这首诗表明了杜牧对赤壁之战的看法，认为周瑜的胜利是出于侥幸。如果不是东风相助，孙吴的霸业将成泡影，三国鼎立的局面就不会形成，整个历史也将重写。诗亦隐寓作者怀才不遇的情绪。全诗豪迈俊爽，峭拔劲健，最能代表杜牧绝句的特色。同时议论精辟，对宋诗影响很大。

诗的前二句是兴感之由，后二句因感慨而议论。这首诗在艺术上最成功之处是采用了背面敷粉法。诗人以为导致周瑜战争胜利的因素是东风，但他并不正面描写东风如何帮助周瑜取得胜利，而是从反面着笔，假使东风不给周瑜提供方便，击败南下的曹军，历史将会变成另一个样子。诗人只是将锋利的笔锋一转，就完全改变了战争的形势及周瑜在战争中的地位与作用。把对三国鼎立的历史形势起决定作用的赤壁大战归结为侥幸与偶然。清赵翼说："杜牧之作诗，恐流于平弱，故措辞必拗峭，立意必奇辟，多作翻案语，无一平正者。"(《瓯北诗话》卷十一)道出了这一特点。这首诗的独到之处还在于运用了以小见大的写法。由一个小小的沉埋于沙中的"折戟",想到了历史的往事,想到了汉末分裂动乱的年代,想到了具有重大意义的战役,想到了赤壁鏖战中的重要人物。最后又以两位女子的命运暗示战争的结局。这两位女子,一是吴国前主孙策的夫人,一是吴军统帅周瑜的夫人,她们代表东吴的性命,东吴的尊严。刘永济《唐诗绝句精华》211 页:"大抵诗人每喜以一琐细事来指点大事,即如此诗二乔不曾被捉去,固是一小事,然而孙氏霸权,决于此战,正与此小事有关。家国不保,二乔又何能安然无恙。二乔未被捉去,则家国巩固可知。写二乔正是写家国大事。且以二乔立意,可以增加诗之情趣。"也是切中肯綮的解释。

　　杜牧平生自负知兵,故这首诗中的议论也是他军事上自负之情的流露。侥幸成功的议论,又使人隐约感到他对历史上的周瑜带有一点嘲讽的意味。我们由此想到阮籍登广武城,观楚汉战场时发出的慨叹:"时无英雄,遂使竖子成名!"故杜牧自负之中,也透露出抑郁不平之气,大概就是这首诗的主旨所在。

兰　溪①

兰溪春尽碧泱泱②,映水兰花雨发香。

楚国大夫憔悴日,应寻此路去潇湘③。

[注释]

①诗有原注:"在蕲州西。"蕲州即今湖北蕲春县。兰溪即黄州兰溪镇,镇东有竹林磴,为箸竹山群峰之一,其处多兰,其下有溪,故称兰溪。兰溪镇在黄州南七十里。

②泱泱(yāng yāng):水面广阔。

③楚国二句:谓当年楚国三闾大夫屈原被流放憔悴的时候,应该是沿着这条道路去潇湘的。楚国大夫,即屈原。《史记·屈原列传》:"屈原至于江滨,被发行吟,颜色憔悴,形容枯槁。"潇湘,潇水与湘水,二水在湖南省零陵县合流。

[点评]

　　这首诗作于会昌四年(844)暮春。时杜牧在黄州刺史任。诗有原注:"在蕲州西。"蕲州即今湖北蕲春县。兰溪即黄州兰溪镇,镇东有竹林磴,为箬竹山群峰之一,其处多兰,其下有溪,故称兰溪。兰溪镇在黄州南七十里。宋吴曾《能改斋漫录》卷九《两兰溪县》条:"兰溪在唐,为两县名。一属蕲州,一属婺州。杜牧之诗'兰溪春尽碧泱泱',盖蕲州之兰溪也。杜守黄州作此诗,黄承兰溪下流故耳。"诗中通过兰溪景色的描写与古代所发生事情的联想,抒发自己报国无门、怀才不遇的感慨。因兰溪古属楚国,所以联想到屈原有可能由此路而去潇湘。杜牧怀才不遇,与屈原相似,故更加同情屈原,且借屈原以寄慨。

题木兰庙①

弯弓征战作男儿②,梦里曾经与画眉③。

几度思归还把酒,拂云堆上祝明妃④。

[注释]

①木兰庙:在今湖北黄冈西一百零五里木兰山。

②弯弓句:谓木兰女扮男装,驰骋于沙场。

③梦里句:谓木兰只有在梦里才恢复自己女儿的本色,给自己画眉打扮。与,介

词,义为给或使。

④拂云堆:唐时朔方军北接突厥,以河为界,河北岸有拂云堆神祠,突厥如有行军之事,必先往祠祭酹求福。其地在今内蒙古五原县。明妃:即王昭君。西汉元帝宫人,名嫱,南郡秭归(今湖北秭归)人,字昭君。晋人避司马昭讳,改为明君,后人又称明妃。竟宁元年(前33),匈奴呼韩邪单于入朝,求美人为阏氏,帝予昭君,以结和亲。昭君戎服乘马,提琵琶出塞。入匈奴,号宁胡阏氏。卒葬于匈奴。事见《汉书·匈奴传》。今内蒙古呼和浩特市南有昭君墓。

[点评]

这首诗约作于会昌四年(844),时杜牧在黄州刺史任。木兰庙在今湖北黄冈西一百零五里木兰山。北朝乐府有《木兰诗》,叙述木兰女扮男装,代父从军,为国立功的事迹,杜牧这首诗就是谒庙时题壁之作,赞扬了木兰先国而后家的崇高精神。诗人通过对木兰复杂心理的模拟,并以王昭君作陪衬,揭示了木兰的忠勇精神,并透露出作者的敬慕之情。

登乐游原①

长空澹澹孤鸟没,万古销沉向此中②。

看取汉家何事业,五陵无树起秋风③。

[注释]

①乐游原:即乐游苑,本汉宣帝建,故址在今陕西西安市郊。原为秦宜春苑,汉宣帝神爵三年(前59)修乐游庙,因以为名。

②长空二句:谓广袤无边的长空,一只孤鸟悠然隐去,而千万年的历史也就像这

孤鸟一样,消失在长空之中。澹澹(dàn dàn):广大无边。销沉:消亡,磨灭。
③看取二句:谓即使像汉王朝那样辉煌的功业,现在还剩下什么呢?只有秋风吹
着连树木也荡然无存的五陵了。五陵,汉朝皇帝每立陵墓,都把四方富家豪族和
外戚迁至陵墓附近居住。最著名的有五陵:即高祖长陵、惠帝安陵、景帝阳陵、武
帝茂陵、昭帝平陵。这五陵是汉朝全盛的象征。后来诗文中常以五陵为豪门贵
族聚居之地。秋风,语意双关。一指眼前的秋风;一化用汉武帝《秋风辞》意:
"秋风起兮白云飞,草木黄落兮雁南归。兰有秀兮菊有芳,怀佳人兮不能忘。泛
楼船兮济汾河,横中流兮扬素波。箫鼓鸣兮发棹歌,欢乐极兮哀情多。少壮几时
兮奈老何!"

[点评]

　　这首诗约作于大中四年(850)。乐游原,在长安城南,地势很高,四望宽敞,
京都士女多来登临游赏。杜牧登上乐游原,思绪已跨越漫长的岁月,万古之前,
千秋万代,人世沧桑,都消失在澹澹的长空中。即使是极为强盛的汉代,也仅存
留秋风萧瑟中的寂寞陵园而已。感慨既深刻又沉痛。尤其是前二句,"有包扫
一切之慨,犹岑参《与高适薛据同登慈恩寺浮图》诗:'五陵北原上,万古青濛
濛。'若置身阆风之颠,俯视万象,类泡影之明灭也。宋人词'消沉今古意无穷,
尽在长空澹澹飞鸟中',即袭用此诗"(俞陛云《诗境浅说续编》)。刘永济《唐人
绝句精华》208页:"此登高怀古之作。乐游原起汉时,故即汉兴感。首二句已极
豪宕。长空澹澹之中,不知销沉几许世代。今日登临,但见孤鸟飞翔,此时诗人,
已感慨至深,而语却豪宕。……此诗第三句为一篇之主。盖即就汉代言,亦与万
古同其销沉,故曰'看取汉家何事业',言试看今日汉家尚有何事可供凭吊,即五
陵亦已残破不堪,则他何可问。杨仲弘说绝句多以第三句为主,第三句转变得
好,则第四句如顺流之舟矣。以此诗证之益信。"

过勤政楼①

千秋佳节名空在②，承露丝囊世已无③。

惟有紫苔偏称意④，年年因雨上金铺⑤。

[注释]

①勤政楼：唐兴庆宫楼名。唐玄宗开元二年（714），以旧邸为兴庆宫，后于宫之西南建楼，其西题为"花萼相辉之楼"，南曰"勤政务本之楼"。

②千秋佳节：即千秋节，玄宗生日。玄宗生于八月初五，开元十七年（729），源乾曜、张说等请以这一天为千秋节。天宝二年（743）改为天长节，至元和二年（807）停止举行。

③承露丝囊：唐开元十七年（729）定玄宗生日为千秋节，是日百官献承露囊，囊以丝结成。民间也仿制为节日礼品，互相遗赠。承露，意谓接受皇帝的恩惠。

④紫苔句：谓只有青苔随意滋生，年年趁着雨天，爬上勤政楼的门上。紫苔，青苔。称意，得意，此指随意滋生。金铺，门上兽面形铜制环纽，口中衔环，用以装饰、启闭门户。

[点评]

　　勤政楼即勤政务本之楼，在长安兴庆宫内。诗是由今思昔，借勤政楼的颓废而慨叹唐王朝的兴盛已一去不复返。八月初五是玄宗生日，开元十七年由宰相奏请，定为千秋节，"群臣以是日进万寿酒，王公戚里进金镜绶带，士庶以结丝承露囊更相问遗"（《唐会要》卷二九）。但眼下千秋节还在，承露囊已无影无踪。首尾仅仅一个世纪，变化如此之大。诗人以承露囊反映百年的盛衰变化，是以小见大之笔。末二句写眼前景。现在的勤政楼，只是一片荒凉，连宫门上的金铺都长满青苔了。更照应上半"空"字。诗虽四句二十八字，但在感慨之中蕴含着对朝政败坏的暗讽。昔年玄宗建勤政楼，口头上说要"勤政务本"，实则上在玄宗生日的千秋佳节，楼前杂陈百戏，举国欢腾，玄宗渐近晚年，也日益昏聩，以至于安禄山一反，皇帝也做不成了，还谈什么勤政务本。而今勤政楼已成废址，更可反映出此时之政治环境尚不如玄宗时。俞陛云《诗境浅说续编》："开元之勤政楼，在长庆时白乐天过之，已驻马徘徊，及杜牧重游，宜益见颓废。诗言问其名则空称佳节，求其物已无复珠囊，昔年壮丽金铺，经春雨年年，已苔花绣满矣。后人过萤苑诗云：'闪闪寒磷犹得意，夜深来往豆花丛。'与此诗后二句同意。因废苑荒凉，为萤火、苍苔滋生之地，客子所伤心者，正萤与苔所称意，其荒寂可知矣。"

题魏文贞[1]

蟪蛄宁与雪霜期[2]，贤哲难教俗士知[3]。

可怜贞观太平后[4]，天且不留封德彝[5]。

[注释]

①题一作《过魏文贞宅》。魏文贞：即魏征（580—643），字玄成，曲城人，徙家内黄（今河南内黄）。秦王李世民杀建成，引征为詹事主簿，官至谏议大夫、秘书监。遇事敢谏，前后陈谏二百余事，为太宗所畏。卒谥文贞。新、旧《唐书》有传。

②蟪蛄句：蟪蛄怎么能与霜雪相期相遇呢？蟪蛄，蝉的一种，黄绿色，翅有黑白条纹，夏末自早至暮，鸣声不息，春生夏死，夏生秋死。《庄子·逍遥游》："朝菌不知晦朔，蟪蛄不知春秋。"

③贤哲句:谓贤智之人很难被俗人理解。意谓魏征与封德彝不能相提并论。

④贞观太平:贞观时唐太宗进贤纳谏,以致天下太平,号称"贞观之治"。贞观,唐太宗年号,公元627年至公元649年。

⑤封德彝:名伦,以字显,太宗大臣。初仕隋,后归唐,仕至尚书右仆射。封德彝死后,太宗对大臣说:"此(魏)征劝我行仁义,既效矣,惜不令封德彝见之!"

[点评]

这首诗用对比的手法,对贞观名臣魏征进行高度的赞颂。据历史记载,唐太宗即位四年,曾经慨叹隋末大乱以后,天下一定难以治理好。魏征不同意,认为:"大乱之易治,譬如饥人之易食也。"又说,"贤哲之治,其应如响,期月而可,盖不其难。"当时封德彝大加反对,说魏"书生好虚论,徒乱国家,不可听"。封德彝死后,太宗对大臣说:"此(魏)征劝我行仁义,既效矣,惜不令封德彝见之!"诗即咏此事。由追怀贞观之治,反衬出当时局势之不尽如人意。

过华清宫绝句三首①

长安回望绣成堆,山顶千门次第开②。

一骑红尘妃子笑,无人知是荔枝来③。

新丰绿树起黄埃,数骑渔阳探使回④。

霓裳一曲千峰上,舞破中原始下来⑤。

万国笙歌醉太平，倚天楼殿月分明⑥。

云中乱拍禄山舞，风过重峦下笑声⑦。

[注释]

①华清宫：唐宫名，故址在今陕西临潼县骊山上。山有温泉。唐贞观十八年（644）置，咸亨二年（671）名温泉宫。天宝六载（747），大加扩建，更名华清宫。

②长安二句：谓回望长安，见到锦绣成堆。山顶上宫门鳞次栉比，成百上千。绣即绣岭，东绣岭在骊山之右，西绣岭在骊山之左。次第，一个接着一个。

③一骑二句：谓远处一骑飞来，扬起尘土，杨贵妃会心而笑，因为只有她知道是送荔枝来了。

④新丰二句：新丰那边的绿树扬起了黄尘，是探听安禄山消息的使臣回来了。新丰，唐县名，在今陕西临潼东北新丰镇，去华清宫不远。渔阳，天宝元年（742）改蓟州为渔阳郡，在今河北蓟县、平谷一带，是当时安禄山的驻地。探使回，原注："帝使中使辅璆琳探禄山反否，璆琳受禄山金，言禄山不反。"

⑤霓裳二句：谓骊山千峰之上，还奏着《霓裳羽衣曲》，一直到中原残破，方肯罢休。这里的霓裳，指《霓裳羽衣曲》。

⑥万国二句：在全国各地到处灯红酒绿、歌舞升平的景象中，巍峨的骊山宫殿，直耸云霄，被月光照得彻夜通明。万国，当时中国是万邦朝会的大国，故称。

⑦云中二句：在这高山之巅，安禄山跳着快速的胡旋舞，宫女们乐得把拍子都打乱了；风过之处，山顶上飘下了阵阵笑声。云中，因骊山高耸入云，故称。

[点评]

　　这组诗，是杜牧过骊山华清宫时，借历史陈迹而对安史之乱这一影响唐朝命运的重大历史事件引发的思考。晚唐是内忧外患极为深重的多事之秋，当时的君主都耽于逸乐，没有远虑。杜牧在《过华清宫绝句》中，追原祸始，对荒淫误国的唐玄宗大加鞭挞，对奢侈贪婪的杨贵妃深刻讽刺，对谋反叛乱的安禄山无情痛击，目的也是给当朝皇帝如唐敬宗之流，敲响警钟。当时社会，世风败坏，统治者"大起宫室，广声色"，过着骄奢淫逸的生活，国家衰败的局势随处可见,诗人感慨深沉,故以诗借古讽今。诗人借唐玄宗、杨贵妃荒淫误国的故事,选取几个典型的场景加以艺术概括。诗虽短,却包含了极为丰富的内容,并具有风神俊爽的艺术美感。第一首尤脍炙人口。前二句描写骊山行宫,富丽深邃,后二句表现玄宗荒淫好色、贵妃恃宠而骄的主题。全诗含蓄、凝练、朴素、精深,显示了极大的艺术魅力。明人谭元春评此诗"可见可思"(《诗归》),确为知言。

关于杨贵妃吃荔枝事,唐时记载不少,而稍有歧异。唐李肇《国史补》卷中说:杨贵妃生于蜀中,喜欢吃鲜荔枝,而南海生产的荔枝,比蜀中要好得多,所以每年都要奔马飞驰以进送。又据《开元天宝遗事》记载:天宝间州贡荔枝,到长安色香不变,杨贵妃非常喜欢,唐玄宗为了让杨贵妃高兴,使州县以邮传疾送,七天七夜到达京师,以至于人马僵毙,死望于道,老百姓对此感到非常痛苦。杜牧这首诗所咏的就是此事。他选取杨贵妃吃荔枝一事,与唐代的安史之乱联系起来,不仅具有盛衰之意,更表现了他对历史治乱之迹的深层思考。自从杜牧写这首诗描绘杨贵妃吃荔枝以致误国的行径以后,这个题材引起后人极大的注意,如宋苏轼的《荔枝叹》:"十里一置飞尘灰,五里一堠兵火催。颠坑朴谷相枕藉,知是荔枝龙眼来。飞车跨山鹘横海,风酸露叶如新采。宫中美人一破颜,惊尘溅血流千载。"

春申君^①

烈士思酬国士恩,春申谁与快冤魂。

三千宾客总珠履^②,欲使何人杀李园^③。

[注释]

①春申君：名黄歇（前？—前238），战国楚人。顷襄王时，出使于秦，止秦之攻。考烈王立，以歇为相，封春申君，赐淮北地十二县，后改封于江东。曾救赵却秦，攻灭鲁国。相楚二十五年，有食客三千余人，与齐孟尝君、赵平原君、魏信陵君，俱以养士著称，后人称之为"四公子"。考烈王死，后为李园所杀。

②三千句：指春申君门客三千余人，其上客皆蹑珠履。

③李园：李园事春申君为舍人，将其妹送于春申君，知其有身孕，后言之楚王。楚王召入并宠幸她。不久生男，立为太子，以李园之妹为王后。李园掌权后，想杀春申君以灭口。朱英对春申君说：楚王崩，李园必先入……杀君以灭口。君先仕臣为郎中，王崩，李园先入，臣请为君杀之。春申君回答：先生置之，勿复言已。朱英恐惧而逃。后十七日，考烈王崩，李园果然先入，置死士于棘门之内，春申君后入，死士夹刺春申君，斩其头，投之棘门外。于是尽灭春申君之家。事见《战国策·楚策四》。

[点评]

春申君是战国时期著名的"四公子"之一，以养士著称，但最后为李园所杀。诗即咏春申君的遭遇。诗以对比的手法对春申君的所为进行委婉的讥刺。诗言烈士一诺千金，对于知遇者有恩必报，但是春申君的冤魂有谁来安慰呢！他的门客虽有三千余人，而且待遇很高，但没有一个人出来杀掉春申君仇人李园的。无人杀李园，说明他所养的三千士中无有能者，也都不是烈士，这些人都是中看不中用之徒。由此我们想到宋代王安石在《读孟尝君传》中，称孟尝君所养之士，"皆鸡鸣狗盗之徒"，与杜牧此诗有异曲同工之妙。

台城曲二首^①（其一）

整整复斜斜,隋旟簇晚沙^②。

门外韩擒虎^③,楼头张丽华^④。

谁怜容足地,却羡井中蛙^⑤。

[注释]

①台城:一名苑城,本战国吴后苑城,晋成帝咸和中作新宫,名建康宫,晋宋间谓朝廷禁省为台,故号台城。故址在今江苏南京市玄武湖侧。

②整整二句:谓隋军声势浩大,战旗在傍晚时分簇拥于沙滩之上。整整、斜斜,形容战旗簇拥纷乱的样子。

③韩擒虎:原名豹,字子通,隋河南东垣人。以胆略见称,屡立战功。开皇初为庐州总管,文帝委以平陈之任。开皇九年,大举伐陈,擒虎为先锋,以轻骑五百,直取金陵,生俘陈后主。陈平后,进位上柱国。《隋书》有传。

④张丽华:陈后主妃,以美色见宠。后主荒淫厚敛,国力衰微,隋兵入陈,与后主自投入宫内景阳井,为隋军搜出,被杀。《隋书》附《沈皇后传》。

⑤谁怜二句:谓有谁会同情他们像青蛙那样投入景阳井中去藏身呢？容足,立足。井中蛙,据《资治通鉴》卷一七七《隋纪》记载,后主与张贵妃等入井,"既而军人窥井,呼之,不应。欲下石,乃闻叫声。以绳引之,惊其太重,及出,乃与张贵妃、孔贵嫔同束而上。"诗以井中蛙代指陈后主与张贵妃等入井事。

[点评]

　　这首诗是杜牧经过台城时怀古之作,描写陈后主荒淫昏庸,以致亡国的悲剧。

题宣州开元寺水阁，
阁下宛溪夹溪居人①

六朝文物草连空②，天澹云闲今古同。

鸟去鸟来山色里，人歌人哭水声中③。

深秋帘幕千家雨④，落日楼台一笛风。

惆怅无因见范蠡，参差烟树五湖东⑤。

[注释]

①开元寺：本为宣城县中景德寺，晋时名永安寺，唐时改为开元寺。水阁，开元寺
中临宛溪而建的楼阁。宛溪，源出安徽宣城东南峄山，东北流为九曲河，折而西
绕城东，称宛溪。北流合句溪，又北流入当涂县境，合于青弋江，由此出芜湖入长
江。开元寺就在宛溪畔。

②六朝：指建都于建康的东吴、东晋、宋、齐、梁、陈六朝。开元寺建于东晋，是六
朝的遗迹，故杜牧题寺而想到六朝的灭亡。文物：具有历史与艺术价值的古代遗
物。

③人歌句：谓人们世世代代就在这流水声中聚集、繁衍与生息。《礼记·檀弓
下》："晋献文子成室，晋大夫发焉。张老曰：'美哉轮焉！美哉奂焉！歌于斯，哭
于斯，聚国族于斯。'"杜牧化用其意。

④帘幕：窗帘、帷幕等室内陈设。

⑤惆怅二句：谓因无缘见到范蠡而感到惆怅，所能见到的只是太湖之东参差不齐
的树影。慨叹自己不能像范蠡那样为国家建功立业。无因，无缘、无由、无法。

范蠡,字少伯,春秋楚宛人。越国大夫,辅佐越王勾践刻苦图强,卒灭吴国。以勾践为人可与患难,不能共安乐,"遂乘轻舟以浮于五湖,莫知其所终极"事见《国语·越语》。参差,不齐的样子。五湖,古今说法不一,一以太湖为五湖,二以太湖附近四湖(滆湖、洮湖、射湖、贵湖)为五湖。本诗之五湖指太湖。

[点评]

这首诗作于开成三年(838)秋。杜牧在开元寺水阁登临凭眺,想到此地曾经有过六朝繁华,如今只见连天的秋草,古今千年,同样是天澹云闲,但人世已经历过多少沧桑!当此风物长存而繁华不再之时,不由想起功成身退、泛舟五湖的范蠡。诗即景抒情,熔写景与怀古于一炉,并赋予深邃的人生哲理,涵容极大,且俊爽明快,是不可多得的佳作。诗以古今盛衰的变迁与宇宙的永恒不变对比,引发深沉的感慨。六朝的繁华胜迹,早已不在,而眼前只有绿草连空,但天澹云闲,则古今一直如此;鸟去鸟来,人歌人哭,突出了世上瞬息变化的生活,而山色水声则暗示自然永恒不变的秩序。初唐张若虚《春江花月夜》:"古人不见今时月,今月曾经照古人。"晚唐罗隐《春日游禅智寺》诗:"花开花谢长如此,人去人来自不同。"宋王禹偁《金陵怀古》诗:"六朝山色情终在,千古江声恨未平。"与此诗同一意绪。清薛雪《一瓢诗话》:"杜牧之晚唐翘楚,名作颇多,而恃才纵笔处亦不少。如《题宣州开元寺水阁》,直造老杜门墙,岂特人称小杜已哉?"清许印芳亦言:"此诗全在景中写情,极洒脱,极含蓄,读之再三,神味益出,与空讲风调者不同。学者须从运实于虚处求之,乃能句中藏句,笔外有笔。若徒揣摩风调,流弊不可胜言矣。"(《瀛奎律髓汇评》卷四)都是对此诗极高的评价。

题武关^①

碧溪留我武关东^②,一笑怀王迹自穷^③。

郑袖娇娆酣似醉^④,屈原憔悴去如蓬^⑤。

山墙谷堑依然在^⑥,弱吐强吞尽已空^⑦。

今日圣神家四海^⑧,戍旗长卷夕阳中^⑨。

[注释]

①武关:在陕西省商南县西北。战国时秦之南关。楚怀王三十年(前299),秦昭王遗书楚王,约会于武关,即此。

②碧溪:指商洛水。

③怀王:楚怀王(前?—前296),战国楚王,名槐。信任靳尚及幸姬郑袖,疏远屈原,国政腐败,先后为秦齐所败,又听张仪计,轻信秦昭王之约,不听屈原劝阻,径往武关,入朝于秦,被留,三年后死于秦国。见《史记·楚世家》及《屈原列传》。

④郑袖句:谓怀王宠爱郑袖,为其美色所惑。郑袖,战国楚怀王后,号称南后。能歌善舞,宠冠后宫。张仪为秦使楚,怀王以仪离间齐楚好,欲杀之,仪因与怀王幸臣靳尚合谋,使郑袖日夜说怀王,释张仪,亲秦绝齐。楚卒因孤立,为秦所灭。事见《史记·张仪列传》及《战国策·楚策三》。娇娆,妩媚的姿态。

⑤屈原句:谓楚怀王疏远屈原,终使流落沅湘。《史记·屈原列传》:"屈原至于江滨,被发行吟泽畔。颜色憔悴,形容枯槁。渔父见而问之曰:'子非三闾大夫欤?何故而至此?'屈原曰:'举世混浊而我独清,众人皆醉而我独醒,是以见放。'"蓬,蓬草。此以蓬草之随风飘转比喻屈原被放逐江南。

⑥山墙谷堑:谓武关地势险要,有群山环绕,溪谷深如壕沟。

⑦弱吐强吞:弱者被强者所并吞。

⑧圣神:指皇帝英明神圣。家四海:谓四海一家,天下一统。

⑨戍旗:边防区域营垒、城堡上的旌旗。

[点评]

　　这首诗作于开成四年(839)春,时杜牧由宣州赴京取道长江、汉水入京途经
武关。武关,在今陕西省商南县西北。战国时楚怀王听信郑袖谗言疏远屈原,以
致为秦王欺骗而入武关,秦绝其后,以求割地,最后怀王竟死于秦。诗咏其事。
诗人感慨地说:"山墙谷堑依然在,弱吐强吞尽已空。"尽管今日四海平定之时,
也应吸取教训。诗虽咏史,意在为当朝皇帝提供借鉴。

题青云馆①

虬蟠千仞剧羊肠②,天府由来百二强③。

四皓有芝轻汉祖④,张仪无地与怀王⑤。

云连帐影萝阴合⑥,枕绕泉声客梦凉⑦。

深处会容高尚者,水苗三顷百株桑⑧。

[注释]

①青云馆:在商州商洛县南。

②虬蟠句:谓千山万仞像虬龙一样盘曲相纠,山间道路比羊肠还要复杂。虬蟠,
像龙蛇一样盘曲相纠。羊肠,喻指崎岖曲折的山间道路。

③天府句：谓自古以来是形胜之地，其地险要，两万人足以抵挡百万。天府，指肥沃、险要、物产富饶的地区。

④四皓句：谓四皓退隐商山，有紫芝疗饥，连汉高祖都不放在眼里。据晋皇甫谧《高士传》卷上，四皓都是河内轵人。秦始皇时，见秦政暴虐，就退入兰田山，而作歌云："莫莫高山，深谷逶迤。煜煜紫芝，可以疗饥。唐虞世远，吾将何归？"于是共入商洛，隐于地肺山，及秦败亡，汉高祖征之，不至，深匿于终南山。

⑤张仪句：谓张仪并没有把商于之地给予楚怀王。张仪，战国魏人。相秦惠王，以连横之策说六国，使六国背纵约而共同事秦。据《史记·屈原列传》："秦惠王令张仪佯去秦事楚，曰：'秦甚憎齐，楚诚能绝齐，秦愿献商于之地六百里。楚怀王贪而信张仪，遂绝齐，使使如秦受地。张仪诈之曰：'仪与王约六里，不闻六百里。'"

⑥云连句：谓云烟连绵，如同帷帐一般，薜萝阴深丛集。

⑦枕绕句：谓泉声萦绕枕边，客梦之中犹带凉意。

⑧深处二句：谓在山峦深处，应该容纳像四皓那样的高士，他们在那里种植三顷水田、百株桑树，过着优游林下的生活。高尚者，谓像商山四皓那样的高士。水苗，即稻种。

[点评]

这首诗作于开成四年(839)，时杜牧由宣州赴京途经青云馆。清钱谦益、何焯《唐诗鼓吹注》卷六："此言商山之高如龙盘屈曲，险于羊肠，乃天府之地，有百二山河之壮，四皓于此采芝，张仪于此拒楚，芳踪胜迹，固彰彰在人耳目者。然是馆也，帐连云而萝阴合，枕绕泉而客梦凉，高人隐居于此，则有农桑之乐，可以忘世，何世驰情于利禄哉！"

过骊山作①

始皇东游出周鼎②，刘项纵观皆引颈③。

削平天下实辛勤④，却为道旁穷百姓⑤。

黔首不愚尔亦愚⑥，千里函关囚独夫⑦。

牧童火入九泉底，烧着灰时犹未枯⑧。

[注释]

①骊山：在今陕西省临潼县东南，距西安七十余里，秦始皇的陵墓就坐落在此处。

②始皇句：谓秦始皇统一六国后，曾五次巡游，目的是要找出失落的周鼎。始皇东行郡县，过彭城，想从泗水中捞出周鼎，使千人潜水寻求，没有找到。因为周鼎是周朝的传国重器，共九个，是天子权力的象征。事见《史记·秦始皇本纪》。

③刘项句：谓刘邦、项羽对秦始皇出巡皆探头观望。刘邦微时，曾在咸阳纵观秦始皇帝出巡，叹息说："嗟乎！大丈夫当如此也！"始皇出巡会稽，渡浙江，项羽与叔父项梁一起观看，项羽说："彼可取而代也。"事见《史记·高祖本纪》与《项羽本纪》。此诗前二句就是述说此事。引颈，探头观望。

④削平句：谓秦始皇为了统一天下，实在勤苦经营。秦为了统一天下，从献公、孝公开始蚕食诸侯，到始皇统一六国，辛辛苦苦，用了一百多年时间，故司马迁慨叹说："盖一统若斯之难也！"

⑤却为句：谓秦辛辛苦苦统一天下，最后却让穷百姓起家的刘邦得利。秦朝建立后，仅十五年，就被农民起义推翻。天下被布衣起家的刘邦所夺取。故称"却为天下穷百姓"。

⑥黔首句：谓秦始皇的愚民政策并没有使老百姓愚昧，只是愚了自己。黔首，老百姓，因为秦时"更名民曰黔首"。始皇统一中国后"焚百家之言，以愚黔首"。他采用"焚书坑儒"的残酷行径，以实施他的愚民政策，干的愚蠢事越来越多。

⑦千里句：谓秦始皇最后落得独夫的下场。始皇统一六国后，认为函谷关天险可作凭借，稳坐于关中千里之地，以至于子孙万世，传之无穷。然而，这一天险牢牢地锁住了秦始皇这一残酷暴虐、众叛亲离、无人依附、堪称"独夫"的君主。函关，即函谷关，在今河南省灵宝市西南。独夫，指众叛亲离、无人拥护的君主。

⑧牧童二句：谓牧童一把火烧到了地底，把秦始皇的尸体烧成灰烬时，尸骨还没有朽烂。以此说明灭亡之速。据《汉书·刘向传》记载，秦始皇帝葬于骊山之旁，坟高五十余丈，周回五里有余。天下百姓对建筑陵墓之役，甚感困苦，因而不断有谋反之事。骊山之役未完之时，陈胜的将领周章率领百万军队已至其下。后来项羽又烧毁了宫室营宇，还有不少人见到项羽掘墓。后来，有一牧童亡走了羊，羊进入了墓穴，牧童拿着火把照亮墓穴以找羊，失火烧掉了棺椁。以至于刘向感叹说："自古及今，葬未有盛如始皇者也。数年之间，外被项籍之灾，内离牧竖之祸，岂不哀哉！"

[点评]

这首诗是杜牧路过骊山秦始皇墓时有感而作。骊山在今陕西省临潼县东南，距西安七十余里，秦始皇的陵墓就坐落在此处。南倚骊山，北临渭水，景色秀丽，气势雄伟。据《史记·秦始皇本纪》记载，始皇即帝位后，征发七十万人，修筑陵墓，"坟高五十余丈，周回五里余"，墓中藏满奇珍异宝，并以水银灌注为百川江河大海，以宝石珍珠镶嵌成日月星辰。上具天文，下具地理，以人鱼膏为烛，点燃后长久不灭。确实是极为豪华而又坚固的地下宫殿。秦始皇下葬后，秦二世为了"防泄大事"，把筑墓工匠全部埋在墓道之中；宫中凡未生育的宫女，全部殉葬。杜牧这首诗，主要评说秦始皇的是非功过。通过对秦始皇荒淫奢侈生活的描写，借古讽今，对唐朝统治者提出警告。与杜牧其他诗相比，末二句显得太刻露、苛酷，应当是少年气盛时的作品。唐代诗人章碣的《焚书坑》诗写道："竹帛烟消帝业虚，关河空锁祖龙居。坑灰未冷山东乱，刘项原来不读书。"历史昭示后人：愚民政策只能导致自己的灭亡，而人民是不可抗拒的。

西江怀古①

上吞巴汉控潇湘②,怒似连山净镜光③。

魏帝缝囊真戏剧④,苻坚投筆更荒唐⑤。

千秋钓舸歌明月,万里沙鸥弄夕阳。

范蠡清尘何寂寞,好风惟属往来商⑥。

[注释]

①西江:应指历阳乌江附近的长江。

②上吞句:谓西江气势浩瀚,上游侵吞巴江、汉水,控扼潇湘。巴汉,巴江与汉水,长江两条重要支流。潇湘,潇水和湘水,至零陵北合流,谓之潇湘。经衡阳,抵长沙,入洞庭。

③怒似句:谓西江波涛汹涌的时候,有如连绵起伏的山峦,平静的时候,又如一面明镜。

④魏帝句:谓魏武帝曹操想用布囊盛沙以堵塞江流,简直是在做戏。魏帝缝囊,《三国志·吴志·步骘传》引《吴录》:"骘表言曰:'北降人王潜等说,北相部伍,图以东向,多作布囊,欲以盛沙塞江,以大向荆州。夫备不豫设,难以应卒,宜为之防。'(孙)权曰:'此曹衰弱,何能有图?必不敢来。若不如孤言,当以牛千头,为君主人。'后有吕范、诸葛恪为说骘所言,云:'每读步骘表,辄失笑。此江与开辟俱生,宁有可以沙囊塞理也!'"戏剧,儿戏,开玩笑。

⑤苻坚句:谓苻坚夸称投鞭于江,足断其流,更是荒唐之举。苻坚投筆,《晋书·苻坚载记》:"以吾众旅,投鞭于江,足断其流。"

⑥范蠡二句：谓范蠡那种清静的境界是何等的寂寞，西江之上所见的只有来来往往的商人。范蠡，字少伯，春秋楚人。仕越为大夫，辅佐越王勾践刻苦图强，卒灭吴国。以勾践为人可与同患难，不能共安乐，去越，浮海入齐，变姓名，自称鸱夷子皮。后到陶，称朱公，经商致富。十九年中，资产三致千金，皆分给贫交与远亲。清尘，清静无为的境界。

[点评]

这首诗疑为杜牧开成四年（839）春赴京途中经过西江怀古之作。西江，应指历阳乌江附近的长江。曾国藩《十八家诗钞》卷二十："注家谓楚人指蜀江为西江，谓从西而下也。愚按诗中苻坚、魏帝等语，殊不似指蜀中者。六朝、隋、唐皆以金陵为江东，历阳为西，厥后，豫章郡夺江西之名，而历阳等处不甚称江西矣。此西江或指乌江言之。"按诗有"上吞巴汉"语，则在汉水之东甚明，故曾说可据。本诗重点在怀范蠡。慨叹世无范蠡，可惜江上好风，总吹财奴。诗人从江上放开眼界，横看"万里"，竖看"千秋"，气魄宏伟。五六两句，写景极佳，清贺裳赞其"尤有江天浩荡之景"（《载酒园诗话又编》）。

华清宫三十韵①

绣岭明珠殿②，层峦下缭墙③。

仰窥雕槛影④，犹想赭袍光⑤。

昔帝登封后⑥，中原自古强⑦。

一千年际会⑧，三万里农桑。

几席延尧舜⑨，轩墀立禹汤⑩。

雷霆驰号令⑪,星斗焕文章⑫。

钓筑乘时用⑬,芝兰在处芳⑭。

北扉闲木索⑮,南面富循良⑯。

至道思玄圃⑰,平居厌未央⑱。

钩陈裹岩谷⑲,文陛压青苍⑳。

歌吹千秋节㉑,楼台八月凉。

神仙高缥缈,环佩碎丁当㉒。

泉暖涵窗镜,云娇惹粉囊㉓。

嫩岚滋翠葆㉔,清渭照红妆㉕。

帖泰生灵寿,欢娱岁序长㉖。

月闻仙曲调,霓作舞衣裳㉗。

雨露偏金穴,乾坤入醉乡㉘。

玩兵师汉武㉙,回手倒干将㉚。

鲸鬣掀东海,胡牙揭上阳㉛。

喧呼马嵬血,零落羽林枪㉜。

倾国留无路,还魂怨有香㉝。

蜀峰横惨澹,秦树远微茫㉞。

鼎重山难转,天扶业更昌㉟。

望贤余故老,花蓼旧池塘㊱。

往事人谁问,幽襟泪独伤。

碧檐斜送日,殷叶半凋霜㊲。

迸水倾瑶砌,疏风罅玉房㊳。

尘埃羯鼓索㊴,片段荔枝筐㊵。

鸟啄摧寒木,蜗涎蠹画梁㊶。

孤烟知客恨,遥起泰陵傍㊷。

[注释]

①华清宫:唐宫名,故址在今陕西临潼县骊山上。山有温泉。唐贞观十八年(644)置,咸亨二年(671)名温泉官。天宝六载(747),大加扩建,更名华清宫。官治汤井为池,称华清池,环山筑官室、罗城。安禄山之乱,破坏甚多。元和间重修,已罕游幸,逐渐荒废。

②绣岭:在陕西临潼县骊山上,有东绣岭、西绣岭。以山之左右皆峻岭,如云霞绣错,故名。明珠殿:唐宫殿,在长生殿南近东。

③层峦:重叠的山峰。缭墙:环绕官殿的墙垣。

④雕槛:刻有花纹的栏杆。

⑤赭(zhě)袍:红袍,指帝王之衣。

⑥登封:登山封禅。是古代帝王祭天地的典礼。在泰山上筑土为坛祭天,报天之功,称封;在泰山下梁父山上辟场祭地,报地之功,称禅。自秦汉以后,历代封建王朝都把登封作为国家大典。

⑦中原:指黄河流域地区。此处代指中国。

⑧一千句:谓开元盛世,是千载难逢的机遇。际会,机遇。

⑨几席句:谓玄宗皇帝如同尧舜之君。几席,此指帝王的座席。延,引。尧舜,唐尧和虞舜。远古部落联盟的酋长,古史相传为圣明之君,后来成为称颂帝王的套语。

⑩轩墀句:谓朝廷中都是具有禹汤之才的大臣。轩墀,古代官殿前的长廊和石阶,此处代指朝廷。禹汤,禹是夏朝的开国君主,汤是商朝的开国君主,此处用来比喻有才干的大臣。

⑪雷霆句:形容玄宗号令严明,如同雷霆一般,威震全国。

⑫星斗句:谓开元时礼乐制度完备有序,如同星斗那样光辉灿烂。文章,谓礼乐法度。

⑬钓筑句:谓隐于野外的贤才能随时得到擢用。钓筑,谓西周开国功臣吕尚和商

朝大臣傅说。吕尚,姜姓,名尚,周初人,相传钓于渭滨,周文王出猎相遇,与语大悦,同载而归,立为师。后辅佐武王灭纣,封于齐。事见《史记·齐太公世家》。傅说,相传曾筑于傅岩之野,武丁访得,举以为相,出现商朝中兴的局面。因得说于傅岩,故命为傅姓,号傅说。事见《史记·殷本纪》。

⑭芝兰句:谓开元之时处处有贤才。芝兰,本为两种香草名,比喻贤才。在处,处处。

⑮北扉句:谓开元时期社会安定,很少有犯罪之人,故刑具常常闲置。北扉,汉时囚系犯人之所,此处代指监狱。木索,刑具。木谓脚镣、手铐、枷锁等;索即绳索,用以械系犯人。

⑯南面句:谓朝廷之上,大多是贤良的官吏。南面,古代以坐北朝南为尊位,故天子诸侯见群臣,或卿大夫见僚属,皆南面而坐。后来泛指帝王或大臣的统治为南面。此指开元时的统治集团。循良,指奉公守法的官吏。

⑰至道句:谓唐玄宗一直在思念着如同仙境的华清宫。至道,即唐玄宗,因唐玄宗尊号为"至道大圣大明孝皇帝"。玄圃,相传昆仑山顶,有金台五所,玉楼十二,为神仙所居。

⑱平居句:谓玄宗平时在皇宫中住久了,感到厌倦。平居,平时。未央,即未央宫,西汉时的宫殿名,故址在今陕西西安西北长安故城内西南角。此处代指长安宫殿。

⑲钩陈句:谓华清宫被山岩溪谷所包围。钩陈,星名,在紫微垣内,最近北极,天文学家多借以测极,谓之极星。也用来指称后宫。此处指称华清宫。

⑳文陛句:谓饰有花纹的台阶似乎凌驾于空中。文陛,华清宫中饰有花纹的台阶。青苍,天空。

㉑歌吹句:谓在玄宗生日时,举行庆贺的仪式,歌吹拂天。千秋节,即唐玄宗生日。

㉒神仙二句:谓舞女在宫殿楼上舞姿翩然若仙,身上的环佩相互撞击,丁当作响。神仙,比喻舞女飘然若仙的舞姿。环佩,妇女的装饰品。

㉓泉暖二句:谓温泉极为澄澈,如同供妇女化妆的镜子一般;宫殿高入云空,娇云也在侵扰着宫妃的粉囊,似乎要和宫妃比美。粉囊,装化妆粉的袋子。

㉔嫩岚句:谓山上清新的雾气滋润着华丽的车盖。岚,山中雾气。翠葆,用翠羽装饰的车盖。

㉕清渭:即渭水。黄河主要支流之一。红妆:妇女的盛装,以色尚红,故称。此处代指妇女。

㉖帖泰二句:谓国家安定,老百姓可以长寿幸福,而唐玄宗却沉溺欢娱,长年不改。帖泰,谓国家安定。生灵,指人民、老百姓。岁序,犹言时令,泛指时间。序,时序,季节。

㉗月闻二句:谓连月亮都听到宫女所唱的曲调,她们跳舞时所穿的衣裳如同云霓一般。此二句指霓裳羽衣舞及舞曲,曲属商调,时号越调。本传自西凉,名《婆罗门》,开元中河西节度使杨敬述献,经玄宗润色,于天宝十三载(754)改为《霓裳羽衣曲》,时唐宫中多奏此乐。

㉘雨露二句:谓唐玄宗的恩泽偏于杨贵妃兄妹,而整个天下都被玄宗置于醉生梦死之中。雨露,比喻皇帝恩泽。金穴,称富有之家。《后汉书·皇后纪上》:"(郭后弟)况迁大鸿胪。帝数幸其第,会公卿诸侯亲家饮燕,赏赐金钱缣帛,丰盛莫比,京师号况家为金穴。"此处以金穴比喻杨贵妃兄妹之家。乾坤,即天下。

㉙玩兵句:谓效法汉武帝穷兵黩武,发动战争。玩兵,谓穷兵黩武。汉武,即汉武帝刘彻(前156—前87),对内实行政治、经济的改革,对外用兵开疆拓土。在位五十四年,连年用兵,使海内虚耗,人口减半。见《汉书·武帝纪》。

㉚回手句:谓唐玄宗将兵权错误地交给了安禄山、杨国忠等人。倒干将,把剑柄倒转,授予他人,以使自己受到威胁。干将,宝剑名。相传春秋时吴人干将与妻镆铘善铸剑,铸有二剑,锋利无比,一名干将,一名镆铘,献给吴王阖闾。后来因以干将作为利剑的代称。此处比喻兵权。

㉛鲸鬣二句:谓安禄山举兵叛乱,如同鲸鱼在大海里掀起巨浪,并很快地攻下了洛阳。鲸鬣(liè),鲸鱼。胡牙,指安禄山的叛军。牙即牙旗。揭,举。上阳,宫殿名,在洛阳禁苑之东,东接皇城之西南隅,上元中置。遗址在今河南洛阳市。

㉜喧呼二句:谓长安被侵占,玄宗南逃,至马嵬坡,六军杀死杨国忠,并逼迫玄宗缢死杨贵妃。马嵬,地名,今为马嵬镇,属陕西兴平县。羽林,皇帝卫军的名称。唐设左右羽林卫,置有大将军、将军等官,掌管北衙禁兵,督摄仪仗。

㉝倾国二句:谓唐玄宗想挽留杨贵妃,也没有办法,贵妃的鬼魂带着哀怨回来还留有余香。倾国,指美女。此处指杨贵妃。梁任昉《述异记》卷上:"聚窟洲有返魂树,伐其根心,于玉釜中煮取汁,又熬之令可丸,名曰惊精香,或名震灵丸,或名反生香,或名却死香,死尸在地,闻气即活。""还魂怨有香"即化用其意。

㉞蜀峰二句:谓唐玄宗西行,由于思念杨贵妃,见到蜀地山川,也觉黯然伤神,回望长安,更觉路远茫茫。

㉟鼎重二句:谓鼎重如山,难以移易,有上天扶助,唐王朝的事业更加昌盛。鼎,本为古代的一种烹饪器,常见者为三足两耳。相传夏禹收九州之金铸成九鼎,遂以为传国的重器。后因称建国或建立王朝为定鼎。此处代指唐王朝政权。

㊱望贤二句:谓玄宗常常回想起途经望贤驿时,故老情意深切,献麦献食之事,更想念旧时的宫殿。望贤,即望贤驿。据《旧唐书·玄宗纪》,天宝十五载(756),玄宗率杨贵妃及诸大臣自延秋门出,至咸阳望贤驿,官吏骇散,无复储供。玄宗在宫门树下休息,有父老献麦,百姓献食相继。花萼,楼名。唐玄宗开元二年(714),以旧邸为兴庆宫,后于宫之西南建楼,其西题为"花萼相辉之楼",南曰"勤政务本之楼"。登楼可以望见诸王诸弟府第。

㊲殷叶:红叶。凋霜:经霜而凋零。

㊳进水二句:谓檐雨冲刷着台阶,远风吹进了宫殿。进水,下雨时屋檐流下的水。瑶砌,用玉砌成的台阶。疏风,远处吹来的风。罅(xià),使裂缝。玉房,玉饰的房子,此指宫殿。以上八句以过去事和眼前景来烘托玄宗内心的寂寞。

㊴羯鼓:古羯族的乐器。形如漆桶,下以小牙床承之。击用二杖,音声急促高烈。唐代诸乐龟兹部、高昌部、疏勒部、天竺部皆用羯鼓。

㊵荔枝:果树名。其果实也称荔枝。杨贵妃喜食荔枝,乃置传送,走数千里,味未变,已至京师。

㊶蜗涎句:谓华清宫随着岁月的变迁而衰败荒凉。蜗涎,蜗牛的唾液。蠹,侵蚀。画梁,画有花纹的栋梁。

㊷泰陵:唐玄宗陵墓,在陕西蒲城县东北金粟山。

[点评]

诗作于大中六年(852),时杜牧为中书舍人。这是一首叙事佳作。诗的开头写出华清宫所处的地理位置,此地壮观雄伟,明丽如画,自古以来就是帝王所居。至唐玄宗时更成为极为繁华之地,三万里农桑繁盛于此,一千年际遇会聚当时。五月,玄宗在骊山高处欢庆自己的生日千秋节,八月,则在华清宫的楼台纳凉,欣赏着邈入云端的仙曲,倾听着丁当入耳的环佩。他与杨贵妃在此地竭尽欢愉,置天下之事于不顾,以至于"雨露偏金穴,乾坤入醉乡",造成了大乱的结局。

至此为诗的前半部分。后半部分则叙述安史之乱发生后,玄宗逃往西川的情景。往日的繁盛与眼前的凋零形成了鲜明的对照。这位失势的老皇帝寂寞悲哀,直至"往事人谁问,幽襟泪独伤"。全诗不着议论,而前后对比鲜明,作者的评判已暗寓其中。最后二句"孤烟知客恨,遥起泰陵傍",是作者的感叹之语,表明了晚唐士人的心态,对于过去的繁盛的一去不复返,深深地叹息,这是晚唐诗人心理的典型写照,是以旁观者的姿态看待往日的繁盛与眼前的衰败,又失去了中唐诗人那种革新的追求与中兴的希望。这首诗的结构与叙事方式和白居易的《长恨歌》相似,但其主旨却大不相同。白诗侧重于唐玄宗与杨贵妃爱情的渲染与描写,而本诗则重在揭露唐玄宗的荒淫享乐以致误国的罪过;白诗表现上较含蓄,而本诗则颇直露,以至于"雨露偏金穴,乾坤入醉乡",讽刺极为明显而且深刻。杜牧这首诗写出后,温庭筠作《华清宫和杜舍人》诗,但与杜牧诗相比,格调较低,筋骨浅露,而杜牧此作则"铿锵飞动,极叙事之工"(张戒《岁寒堂诗话》)。晚唐诗人才短,多写五七言律绝,而少见古风与长篇排律,即使偶尔为之,亦罕见佳篇。古风律绝兼擅者,仅杜牧与李商隐二人,二人成为晚唐诗坛的领袖人物,原因也在于此。此诗就是杜牧长篇排律的佳作之一。周紫芝《竹坡诗话》以为:"杜牧之《华清宫三十韵》,无一字不可人意。其叙开无一事,意直而词隐,晔然有《骚》《雅》之风。"宋许顗《彦周诗话》:"小杜《华清宫》诗云:'雨露偏金穴,乾坤入醉乡。'如此天下,焉得不乱?"

山水风景

霜叶红于二月花

江　楼

独酌芳春酒,江楼已半醺。
谁惊一行雁,冲断过江云。

[点评]

　　诗写江楼之景,比喻孤客飘零的情怀。诗人在江楼独酌,酒已半醺之际,突然见到一行归雁,正冲破江上的云层向北飞去。诗到此戛然而止,颇能引人思索。盖杜牧见到归雁,触动乡心无限。对此归雁,他人不注意,而杜牧却倾注于深情。此诗因雁写怀,有寥落之思。

宣州开元寺南楼①

小楼才受一床横,终日看山酒满倾②。
可惜和风夜来雨③,醉中虚度打窗声。

[注释]

①开元寺:本为宣城县中景德寺,晋时名永安寺,唐时改为开元寺。

②小楼二句:谓小楼只能放下一张床,但我整天在这里把酒看山,自得其乐。陶渊明《归去来辞》:"倚南窗以寄傲,审容膝之易安。"杜牧化用其意。

③和:连同,伴随。

[点评]

　　杜牧开成三年(838)为宣州观察判官,登上开元寺南楼时作此诗。前二句写白天,后二句写夜晚。南楼虽小,却别有洞天,由此处看山,更觉闲逸,加以"酒满倾",情更独专,大有李白"相看两不厌,惟有敬亭山"之情境。夜晚风吹山雨,敲打着小楼的窗户,发出音乐般的声音,颇有诗意,可惜诗人喝醉了,不能尽情欣赏。这小小的遗憾却更增加了诗的韵味。

题元处士高亭①

水接西江天外声②,小斋松影拂云平。

何人教我吹长笛③,与倚春风弄月明④。

[注释]

①原注:"宣州。"元处士:名未详。杜牧另有《赠宣州元处士》,许浑有《题宣州元处士幽居》等诗,当即其人。

②西江:宣州之西的青弋江。

③长笛:一种乐器。汉武帝时,因羌人之制,截竹为之,名羌笛,本为四孔,其后京房于后加一孔,以备五音,谓之长笛。

④弄月明:赏玩明月。谢灵运《弄晓月赋》:"卧洞房兮当何悦? 灭华烛兮弄晓月。"

这首诗作于开成三年(838)。通过明月春风、江声松影等优美景色的描写，表现宾主二人融合无间的亲密友情。

题水西寺①

三日去还住,一生焉再游。

含情碧溪水,重上粲公楼②。

[注释]

①水西寺:在宣州泾溪旁。
②粲公楼:指水西寺楼。粲公,隋时高僧,慧可的弟子,为禅宗三祖。

[点评]

唐宣州泾县有水西山,下临泾溪,林壑幽邃,有南齐永明中崇庆寺,俗名水西寺。杜牧这首诗是开成中为宣州幕吏时作。首二句说欲去还留,恐胜赏之不再。后二句进一步申述,谓碧溪之水为我含情,故我登临吟眺,余兴未尽,乃更登高楼。到此补足留恋之意。

齐安郡后池绝句^①

菱透浮萍绿锦池^②，夏莺千啭弄蔷薇^③。

尽日无人看微雨，鸳鸯相对浴红衣^④。

[注释]

①齐安郡：即黄州，故址在今湖北黄冈西北。唐文人习惯称州为郡，刺史为太守，故此处言齐安郡。

②菱透句：谓菱叶从浮萍间冒出来，使美丽的池塘呈现一片绿色。菱，一年生水生草本植物，果实有硬壳，四角或两角，俗称菱角。

③夏莺句：谓夏莺在蔷薇枝上婉转啼叫。莺，鸟名，鸣声清脆悦耳。

④鸳鸯：鸟名，体小于鸭，羽色绚丽，雌雄偶居不离，故常以之比喻夫妇。红衣：指鸳鸯红色的羽毛。

[点评]

　　这首诗约作于会昌三年(843)夏，时杜牧为黄州刺史。诗写夏日之景，优美清新，是写景的佳作。"尽日无人看微雨，鸳鸯相对浴红衣"，以动衬静，写出了后池的幽深和寂静，作者对此独注情感，其百无聊赖之情可以想见。全诗含蓄凝练，情景交融，宛如一幅风景画，而作者的形象就在这幅画中若隐若现。

齐安郡中偶题二首

两竿落日溪桥上,半缕轻烟柳影中。

多少绿荷相倚恨,一时回首背西风。

秋声无不搅离心,梦泽兼葭楚雨深①。

自滴阶前大梧叶,干君何事动哀吟②。

[注释]

①梦泽:即云梦泽,古大泽名,面积广数百里,跨长江南北。兼葭(jiān jiā):兼,荻;葭,芦苇。楚:古国名,指湖南、湖北一带。黄州古属楚国,故称。

②干:关涉。

[点评]

这组诗约作于会昌三年(843)秋,时杜牧为黄州刺史。这两首诗都是即景抒情之作。第一首写黄州初秋暮景,第二首写雨景。所表现的是淡淡的哀吟。因为杜牧任黄州刺史,是受李德裕的排挤,所以在黄州的心情很不好,他便将这种情绪融注于所描写的草木之中。"绿荷倚恨",抒发壮志难酬的隐痛。"自滴阶前大梧叶,干君何事动哀吟",表面上不相干,其实作者把哀情移于梧叶之上,而达到情景交融的境地。南唐词人冯延巳有《谒金门》词:"风乍起,吹皱一池春水。"皇帝看了以后问:"吹皱一池春水,干卿底事?"可作杜牧这二句诗的注脚。翁方纲《石洲诗话》卷二说:"樊川真色真韵,殆欲吞吐中晚千万篇,正亦何必效杜哉！小杜诗'自滴阶前大梧叶,干君何事动哀吟',亦在南唐'吹皱一池春水'语之前。"

入茶山下题水口草市绝句①

倚溪侵岭多高树②,夸酒书旗有小楼。

惊起鸳鸯岂无恨,一双飞去却回头③。

[注释]

①茶山:即湖州顾渚山,以产茶著名。水口:镇名,在顾渚,唐置茶贡院于此。大中五年(850)杜牧即在这里督茶。现为长兴县水口乡驻地。草市:城外的市集。
②溪:指箬溪,在长兴县东。岭:指顾渚山。
③惊起二句:谓酒旗飘拂,把鸳鸯惊飞了,一边飞还一边回头,似有无限的怨恨。

[点评]

　　这首诗作于大中五年(851),时杜牧为湖州刺史。茶山即湖州顾渚山,以产茶著名。唐茶品虽多,只有湖州紫笋入贡。紫笋生于顾渚山,在湖、常二郡之间。当采茶时,两郡守毕至,最为盛会。唐杜牧诗所谓:"溪尽停蛮棹,旗张卓翠苔。"刘禹锡有诗:"何处人间似仙境? 春山携妓采茶时。"这首诗就是杜牧督茶时,游水口草市而作。诗写茶山水口草市之景。尤其是后二句,通过鸳鸯被惊起远飞却又回头顾盼的描写,从侧面表现了茶山的优美与诗人的留恋之情,颇耐讽咏。

寄 远

前山极远碧云合^①,清夜一声白雪微^②。

欲寄相思千里月,溪边残照雨霏霏^③。

[注释]

①碧云合:江淹《休上人怨别诗》:"日暮碧云合,佳人殊未来。"杜牧化用其意。

②白雪:古曲调名。《乐府诗集》卷五七《白雪歌序》:"《琴集》曰:白雪,师旷所作,商调曲也。"又宋玉《对楚王问》:"客有歌于郢中者,其始曰《下里》《巴人》,国中属而和者数千人;其为《阳阿》《薤露》,国中属而和者数百人;其为《阳春》《白雪》,国中属而和者,不过数十人。引商刻羽,杂以流徵,国中属而和者,不过数人而已。是其曲弥高,其和愈寡。"

③霏霏:雨雪纷飞的样子。

[点评]

　　这首诗前二句写景,前面的山峰已被云彩遮没了,在清幽的夜晚,隐约传来美妙的音乐,高雅动听,引人入胜。后二句是想借明月以寄相思之情,可是当落日一照时又下起了霏霏细雨。全诗在清新俊爽之中透露出淡淡的哀愁,颇有韵味。

山　行

远上寒山石径斜,白云生处有人家。

停车坐爱枫林晚^①,霜叶红于二月花。

[注释]

①坐:因为,由于。

[点评]

　　这是一首写景佳作,笔墨洗练,色彩鲜明,语言简洁,情景逼真。杜牧观察秋景,独赏枫叶之艳,谓红于二月春花,突出地表现了秋天富有生命力的一面,给人以一派生机。杜牧的绝句就是善于在俊爽清丽的语句中给人以豪爽明朗的悠扬情韵,也凝聚着作者热爱自然、热爱生活的美好感情。此诗色彩鲜艳,感情激越。后二句更是千古流传的佳句。清人黄生曰:"诗中有画,此秋山旅行图也。"(《唐诗摘抄》)

题扬州禅智寺①

雨过一蝉噪②,飘萧松桂秋③。

青苔满阶砌④,白鸟故迟留⑤。

暮霭生深树⑥,斜阳下小楼。

谁知竹西路⑦,歌吹是扬州⑧?

[注释]

①禅智寺:又名上方寺、竹西寺,在扬州城东十五里。本隋炀帝故宫,后建寺。

②蝉噪:指秋蝉鸣叫。王籍《入若耶溪》:"蝉噪林逾静,鸟鸣山更幽。"

③飘萧:飘摇萧瑟。

④阶砌:台阶。

⑤故:故意。迟留:徘徊而不愿离去。

⑥暮霭:黄昏的云气。

⑦竹西路:指禅智寺前官河北岸的道路。宋姜夔《扬州慢》:"淮左名都,竹西佳处,解鞍少驻初程。"即化用杜牧诗意。

⑧歌吹:歌声和乐声。

[点评]

　　这首诗是杜牧开成二年(837)在扬州时作。禅智寺,在扬州城东十五里,本隋炀帝故宫,后建为寺。其时杜牧的弟弟杜颢患眼病,居于禅智寺,杜牧也告假赴扬州视弟,大概与其弟同居寺中,诗即题寺之作。诗的前六句,写静,是实写,表现出寺庙的清寂幽深。后二句,写动,是虚写,是以动衬静之笔,通过作者的联想与前六句进行对比。这样写的妙处在于,它唤起了读者心田中歌吹繁华的扬州的联想,把它来与现实的禅智寺作比较,相形之下,便突出了禅智寺的幽静。然而作者这样的对比手法,并没有直接搬出歌吹繁华的扬州来描写一番,而是寄托在一种虚写的联想之上,使读者觉得别有一种韵味,也省去了许多笔墨,显得更为简净。杜牧写扬州诗较多,而各有其特色,故清人余成教赞叹"何其善言扬州也"(《石园诗话》卷二)。

村　行

春半南阳西①,柔桑过村坞②。

娉娉垂柳风③,点点回塘雨④。

蓑唱牧牛儿⑤,篱窥茜裙女⑥。

半湿解征衫⑦,主人馈鸡黍⑧。

[注释]

①春半:阴历二月。南阳:今河南省南阳市。

②村坞:村庄。

③娉娉(pīng pīng):姿态美好的样子。

④回塘:曲折的池塘。

⑤蓑:草制的雨衣。

⑥茜裙:用茜草制作的红色染料印染的裙子。茜,茜草,多年生植物,根红色,可作染料。

⑦征衫:行途中所穿的衣服。

⑧馈鸡黍:用鸡黍来招待客人。《论语·微子上》:"止子路宿,杀鸡为黍而食之。"孟浩然《过故人庄》:"故人具鸡黍,邀我至田家。"

[点评]

这首诗作于开成四年(839)春。杜牧由宣州赴官入京,行经南阳时,道中遇雨,就向道旁农家避雨,主人准备饭食殷勤地招待他,他就作了这首诗。首联开门见山,直写道经南阳,次联描写农村秀丽的景色,三联描写农村儿女的生活,尾联写主人的热情招待。本诗虽全用白描,但洋溢着对农村生活风光的热爱与对农家真情的感激。

旅　宿

旅宿无良伴,凝情自悄然①。

寒灯思旧事,断雁警愁眠。

远梦归侵晓,家书到隔年。

湘江好烟月②,门系钓鱼船。

[注释]

①悄然:寂静的样子。

②湘江:长江的支流之一,位于湖南省境内。

[点评]

这首诗没有收入杜牧的《樊川文集》,仅载于别集。是否确为杜牧所作,后人颇加怀疑。但传诵已久,《唐诗三百首》都加以选录,故本书亦选入。首二句开门见山,"无良伴"言旅宿之孤独,"自悄然"言旅馆之寂静。着"凝情"二字,神态自出。此时之情怀,盖有孤独、寂寞、苦闷、忧虑、感伤等。中四句是写独对寒灯而思念家国之状。对寒灯之影,听断肠之雁,忆远梦之殷,思家书之切,都透露出当时独居旅馆的况味。最后二句以别人门泊渔船,占尽沧江好景,与自己的独在异乡为异客形成鲜明的对比,益增思乡之情。清人范大士评此诗云:"蕴藉耐人吟咏。"(《历代诗发》)

池州弄水亭①

清溪望处思悠悠②,不独今人古亦愁。

借尔碧波明似镜,照予白发莹如鸥③。

江山自美骚人宅④,铙鼓长催过客舟⑤。

维有角声吹不断,斜阳横起九峰楼⑥。

[注释]

①弄水亭:在池州贵池县通远门外,唐杜牧建,取李白"饮弄水月中"诗句为名。

②清溪:即池州城中的溪流,是当时名胜,杜牧于溪旁建清溪亭,宋王安石曾作《清溪亭记》。

③莹如鸥:白发如同鸥鸟之色。莹,指白发的光亮。

④江山句:谓江山自然美丽,故常有骚人墨客建宅于此。骚人,指诗人。自《离骚》以降,作诗者多仿效之,故称骚人为诗人。

⑤铙鼓句:谓亭上的乐声不断催动着行人出发。过客,过路的客人,旅客。铙

（náo）鼓，乐器，鼓之一种。

⑥九峰楼：池州的名胜之一。一名九华楼。

[点评]

　　这首诗作于会昌六年（846），时杜牧为池州刺史。按此为杜牧佚诗，今传本《樊川文集》《外集》《别集》等均不载，《全唐诗》及《全唐诗补编》等亦未辑入。宋张舜民《画墁集》卷七《郴行录》："癸未，出大江，逆风，循东岸挽行，可四十里，入峡口。又三四里，入池溪口，宛转行陂泽中，可十余里，次池州弄水亭。杜牧之所创，俯溪流，望齐山，景致清绝，人皆采为图画。亭上石刻，尽载小杜诗篇，诗云（略）。"这首诗是杜牧写景抒情诗的佳作。诗人漫游于池州弄水亭上，思绪却飞向遥远的过去，引发万古之愁情。想到自己老大无成，更生惆怅之感。故清澄如镜的清溪水，照着萤白如鸥的白发，不禁流露出人生如过客的感慨。江山美景，不能改变骚人的命运，悲夫，叹乎！远处的角声，并不能振作骚人的心绪，只有楼前的斜阳与作者一同打发寂寞的时光。

长安杂题长句六首①

舭稜金碧照山高②，万国珪璋捧赭袍③。

舐笔和铅欺贾马④，赞功论道鄙萧曹⑤。

东南楼日珠帘卷⑥，西北天宛玉厄豪⑦。

四海一家无一事⑧，将军携镜泣霜毛⑨。

晴云似絮惹低空⑩,紫陌微微弄袖风⑪。

韩嫣金丸莎覆绿⑫,许公鞚汗杏黏红⑬。

烟生窈窕深东第⑭,轮撼流苏下北宫⑮。

自笑苦无楼护智⑯,可怜铅椠竟何功⑰。

雨晴九陌铺江练⑱,岚嫩千峰叠海涛⑲。

南苑草芳眠锦雉⑳,夹城云暖下霓旄㉑。

少年羁络青纹玉㉒,游女花簪紫蒂桃㉓。

江碧柳深人尽醉㉔,一瓢颜巷日孤高㉕。

束带谬趋文石陛㉖,有章曾拜皂囊封㉗。

期严无奈睡留癖㉘,势窘犹为洒泥慵㉙。

偷钓侯家池上雨㉚,醉吟隋寺日沉钟㉛。

九原可作吾谁与?师友琅邪邴曼容㉜。

洪河清渭天池溽㉝,太白终南地轴横㉞。

祥云辉映汉宫紫㉟,春光绣画秦川明㊱。

草妒佳人钿朵色㊲,风回公子玉衔声㊳。

六飞南幸芙蓉苑㊴,十里飘香入夹城㊵。

丰貂长组金张辈㊶,驷马文衣许史家㊷。

白鹿原头回猎骑㊸,紫云楼下醉江花㊹。

九重树影连清汉⑮,万寿山光学翠华⑯。

谁识大君谦让德⑰?一豪名利斗蛩蟆⑱。

[注释]

①长句:唐人以七言诗为长句。

②觚棱(gū léng):殿堂屋角的瓦脊成方角棱形瓣之形,故名。

③万国句:谓天下万国捧来珠宝玉器以朝贺。珪璋,诸侯朝会时所执的玉器。赭袍,红袍,指帝王之衣。

④舐笔句:谓朝中文士才华高于贾谊和司马相如。舐笔和铅,谓朝中文士。舐笔,用舌头舐笔毛;和铅,搅和铅粉用来写字。贾马,贾谊和司马相如,都是西汉的辞赋家。

⑤赞功句:谓称赞宰相的功德与道行,超过了萧何与曹参。萧曹,萧何与曹参,汉初著名的丞相。

⑥东南句:谓日出东南之际,楼上女儿卷起珠帘。此化用汉乐府《陌上桑》意:"日出东南隅,照我秦氏楼。秦氏有好女,自名为罗敷。"

⑦西北句:谓长安城中可见饰有玉扣的西北大宛国进贡的天马。天宛,即大宛所产的天马。大宛,古西域三十六城国之一。玉厄即玉制的舆头。

⑧四海一家:谓国家统一。

⑨将军句:谓国家统一,武将无用武之地,故对岁月流逝、人渐衰老感到哀叹。

⑩晴云句:谓晴天的白云像棉絮一样,低低地飘浮在低空中。

⑪紫陌句:谓街道上,微风徐来吹拂着衣袖。紫陌,指帝都繁华的道路。

⑫韩嫣句:谓韩嫣射出的金丸,被绿色的莎草覆盖了。韩嫣金丸,韩嫣,西汉人,汉武帝的幸臣。《西京杂记》卷四:"韩嫣好弹,常以金为丸,所失者,日有十余,长安为之语曰:'苦饥寒,逐金丸。'京师儿童每闻嫣出弹,辄随之。望丸之所落辄拾焉。"莎,草名。地下有细长的块根,可入药。

⑬许公句:谓宇文述沾满汗水的马鞍上,更黏上几片鲜红的杏花。原注:"《北史》,宇文述封许国公,制马鞯,于后解上缺方三寸,以露白色,时谓'许公缺势。'"许公,即宇文述,曾封许国公,喜欢炫耀自己。

⑭烟生句:谓王侯所居的深院,烟雾缭绕。窈窕,深邃的样子。东第,王侯贵族的

住宅。

⑮轮撼句：谓权贵的车轮撼动流苏，朝北宫而去。流苏，以五彩羽毛或丝绒做成的穗子，常用作车马、帏帐的垂饰。北宫，汉宫名。汉高祖时建，武帝增修，故址在今陕西西安西北。

⑯自笑句：谓可笑我没有楼护那样的智慧。楼护，字君卿，汉齐（今属山东）人。西汉末年为京兆吏，善辩，与谷永（字子云）同为元帝后舅王氏五侯上客，时人号曰："谷子云笔札，楼君卿唇舌。"后升为太守。依王莽，封息乡侯，列于九卿。事见《汉书·楼护传》。

⑰可怜句：谓可怜自己只能像扬雄那样，徒有才学而难以建功立业。铅椠（qiàn），古人书写记录的用具。铅，铅粉笔；椠，木板。

⑱九陌：汉长安城中有八街、九陌。后来泛指都城大路。铺江练：谓大道之平坦如同铺在江上的白练。谢朓《晚登三山还望京邑》诗："余霞散成绮，澄江静如练。"

⑲岚嫩句：谓山间的雾气清新缭绕，如同层层累积的海中波涛。

⑳南苑：即芙蓉苑，在长安城东南角曲江之南。锦雉：即锦鸡。胸如小雉，胸前五色如孔雀羽，其尾羽可为冠服之饰。

㉑夹城：指长安宫中的通道。霓旄：帝王出行仪仗，以五彩制旗，有如虹霓。

㉒少年句：谓长安少年所骑之马，笼头以青纹玉为饰。羁，马笼头。青纹玉，青色带有花纹之玉。

㉓游女句：谓长安游女佩戴紫蒂桃花。

㉔江：即曲江，故址在今陕西西安东南。秦为宜春苑，汉为乐游原，有河水水流曲折，故又名曲江。

㉕一瓢句：谓长安城虽日高春暖，非常繁华，而诗人自己却处于陋巷，有如颜回。《论语·雍也》："贤哉，回也！一箪食，一瓢饮，在陋巷，人不堪其忧，回也不改其乐。"

㉖束带句：谓自己整装束带，衣冠整齐地上朝。束带，整饰衣冠，束紧衣带，表示恭敬。谬趋，臣下朝见皇帝的谦称。文石陛，以有纹理的石头铺成的殿阶。

㉗有章句：谓曾向皇帝上表章。皂囊封，黑色的封套。

㉘期严句：谓上朝的时间很严，而自己却好睡成癖，常常误期。

㉙势窘句：谓处境不好，又加上嗜酒，疏懒成性。

㉚偷钓句:谓常常为追求闲适,雨天偷偷到王侯家的池上钓鱼。
㉛醉吟句:谓有时醉后在隋寺吟诗,直到天晚。隋寺,即隋代所建的寺庙。
㉜九原二句:假如死者能够复生,我将跟从谁呢?只有和西汉的邴曼容为师友了。九原可作,谓设想已死的人再生。《国语·晋语八》:“赵文子与叔向游于九原曰:‘死者若可作也,吾谁与归!’”琅琊,郡名,秦置,治所在琅琊。其地在今山东胶南、诸城一带。邴曼容,汉哀帝时人,邴汉之侄,养志自修,为官不肯过六百石,辄自免去,时有名望。事见《汉书·两龚传》。
㉝洪河句:谓黄河与渭河是贯通天池的河流。洪河,指水势浩大的黄河。清渭,即渭河,黄河主干流之一。天池濬,贯通天池的河道。濬,疏通河道。因黄河发源于高原,似从天上而来,故称天池。李白《将进酒》有“黄河之水天上来”之句。
㉞太白句:谓太白山和终南山横亘东西,如同轴一般。太白,即终南山,在陕西周至县南,南连武功山,在诸山中最为秀出,冬夏皆积雪,望之皓然,故名太白。终南,秦岭山峰之一,在陕西西安市南,又称南山。
㉟祥云句:谓五色祥云交相辉映,使长安宫殿呈现一片紫色。汉宫,汉朝的宫殿,借指长安宫殿。
㊱春光句:谓春光如同绣画一样,使得秦川一片光明。秦川,自大散关以北达于周至岐雍,夹渭川南北岸,沃野千里,以秦之故国,故称秦川。
㊲佳人:美女。钿朵:即花钿,古代美女的首饰。
㊳风回句:谓风吹着公子所骑马的玉衔,发出清脆的响声。玉衔,玉制的马嚼子,放在马的口中,用以制驭马之行止。
㊴六飞句:谓皇帝驾着六马到芙蓉苑巡游。幸,帝王到某地方去称幸。芙蓉苑,即南苑,见组前首诗注。六飞,一作六龙。皇帝车驾的六匹马,马八尺称龙,因称六龙。又因马跑如飞,或称六飞。
㊵夹城:宫中通道。
㊶丰貂:丰厚轻暖的貂裘。长组:长长的丝带。金张:汉金日磾家,自武帝至平帝,七世为内侍。张汤后世,自宣帝、元帝以来为侍中、中常侍者十余人。后因以金张为功臣世族的代称。
㊷驷马:贵官所乘之马。文衣:饰有文采的华贵衣服。许史:指汉宣帝时的两家外戚:许,宣帝许皇后家;史,宣帝母家。皆显贵。
㊸白鹿原:即灞上。在陕西蓝田县西,灞水行经原上。相传周平王时有白鹿出于

此,故名。

㊹紫云楼:在长安曲江头。

㊺九重:指宫禁,极言其深远。清汉:即天河。

㊻万寿山:在唐长安宫城内。翠华:用翠羽饰于旗杆顶上的旗,为皇帝仪仗。

㊼谁识句:谓唐宣宗具有谦让之美德,不接受群臣所上的尊号。原注:"圣上不受徽号。"据《唐会要》记载,宣宗大中三年,群臣以河湟既服,请加尊号,上深执谦让,三表不许。

㊽鼃蟆:青蛙和虾蟆。《汉书·五行志》:"元鼎五年秋,蛙与虾蟆群斗,是岁四将军众十万,征南越,开九郡。"杜牧化用其意,以称赞唐宣宗平河湟之功德。鼃(wā),即青蛙。

[点评]

这组诗作于大中四年(850),时杜牧在长安为司勋员外郎。这组诗写杜牧在长安的见闻和感受。第一首总写,谓四海承平,国家统一;第二首写权贵之豪华与自己的淡泊自守,具有忧世伤时之意;第三首写长安冶游的习俗,衬出人牧繁富;第四首写自己供职长安的寂寞处境;第五首写长安的形势与风光;第六首写长安的繁华,归结于皇帝的德行。整组诗都以长安的豪奢繁富与自己的寂寞自守相映衬,表现苦闷抑郁的情怀。写来又富丽堂皇,词采繁缛,堪称浑成精妙之作。

街西长句^①

碧池新涨浴娇鸦^②,分锁长安富贵家。

游骑偶同人斗酒,名园相倚杏交花。

银鞦骢袅嘶宛马,绣鞅璁珑走钿车^③。

一曲将军何处曲^④,连云芳树日初斜。

[注释]

①街西:指长安西街。

②碧池句:清钱谦益、何焯《唐诗鼓吹评注》卷六:"杜牧《阿房宫赋》云:'渭流涨腻,弃脂水也。'与此意同。"

③银鞦二句:谓街西大道上跑着大宛马所驾的车。鞦,络于牛马股后的车带。骢袅(yǎo niǎo),良马名。宛马,大宛国所产之马。鞅,套在马颈用以负轭的皮带。璁(cōng)珑,明洁的样子。

④一曲句:用晋代桓伊的典故。据《晋书·桓伊传》:"进号右军将军。……王徽之赴召京师,泊舟青溪侧。素不与徽之相识。伊于岸上过,船中客称伊小字曰:'此桓野王也。'徽之便令人谓伊曰:'闻君善吹笛,试为我一奏。'伊是时已显贵,素闻徽之名,便下车踞胡床,为作三调,弄毕,便上车去,客主不交一言。"

[点评]

清钱谦益、何焯《唐诗鼓吹评注》卷六:"此言长安街西,碧池绿水初涨,可浴娇鸦,而此水分流,则襟带于长安富贵之家已,于是游客来过而斗酒,名园相倚而交花,而侯王之辈,亦且乘宛马走钿车也。此可见街西人物之繁华矣。乃当芳树连云,斜阳欲坠,忽不知笛声何自而来,悠悠情事,此时当复何如哉!"

柳长句

日落水流西复东,春光不尽柳何穷。

巫娥庙里低含雨①,宋玉宅前斜带风②。

莫将榆荚共争翠③,深感杏花相映红。

灞上汉南千万树④,几人游宦别离中⑤。

[注释]

①巫娥:即巫山神女。战国楚宋玉《高唐赋》记楚襄王游云梦台馆,望高唐宫观,言先王与巫山神女相会,神女辞别时说:"妾在巫山之阳,高丘之阻。旦为朝云,暮为行雨。朝朝暮暮,阳台之下。"后人附会,为之立庙。
②宋玉:战国楚人。曾为楚顷襄王大夫。作赋十六篇,现存《神女赋》等六篇。
③榆荚:榆树的果实。榆树未生叶前先生荚,形似钱而小,连缀成串,也称榆钱。
④灞上:灞水之上。灞水为渭河支流,为关中八川之一,在陕西中部。灞是水上地名。汉南:汉水之南。汉水,为长江最大支流。
⑤游宦:异乡为官,迁转不定。

[点评]

清钱谦益、何焯《唐诗鼓吹评注》卷六:"此言日落更生,水流复返,见春光无尽,而柳亦一年一荣,何有穷时也。夫以此柳含雨,垂垂低拂于巫娥之庙,带风袅裹,斜临于宋玉之门,此因人胜而物亦胜矣。若夫榆荚不能与之并美,杏花斯可与之争妍,古人折柳相赠以志相思,灞上汉南,皆送别之地,而柳植此至多。凡有游宦者,皆将自此而生别离之感也。此身为仕宦,故举游宦以概别离,其他征夫游子,怨女思归,对此生情者,又何不可哉!"

啸志歌怀亦自如

题敬爱寺楼^①

暮景千山雪,春寒百尺楼。

独登还独下,谁会我悠悠^②。

[注释]

①敬爱寺:在洛阳怀仁坊。宋王溥《唐会要》卷四八:"敬爱寺,怀仁坊。显庆二年,孝敬在春官,为高宗、武太后立之,以敬爱寺为名。""天授二年,改为佛授记寺,其后又改为敬爱寺。"

②会:懂得,理解。悠悠:情思绵长之意。陈子昂《登幽州台歌》:"前不见古人,后不见来者。念天地之悠悠,独怆然而涕下。"

[点评]

这首诗作于开成元年(836)春。诗人冒着春寒,登上敬爱寺百尺高楼,欣赏着黄昏时千山雪色,由此而发出感慨。独自上去,又独自下来,心中千头万绪,谁能理解?诗人大和九年(835)在长安为监察御史,其时郑注专权,好友李甘因直言得罪郑注被贬死,杜牧见此情形,就于当年七月移疾分司东都。此诗即表现他在洛阳时苦闷寂寞的心绪。

及第后寄长安故人

东都放榜未花开①,三十三人走马回②。

秦地少年多酿酒③,却将春色入关来④。

[注释]

①东都句:谓东都放榜的时候,正值早春时节,花还未开。

②三十三人句:谓同科进士共三十三人,一起骑马回到长安去。杜牧同科进士,现在可知者尚有韦筹、厉玄、锺辂、崔黯、郑薰等。

③秦地句:谓长安的少年,你们要多多酿制美酒。秦地,陕西一带,古秦国之地,此指京都长安。

④却将句:谓我们三十三人就要把春色带到关中来了。却将,即将。春色,语意双关,一指自然界的春色,因为时在二月;一指进士及第的喜讯如同春色。关,函谷关,在今河南省灵宝市。这里双关吏部的"关试"。

[点评]

本诗作于大和二年(828),时杜牧二十六岁。本年进士试在东都洛阳举行,放榜后要到西都长安过堂。诗为杜牧及第后将赴长安时作,表现了进士及第后春风得意的心情。按唐制,进士试一般在京城长安举行,正月开考,举子要在前一年年底前抵京,至二月放榜。本年在东都洛阳举行,是变例。未花开,系双关语,一是指二月放榜,其时正是春花未开的时节;按唐制,进士及第之人,还须经过吏部试之后,方能释褐入仕。吏部之试称为"关试",又叫"过堂"。杜牧还没有过关试,所以说"未花开"。本年关试设在长安,因而杜牧及第后随即就要奔赴长安。唐人及第而未过关试者,称为"新及第进士",所以晚唐韩仪有《知闻近过关试仪以一篇纪之》诗说:"短行纳了付三铨,休把新衔恼必先。今日便称前进士,好留春色与明年。"

赠终南兰若僧①

家在城南杜曲旁②,两枝仙桂一时芳③。

禅师都未知名姓④,始觉空门意味长⑤。

[注释]

①终南:山名,秦岭山峰之一,在长安城南,即今陕西西安市南。兰若,梵语"阿兰若"的省称,即寺庙。

②城南:即长安城南。杜曲,地名,在长安城南,因杜氏世居于此,故称。唐时有"城南韦杜,去天尺五"之俗谚,足见杜氏族望的显赫。

③两枝句:谓自己在一年之中,既进士及第,又制策登科,同时折取了两枝芬芳的仙桂。仙桂,比喻科举及第,出于《晋书·却诜传》。

④禅师:和尚的尊称。一本作"休公"。

⑤空门:泛指佛门。大乘佛教以空为极致,以观空为入门,故称佛门为空门。

[点评]

这首诗作于唐文宗大和二年(828)。据唐孟棨《本事诗·高逸》记载:杜牧弱冠成名,当年又制策登科,名振京邑。曾经与一二同年城南游览,至文公寺,见到一位禅僧拥褐独坐,与之语,其玄言妙旨,咸出意表。问杜姓字,都一一回答。又问:"修何业?"旁边的人以累捷夸奖杜牧。禅僧回头笑着说:"皆不知也。"杜牧对此感叹惊讶,因而写了这首诗相赠。杜牧大和二年二月在洛阳进士及第,三月又中制举贤良方正能直言极谏科,授弘文馆校书郎。这在当时是名动京师的事。杜牧这首诗主要表现的是少年得意的情怀,他一年两中,确实难能可贵。自豪感在叹讶中自然地流露出来。诗中妙处更在于以人事的纷扰与禅门的空寂进行对比,但禅僧不问世事,对轰动京城中事一概不知。"始觉空门意味长",透露了杜牧对于空门不以为然之意,从侧面反映出他少年时代积极用世的精神。

将赴吴兴登乐游原一绝①

清时有味是无能②,闲爱孤云静爱僧③。

欲把一麾江海去④,乐游原上望昭陵⑤。

[注释]

①吴兴:今浙江湖州。乐游原:即乐游苑,本汉宣帝建,故址在今陕西西安市郊。原为秦宜春苑,汉宣帝神爵三年(前59)修乐游庙,因以为名。

②清时句:谓身当清平之世,本该大有作为,而自己却独自闲游,觉得有闲静之趣,可见实在是无能。此句为愤激之词,含有无法施展才能之意。据宋王明清《挥麈后录》卷六记载,宋代汪辅之谪为广南转运使,谢表有"清时有味,白首无能"语,被认为言涉讥讪,因而降知虔州。可与杜牧此句相参证。有味,有闲静的趣味。

③闲爱句:安闲的时候喜欢赏玩孤云,静处的时候喜欢和僧人来往。

④欲把句:谓自己将要手执旌麾,到湖州去任刺史了。一麾,《文选》颜延年《五君咏·阮始平》诗:"屡荐不入官,一麾乃出守。"诗意说阮咸受到荀勖的排挤,出为始平太守。杜牧用此典故,而把"麾"字误解为"旌麾"的"麾",后来沿误,就把

"一麾出守"作为京朝官出为外任的典故。见宋沈括《梦溪笔谈》卷四。江海,指吴兴,因地邻太湖,又近东海,故称。

⑤乐游句:谓出守前登上乐游原,远望昭陵,仍有依依不舍之意。昭陵,唐太宗的陵墓,在陕西醴泉县东北九嵕山。旧有李世民所乘六骏石刻。

[点评]

　　这首诗作于大中四年(850)年秋。杜牧本年由吏部员外郎出为湖州刺史,将赴任时,登乐游原,遥望昭陵,追怀贞观之治。他即将离京,想到自己宜致身治国,故颇有魏阙之思。但又不足为世用,故只有一麾南去,任其宦海浮沉。这首诗是晚唐社会士人矛盾心理的典型反映。宋叶梦得评此诗说:"此盖不满于当时,故末有'望昭陵'之句。"(《石林诗话》卷中)俞陛云《诗境浅说续编》云:"司勋将远宦吴兴,登乐游原而遥望昭陵,追怀贞观,有江湖魏阙之思。前二句诗意尤深,言升平之世,宜致身君国,安得有清闲之味,惟其自顾无能,不足为世用,亦不与世争,始觉其有味也。第二句承首句有味而言,若谓闲中之味,爱天际孤云,无心舒卷,静中之味,爱空山老衲,相对忘言。具如是襟怀,则一麾南去,任其宦海沈浮耳。"所言良是。

　　王粲《七哀诗》说:"南登灞陵岸,回首望长安。"看似纪实之笔,实有寓意,因为灞陵为汉文帝的陵墓,作者登灞陵而望长安,暗示长安局势大乱,而缅怀汉文帝承平之治。杜牧此诗即袭用《七哀诗》之意。正因为作者对晚唐政局有所不满,才向往唐太宗的贞观之治,并望昭陵以致其意。这首诗暗用典故而不见斧凿之痕,足见作者匠心之高妙。

和严恽秀才落花

共惜流年留不得,且环流水醉流杯。

无情红艳年年盛，只恨凋零不恨开。

[点评]

　　这首诗作于大中五年（851）。严恽，字子重，吴兴（今浙江湖州）人。《全唐诗》卷六一四皮日休《伤严子重诗序》："余为童在乡校时，简上抄杜舍人牧之集，见有与进士严恽诗。后至吴，一日，有客曰严某，余志其名久矣。遽怀文见造，于是乐得礼而观之。其所为工于七字，往往有轻便柔媚，时可轶骇于常轨。其佳者曰：'春光冉冉归何处，更向花前把一杯。尽日问花花不语，为谁零落为谁开！'余美之，讽而未尝殆。生举进士，亦十余计偕，余方冤之，谓乎竟有得于时也。未几，归吴兴，后两月（咸通十一年也），雪人至云：生以疾亡于所居矣。噫！生徒以词闻于士大夫，竟不名而逝，岂止此而湮没耶！江湖间多美材，士君子苟乐退而有文者死，无不为时惜，可胜言哉！"严恽的诗，以落花兴感，表现出对于时光流逝的感伤。杜牧的诗境界更高一层。以落花的无情，反衬出有情人对于时光的珍惜。但无情红艳，年年如此，而人生短暂，只有及时行乐，"且环流水醉流杯"而已。晚年的心境，于此淋漓尽致地表现出来。

题禅院

　　舷船一棹百分空，十岁青春不负公①。
　　今日鬓丝禅榻畔②，茶烟轻飏落花风③。

[注释]

①舷船二句：谓在开怀畅饮中度过十岁青春。舷船，船形的大酒杯。棹，船桨。《晋书·毕卓传》："尝谓人曰：'得酒满数百斛船，四时甘味置两头，右手持酒杯，

左手持蟹螯,拍浮酒船中,便足了一生矣。'"杜牧化用其意。

②鬓丝:谓鬓发已花白。

③飏:飘。

[点评]

　　题一作《醉后题僧院》。写杜牧恬淡闲适之致,当是晚年所作。诗谓十载以来,芳时买醉,未尝辜负时光。今日身当禅床之上,见风吹花落,茶烟轻扬,饮此一杯,以消酒渴,亦谓清福。诗情旷达,境界清幽。清顾乐评曰:"写出才人迟暮不遇,措语蕴藉。"(《万首唐人绝句评》)尤其是"以两种极端不同之境界,作强烈之对照,更不着一感慨语,而感慨全从虚处见出。明是感叹现在之牢落,过去之风华,但于追念之中,不露愧惜,仍写得似若踌躇满志;感叹之中,不露酸辛,仍写似若恬淡自甘,此其妙也"(沈祖棻《唐人七绝诗浅释》296页)。

汴河阻冻①

千里长河初冻时,玉珂瑶佩响参差②。

浮生恰似冰底水,日夜东流人不知③。

[注释]

①汴河:唐宋时人们称通济渠为汴河,今汴河故道由河南省郑州、开封,流经江苏合泗水入淮河。

②玉珂句:谓结冰的汴河如同玉珂环佩,响声不断。玉珂,马勒,以贝饰之,色白似玉,振动则有声。瑶佩,妇女的装饰品。参差,不齐的样子,此指水流声或大或小。

③浮生二句：通过新奇的比喻，说人生岁月就好像冰下的河水一样，日夜在不停地流逝，但人们毫无知觉。此二句是对汴河冬景的描写，联想到人生的短暂，颇具哲理意味。

[点评]

大运河的汴水一段称为汴河。这首诗通过汴河冬景的描写，寄寓了人世沧桑的感慨。大概是杜牧晚年所作。诗的后二句是既新奇又恰当的比喻，说人生的岁月就好像冰下的河水一样，日夜都在不停地流逝，但人们毫不知觉。故此诗情调虽感伤，但并不颓废。

送隐者一绝

无媒径路草萧萧①，自古云林远市朝②。

公道世间惟白发，贵人头上不曾饶。

[注释]

①萧萧：摇动的样子。
②市朝：市，交易买卖的场所；朝，官府治事的处所。因以市朝指争名争利的场所。

[点评]

这首诗是杜牧送隐者时所发的感慨，是说世间最公平合理的只有白发，因为在贵人头上也不放过，除此之外，就没有公道可言。诗从侧面对社会不合理现象加以抨击。宋人胡仔称："盖穷人不偶，遣兴之作也。"(《苕溪渔隐丛话》后集卷

十五《杜牧之》条）

书 怀

满眼青山未得过,镜中无那鬓丝何①。

祇言旋老转无事,欲到中年事更多。

[注释]

①无那:无奈,没办法。

[点评]

　　这首诗一方面抒发了作者对韶光易逝的感伤,也表现了人到中年,面对各种事务而无所适从的惆怅心情。诗将中年人普遍经历但又不易说出的感受惟妙惟肖地表现出来。

洛阳长句二首①

草色人心相与闲，是非名利有无间②。

桥横落照虹堪画，树锁千门鸟自还③。

芝盖不来云杳杳④，仙舟何处水潺潺⑤。

君王谦让泥金事，苍翠空高万岁山⑥。

天汉东穿白玉京，日华浮动翠光生⑦。

桥边游女佩环委，波底上阳金碧明⑧。

月锁名园孤鹤唳，川酣秋梦凿龙声⑨。

连昌绣岭行宫在，玉辇何时父老迎⑩。

[注释]

①长句：本指七言古诗，后兼指七言律诗。

②草色二句：是说自己的心情跟眼前的秋草一样闲暇，对于是非名利，都无所牵挂。相与，一起，共同。有无间，若有若无之间。

③桥横二句：谓洛阳的桥梁映着夕阳，犹如绚丽的长虹，似乎可以入画；千门万户，深锁在绿树丛中，飞鸟自由地来去。二句以落照映衬洛阳的荒凉，以鸟自还状景象之冷清。

④芝盖句：谓王子乔的仙驾一去不返，杳无音信。芝盖，车盖，因形如灵芝，故称。此代指仙人王子乔。云杳杳，谓云际无影无息。据《列仙传》卷上载，王子乔是

周灵王太子,名晋,好吹笙,能作凤鸣,常游于伊、洛之间,后上嵩山修炼多年,于缑氏山巅乘白鹤仙去。

⑤仙舟句:谓李膺、郭泰那样的人物,现在也不知在何处泛舟? 仙舟,指李膺、郭泰事,他们都是东汉的名士。据《后汉书·郭泰传》:"郭泰字林宗。""博通坟籍,善谈论,美音制,乃游于洛阳。始见河南尹李膺,膺大奇之,遂相友善,于是名震京师。后归乡里,衣冠诸儒送至河上,车数千两(辆)。林宗惟与李膺同舟而济,众宾望之,以为神仙焉。"此与上句写洛阳人事的零落。

⑥君王二句:谓君王不再巡幸东都,苍莽高峻的万岁山只好徒然地等待。泥金事,指君王举行封禅的典礼。泥金,古代帝王行封禅礼时所用的玉牒有玉检、石检,检用金缕缠住,用水银和金屑泥封。唐代封禅之仪亦遵此。万岁山,即嵩山,在今河南登封市北,亦称嵩高山。

⑦天汉二句:谓洛水穿过洛城,在日光的映照下,熠熠生辉。天汉,本指天河,此处借指洛水。白玉京,本指天帝所居之处,此谓东都洛阳。日华,阳光。

⑧桥边二句:谓洛水桥边有游女委弃的环佩,碧波之中,倒映着辉煌的上阳宫。佩环,即环佩,妇女的装饰品。上阳,宫名,在唐洛阳皇城之西禁苑内,南临洛水,西拒谷水,唐高宗时建,武则天常居于此,故址在今洛阳城西的洛水北岸。

⑨月锁二句:谓秋月映照的洛阳,名园空锁,惟有孤鹤哀鸣;睡梦中还能听到伊水传来的凿龙之声。杜牧以名园的废兴为例,极写洛阳的昔盛今衰。凿龙,开凿龙门。龙门在今河南洛阳南。传说龙门为大禹所凿。

⑩连昌:宫殿名,唐高宗显庆三年(658)所建,故址在今河南宜阳。绣岭:宫名,唐高宗显庆三年(658)置,故址在今河南陕县。玉辇:皇帝的车驾。

[点评]

本诗作于开成元年(836),时杜牧为监察御史分司东都。安史之乱后,皇帝不再驾幸东都洛阳,所以宫阙园林久经闲置,十分荒凉。杜牧去年在长安为监察御史,因友人李甘反对郑注、李训而被贬封州司马,他为全身远祸,就移疾分司东都,感到世事浮沉,难以预料,故产生淡泊之心,不汲汲于是非名利,借游览名胜以排遣时光。面对宫阙园林如此荒凉,不禁感叹不已。山河依旧,人事已非,繁华永逝之感,渗透于字里行间,既象征着晚唐社会凄凉没落的景象,也表现出诗人的忧愁怅惘的情怀。

感怀诗^①

高文会隋季，提剑徇天意^②。

扶持万代人^③，步骤三皇地^④。

圣云继之神，神仍用文治^⑤。

德泽酌生灵，沉酣薰骨髓^⑥。

旄头骑箕尾，风尘蓟门起^⑦。

胡兵杀汉兵，尸满咸阳市^⑧。

宣皇走豪杰，谈笑开中否^⑨。

蟠联两河间，烟萌终不弭^⑩。

号为精兵处，齐蔡燕赵魏^⑪。

合环千里疆，争为一家事^⑫。

逆子嫁虏孙，西邻聘东里^⑬。

急热同手足，唱和如宫徵^⑭。

法制自作为，礼文争僭拟^⑮。

压阶螭斗角，画屋龙交尾^⑯。

署纸日替名，分财赏称赐^⑰。

剢隍歔万寻，缭垣叠千雉^⑱。

誓将付孱孙，血绝然方已^⑲。

九庙仗神灵,四海为输委[20]。

如何七十年[21],汗秇含羞耻[22]。

韩彭不再生[23],英卫皆为鬼[24]。

凶门爪牙辈[25],穰穰如儿戏[26]。

累圣但日吁[27],阃外将谁寄[28]?

屯田数十万[29],堤防常慴慴[30]。

急征赴军须[31],厚赋资凶器[32]。

因隳画一法[33],且逐随时利。

流品极蒙龙[34],网罗渐离弛[35]。

夷狄日开张[36],黎元愈憔悴[37]。

邈矣远太平[38],萧然尽烦费[39]。

至于贞元末[40],风流恣绮靡[41]。

艰极泰循来[42],元和圣天子[43]。

元和圣天子,英明汤武上[44]。

茅茨覆宫殿[45],封章绽帷帐[46]。

伍旅拔雄儿[47],梦卜庸真相[48]。

勃云走轰霆,河南一平荡[49]。

继于长庆初[50],燕赵终舁襁[51]。

携妻负子来,北阙争顿颡[52]。

故老抚儿孙,尔生今有望。

茹鲠喉尚隘[53],负重力未壮。

坐帷无奇兵[54],吞舟漏疏网[55]。

骨添蓟垣沙[56],血涨噂沲浪[57]。

祇云徒有征^{⑤⑧},安能问无状^{⑤⑨}。

一日五诸侯,奔亡如鸟往^{⑥⑩}。

取之难梯天^{⑥①},失之易反掌。

苍然太行路^{⑥②},翦翦还榛莽^{⑥③}。

关西贱男子^{⑥④},誓肉虏杯羹^{⑥⑤}。

请数系虏事^{⑥⑥},谁其为我听。

荡荡乾坤大^{⑥⑦},瞳瞳日月明^{⑥⑧}。

叱起文武业^{⑥⑨},可以豁洪溟^{⑦⑩}。

安得封域内,长有扈苗征^{⑦①}。

七十里百里,彼亦何常争^{⑦②}。

往往念所至,得醉愁苏醒^{⑦③}。

韬舌辱壮心^{⑦④},叫阍无助声^{⑦⑤}。

聊书感怀韵^{⑦⑥},焚之遗贾生^{⑦⑦}。

[注释]

①本诗作于唐文宗大和元年(827)。题下自注:"时沧州用兵。"

②高文二句:谓高祖李渊、太宗李世民在隋朝末年,顺从天意,用武力建立唐朝政权。高文,李渊庙号高祖,太宗谥号文皇帝。会,正逢。隋季,隋朝末年。提剑,比喻起兵。徇,顺应,遵从。

③扶持:拯救,救助。

④步骤句:谓功绩可以和三皇媲美。步骤,缓行和疾走,引申为追随、效法。

⑤圣云二句:谓太宗继承高祖的事业,用文德治理天下。圣,指高祖。云,语气助词,无义。神,太宗。文治,用文德治国。

⑥德泽二句:谓太宗的恩泽滋润万民,使其如痛饮美酒,醇香透入骨髓。生灵,犹生民,人民。

⑦旄头二句:谓旄头星骑在箕星与尾星上,战乱就在蓟门发生了。旄头,星名,二

十八宿中的昴宿。箕尾，二十八宿中的箕宿，共四星，尾宿，共九星。古人认为天上的星象与地上的人事相应，一定的星宿对应一定的地区。尾箕对应当时的燕州、幽州。昴星变异是战乱的征象。风尘，比喻战乱。蓟（jì）门，即蓟丘，今北京市附近，当时是安禄山管辖之地。

⑧胡兵二句：谓安史之乱中，叛军大杀汉族士兵，尸体填满了京城。此指天宝十五载（756）六月，安史叛军攻占长安。胡兵，即安史叛军。汉兵，指唐朝政府军。咸阳，本为秦朝的国都，此处代指唐朝都城长安。

⑨宣皇二句：谓唐肃宗率领着英雄豪杰，谈笑之间平定了安史之乱，收复了长安，扭转了乾坤。宣皇，杜牧自注："肃宗也。"走豪杰，使天下豪杰为之奔走。开中否（pǐ），指顺利扭转局势。否本为《易》经卦名，原义为阻塞。

⑩蟠联二句：谓唐肃宗收复长安以后，安史余孽仍盘踞于黄河南北，祸根始终未能消除。蟠联，盘踞，占据。两河，唐安史之乱后，称河南、河北二道为两河。烟，物体燃烧后剩下的东西，引申为残余。萌，植物的芽，比喻事情刚刚显露的发展趋势和情况。殒，止息。

⑪齐蔡燕赵魏：是唐朝安史之乱之后兵力最强的五大藩镇。齐指淄青节度使，治青州（今山东益都）；蔡指彰义节度使，治蔡州（今河南汝南）；燕指卢龙节度使，治幽州（今北京）；赵指成德节度使，治镇州（今河北正定）；魏指魏博节度使，治魏州（今河北大名）。

⑫合环二句：谓五大藩镇拥有广袤千里的疆土，相互勾结，融为一体。一家事，谓一家一姓的利益。

⑬逆子二句：谓以上藩镇相互联姻，彼此呼应。逆、虏，都是对谋叛藩镇轻蔑的称呼。

⑭急热：犹言亲近相好，打得火热。宫徵（zhǐ）：古代五音中宫音与徵音的并称。此谓各藩镇彼此呼应，一唱一和。

⑮法制二句：谓私自制定法令制度，超越自己的权限，并仿照天子的礼仪。僭（jiàn）拟，越分妄比，谓在下者自比于尊者，这里指臣僚擅用皇帝的制度。

⑯压阶二句：谓台阶和墙壁上都雕画着龙的图案。龙是天子殿阶的装饰，这里说明这些藩镇大逆不道。螭（chī），古代传说中无角的龙。

⑰署纸二句：谓签署公文不写上自己的名字，分配财物时也模仿天子称"赐"。署纸，指签发公文。唐代一般官员批发公文时要签名，只有皇帝不签名，而用玉

玺。替,废除。赐,国君赏予臣下称赐。

⑱刳隍二句:谓城壕挖得很深,城墙筑得很高。刳(kū),挖。隍(huáng),护城壕。歉(hǎn),贪欲。寻,古代长度单位,八尺为一寻。缭垣,缠绕城墙。雉,古代计算城墙面积的单位,长三丈,高一丈为一雉。古代城墙有一定的规格,天子都城为千雉,诸侯城墙不超过百雉。

⑲孱孙:软弱无能的子孙。血绝:血缘断绝,指断了后代。

⑳九庙:帝王的宗庙,古代帝王立庙祭祀祖先,有太祖庙及三昭庙、三穆庙,共七庙。王莽增为祖庙五、亲庙四,共九庙。后历朝皆沿此制。此处代指唐王朝。输委,输送财物。

㉑七十年:指天宝十五载(756)安史之乱爆发至宝历二年(826)李同捷谋反时期,共七十余年。

㉒赩(xì):赤色,火红色。

㉓韩彭:韩信与彭越,汉初名将。

㉔英卫:李勣与李靖,唐太宗时名将。李勣曾封英国公,李靖曾封卫国公。

㉕凶门爪牙:均指武将。

㉖穰穰(ráng ráng):众多的样子。儿戏:指挥军事轻率无能。

㉗累圣:指唐肃宗以后的历代皇帝。

㉘阃外:京城或朝廷以外,亦指外任将吏驻守管辖的地域,与朝中、朝廷相对。

㉙屯田:利用戍卒或农民、商人垦殖荒地。汉代以后,历朝政府都沿用这种措施来取得军饷和税粮,此处指安置在边防屯田的军队。

㉚堤防:堤坝,比喻边防军。慑惴(shè zhuì):恐惧。

㉛军须:军队所需要的各种物品。

㉜资:供给。凶器:古称兵器为凶器。

㉝隳(huī):毁坏。画一法:谓全体遵行、无一例外的政策法令。语本《史记·曹相国世家》。

㉞流品:品类;等级。本指官阶,后亦泛指门第或社会地位。蒙茏(máng):庞杂。

㉟网罗:本为捕捉鸟兽的工具,比喻法令、制度。离弛:离散松弛。

㊱夷狄:边远少数民族。

㊲黎元:老百姓。憔悴:面容枯槁,生计艰难。

㊳邈矣:遥远的样子。

㊴萧然:犹骚然;扰乱骚动的样子。

㊵贞元:唐德宗李适的年号,公元785至公元805年。

㊶风流:风俗;风气。恣(zì):放纵,没有拘束。绮靡:侈丽;浮华。

㊷艰极句:谓艰难到了极点,就会转为安泰。古人相信祸福循环,故有此类说法。泰,本是《周易》的卦名,义为天地交而万物通。与"否"相反。循来,循序而来。

㊸元和圣天子:指唐宪宗李纯。他被认为是唐代中兴的皇帝,即位时改元元和,即公元806年至公元820年。

㊹汤武:商朝与周朝的开国帝王。汤即成汤,是商朝的开国君主;武即周武王姬发,是周朝的开国君主。都是历代帝王尊奉的楷模。

㊺茅茨(cí):用茅或苇盖的房子。相传帝尧居住的是用茅草覆顶的房子。此谓唐宪宗如同帝尧一样节俭。

㊻封章句:谓唐宪宗如同汉文帝用封章缝制帷帐那样节俭。封章,机密事之章奏皆用皂囊重封以进,故名封章。泛指奏章的封套。绽,缝制。

㊼伍旅句:从行伍中选拔大将。伍旅,古代军队的编制单位,五人为伍,五百人为旅。雄儿,指勇将。

㊽梦卜句:指像殷王武丁与周文王那样任用贤相。《史记·殷本纪》:武丁"夜梦得圣人",乃派人到野外寻访,得傅说,任用为相。《史记·齐太公世家》:周文王将出猎,"卜之,曰:……所获霸王之辅"。在渭水滨遇吕望,"载与俱归,立为师"。庸,用。真相,具有真实才能的宰相。指中唐裴度、武元衡、杜黄裳等人。

㊾勃云二句:如同猛烈的乌云中响起的惊雷,河南叛臣彻底扫平了。据《新唐书·宪宗纪》,元和十二年(817)平淮西吴元济,十四年(819)二月平淄青李师道,七月,宣武韩弘率汴宋诸州归朝。故云"河南一平荡"。勃云,突然出现的云层。

㊿长庆:唐穆宗李恒的年号,公元821至公元824年。

51燕赵:燕指卢龙节度使,治幽州(今北京市);赵指成德节度使,治镇州(今河北正定)。舁襁(yú qiǎng):把婴儿裹在包被中背在背上。此处比喻归附。襁,包婴儿的被子。据《新唐书·穆宗纪》载,元和十五年(820)十月,成德军观察支使王承元以镇赵深冀四州归顺朝廷;长庆元年(821)二月,卢龙军节度使刘总以卢龙军八州归顺朝廷。

㊾北阙：古代官殿北面的门楼，是大臣等候朝见或上书奏事的地方，代指朝廷。顿颡(sǎng)：磕头。

㊿茹鲠句：比喻穆宗朝廷对于藩镇力不从心，如同吞吃鱼骨卡在喉咙一般。茹鲠，吞吃鱼骨。

54坐幄：坐于帷幕之中。《汉书·高帝纪》："夫运筹帷幄之中，决胜千里之外，吾不如子房。"

55吞舟：谓吞舟之鱼的略语。常以喻人事之大者。这里指有野心的藩镇。

56骨添句：蓟门一带，增添了很多白骨。蓟垣，即蓟丘、蓟门，唐时卢龙节度使治所。据《新唐书·穆宗纪》，长庆元年(821)七月，幽州卢龙军都兵马使朱克融囚其节度使张弘靖以反，纵兵掠易州等地。

57血涨句：谓滹沱河中流满了鲜血。嘑池，今作滹沱，源出今山西省，东南流入河北省，经正定流入沽河。正定即唐时镇州，是成德节度使治所。据《新唐书·穆宗纪》，长庆元年(821)七月，成德军大将杀其节度使王廷凑以反。

58祇云：只说。徒有征：仅有征战的名义，而实际上无力征讨。

59无状：指不听朝廷约束的谋叛藩镇。

60一日二句：指朝廷同时派遣五路节度使讨伐叛军，结果被打得落荒而逃。五诸侯，指魏博节度使田布、横海节度使乌重胤、昭义节度使刘从谏、河东节度使裴度、义武节度使陈楚。于长庆元年(821)八月丁丑发兵讨伐王廷凑。

61梯天：登梯子上天。梯，用为动词。

62苍然：广远无尽的样子。太行：即太行山。

63巅巅：狭窄的样子。榛莽：草木丛生。比喻河北三镇叛乱，太行山行不通。

64关西句：杜牧自谓。关西，潼关以西，因作者家于长安，故称。贱男子，杜牧大和二年(828)春考中进士，而本诗作于大和元年，此时杜牧既未考中进士，又没有入仕，没有名分，故称"贱男子"。

65誓肉句：发誓烹煮这些叛臣，以分一杯汤来喝。肉，此处用作动词，义为吃肉。虏，叛乱的藩镇。羹，肉汤。《史记·项羽本纪》："汉王曰：'……吾翁即若翁，必欲烹而翁，则幸分我一杯羹。'"

66数：列举；一项一项地陈说。系虏：擒敌。《汉书·终军传》："军自请：'愿受长缨，必羁南越王而致之阙下。'"

67荡荡：广大的样子。

⑱瞳瞳(tóng tóng)：光明的样子。《后汉书·郎顗传》："诚欲陛下修乾坤之德，开日月之明。"二句化用其意。

⑲吆起：振作精神。文武业：指像周文王、周武王那样的事业。

⑳豁洪溟：澄清天下。豁，使开阔宽敞。洪溟，大海。比喻天下。

㉑扈苗征：指夏后启曾征有扈，夏禹曾征有苗。扈苗是古代两个叛乱的部落首领。此处比喻对叛乱者的征伐。

㉒七十二句：谓商汤曾以七十里、周文王曾以百里之地终于统一天下，他们都以文德服人，何曾以武力相争？《孟子·公孙丑上》："以德行仁者王，王不待大。汤以七十里，文王以百里。以力服人者，非心服也，力不赡也；以德服人者，中心悦而诚服也。"

㉓往往二句：谓每当想起这些事，都喝得大醉，害怕再醒来。

㉔韬舌句：谓闭口不言，未免有辱自己的雄心壮志。韬(tāo)舌：把话藏起来。

㉕叫阍句：谓要向朝廷进言，又无人声援。叫阍：叩开宫门。

㉖聊：姑且。

㉗遗(wèi)：赠送。贾生：西汉贾谊（前200—前168），年少而才高，世称贾生。数上书论政事，主张削弱诸侯王势力，颇得文帝赏纳。

[点评]

　　诗题有原注："时沧州用兵。"点明所感之事。敬宗宝历二年（826）四月，横海军（治沧州，今属河北）节度使李全略死，其子李同捷擅领留后，不受朝命。次年即文宗大和元年（827）八月，朝廷下诏讨李同捷。大和三年四月斩李同捷。诗即作于大和元年，这时杜牧才二十五岁。他有感于安史乱后，藩镇跋扈的情况，对于朝廷软弱、生民憔悴、兵连祸接、国无宁日的情况深表担忧，也表现出自己有志报国而无从施展抱负的情怀。全诗亦诗亦史，夹叙夹议，可与杜甫的《北征》、李商隐的《行次西郊一百韵》相媲美。清人翁方纲评曰："小杜《感怀诗》，为沧州用兵作，宜与《罪言》同读。……王荆公云：'末世篇章有逸才。'其所见者深矣。"（《石洲诗话》卷二）

郡斋独酌①

前年鬓生雪，今年鬓带霜。

时节序鳞次②，古今同雁行③。

甘英穷西海，四万到洛阳④。

东南我所见，北可计幽荒⑤。

中画一万国，角角棋布方⑥。

地顽压不穴⑦，天回老不僵⑧。

屈指百万世⑨，过如霹雳忙⑩。

人生落其内，何者为彭殇⑪。

促束自系缚⑫，儒衣宽且长。

旗亭雪中过⑬，敢问当垆娘⑭。

我爱李侍中⑮，摽摽七尺强⑯。

白羽八札弓⑰，胜压绿檀枪⑱。

风前略横阵，紫髯分两傍⑲。

淮西万虎士，怒目不敢当⑳。

功成赐宴麟德殿㉑，猿超鹘掠广毬场㉒。

三千宫女侧头看，相排踏碎双明珰㉓。

旌竿幖幖旗燿燿[24]，意气横鞭归故乡[25]。

我爱朱处士[26]，三吴当中央[27]。

罢亚百顷稻[28]，西风吹半黄。

尚可活乡里，岂唯满囷仓[29]。

后岭翠扑扑[30]，前溪碧泱泱[31]。

雾晓起凫雁[32]，日晚下牛羊[33]。

叔舅欲饮我[34]，社瓮尔来尝[35]。

伯姊子欲归[36]，彼亦有壶浆[37]。

西阡下柳坞，东陌绕荷塘。

姻亲骨肉舍，烟火遥相望。

太守政如水[38]，长官贪似狼。

征输一云毕[39]，任尔自存亡。

我昔造其室[40]，羽仪鸾鹤翔[41]。

交横碧流上，竹映琴书床[42]。

出语无近俗，尧舜禹武汤[43]。

问今天子少，谁人为栋梁[44]？

我曰天子圣，晋公提纪纲[45]。

联兵数十万，附海正诛沧[46]。

谓言大义小不义[47]，取易卷席如探囊[48]。

犀甲吴兵斗弓弩[49]，蛇矛燕骑驰锋芒[50]。

岂知三载几百战(51)，钩车不得望其墙(52)。

答云此山外，有事同胡羌(53)。

谁将国伐叛，话与钓鱼郎㊄。

溪南重回首，一迳出修篁㊄。

尔来十三岁，斯人未曾忘。

往往自抚己，泪下神苍茫㊄。

御史诏分洛，举趾何猖狂㊄。

阙下谏官业，拜疏无文章㊄。

寻僧解幽梦，乞酒缓愁肠。

岂为妻子计㊄，未去山林藏。

平生五色线，愿补舜衣裳㊄。

弦歌教燕赵㊄，兰芷浴河湟㊄。

腥膻一扫洒㊄，凶狠皆披攘㊄。

生人但眠食㊄，寿域富农桑㊄。

孤吟志在此，自亦笑荒唐。

江郡雨初霁㊄，刀好截秋光㊄。

池边成独酌，拥鼻菊枝香㊄。

醺酣更唱太平曲㊄，仁圣天子寿无疆㊄。

[注释]

①郡斋：郡守的府第。题注："黄州作。"黄州，即齐安郡，治所在今湖北黄冈。

②时节句：谓时令按一定次序更替。鳞次，依序排列如鱼鳞。

③雁行：大雁的行列。

④甘英二句：谓甘英出使，走到西海尽头，计其到洛阳的路程，远达四万里。甘英，东汉人，班超的部属。西海，谓波斯湾。洛阳，东汉时为国都。

⑤东南二句：谓中国的东方地带，是我曾经见过的，北边还必须把极远的地方计算在内。幽荒，边远的地方。

⑥中画二句:谓中国的疆土中,又划分成众多小国,就像棋子布满棋盘的每个角落。

⑦地顽句:谓土地坚实,受压而不会出现洞穴。

⑧天回句:谓天宇旋转,长久而不僵化。

⑨屈指句:谓百万世也不过屈指之间。

⑩霹雳:雷之急击者为霹雳。

⑪彭殇:犹言寿夭。彭是彭祖,古之长寿者。殇,未成年而死。

⑫促束:拘束不安。自系缚:自我束缚。

⑬旗亭:酒楼。

⑭当垆娘:当垆,卖酒。《史记·司马相如列传》载,卓文君随司马相如私奔后,无以为生,不久重返临邛,买一酒店卖酒,而让卓文君当垆。垆,酒店里安放酒瓮、酒坛的土台子,代指酒店。

⑮李侍中:李光颜,字光远,唐宪宗时名将。初为马燧裨将,讨李怀光、杨惠琳,有战功。宪宗征伐淮西,擢为忠武军节度使,将数骑入敌营中,贼乃溃败。"当此时,诸镇兵环蔡十余屯,相顾不肯前,独光颜先败贼。"蔡平,拜检校司空。穆宗时加同中书门下平章事,进兼侍中。敬宗初,拜司徒,河东节度使。宝历二年(826)卒,年六十六。新、旧《唐书》有传。侍中,官名,唐门下省的长官。

⑯摽摽(biāo biāo):高大的样子。

⑰白羽句:谓身上佩有白羽装饰的强劲之弓。八札弓,谓强劲之弓。

⑱胜(bì):通髀,义为股。绿檀枪:枪名,将枪漆成深绿色,故称。

⑲风前二句:谓光颜在风中突过敌阵,紫色的须髯纷披两旁。略,突击。紫髯,紫色长须,形容李光颜英武之气。

⑳淮西二句:谓淮西上万个猛士,在李光颜的怒目之下,都不敢抵挡。淮西,唐方镇名,即淮南西道节度使,领申光蔡三州。安史之乱后,长期为藩帅割据,至宪宗元和十二年(817)才平定。虎士,勇力之士。

㉑麟德殿:唐西京大明宫内宫殿名。也称三殿、三院。唐代皇帝接待远人或召见臣像在此设宴。

㉒猿超鹘掉:形容动作敏捷,身手不凡。猿,似猴,动作敏捷。鹘是一种猛禽,飞行迅疾,善于搏击,能俯击鸠鸽而食之。毬:即鞠丸,古代习武用具,以皮为之,中实以毛,用足踏或杖击为戏。

㉓相排:互相排挤。明珰(dāng):用珠玉串成的耳饰。

㉔旌竿:即旆旗,古时将领或节度使出行时的仪仗。嫖嫖(biāo biāo):高耸的样子。嫖嫖(huò huò):鲜明的样子。

㉕意气:意志与气概。

㉖朱处士:名字生平均无考。处士,未仕或不仕的士人。

㉗三吴:其地说法不一。一说以吴兴、吴郡、会稽为三吴;一说以吴郡、吴兴、丹阳为三吴;一说以苏州、润州、湖州为三吴。泛指江苏南部、浙江北部一带。杜牧称三吴中央,指苏州。

㉘罢亚:原注:"稻名。"

㉙囷(qūn):圆形谷仓。

㉚扑扑:繁盛的样子。

㉛浃浃:深广的样子。

㉜凫(fú):野鸭。

㉝日晚句:《诗·王风·君子于役》:"日之夕矣,牛羊下来。"杜牧化用之。

㉞叔舅:母亲的弟弟。

㉟社瓮:社酒。社是古时祭祀土神之所,祭祀之日称为社日。瓮是酒坛子。

㊱伯姊:长姊。

㊲壶浆:酒浆,以壶盛之,故名。

㊳太守:州郡的长官。

㊴征输:缴纳赋税。

㊵造:到,去。

㊶羽仪句:谓朱处士仪表神态如鸾鹤之翱翔。羽仪,表率。

㊷竹映句:庾信《拟咏怀》:"琴声遍屋里,书卷满床头。"杜牧化用其意。

㊸尧舜句:谓上古三代的圣明君主。尧舜,传说中的古代贤君;禹,夏朝的开国君主;武,周朝的开国君主;汤,商朝的开国君主。

㊹问今二句:这是追述十三年前的问话。栋梁,房屋的大梁,比喻担当国家重任的人才,这里喻宰相。

㊺晋公:即裴度(765—839),字中立,河东闻喜(今山西闻喜)人。贞元初擢进士第;宪宗时,淮蔡不奉朝命,诸军进战数败,朝臣争请罢兵,裴度力请讨伐,合帝意,即授门下侍郎平章事,督诸军进兵,擒蔡州刺史吴元济。以功封晋国公,入知

政事。文宗时徙东都留守。新、旧《唐书》有传。

㊻联兵二句:谓集合数十万兵力,逼近海边,讨伐沧州李同捷。据《旧唐书·文宗纪》,文宗大和元年(827)春,李同捷擅领沧景,七月抗朝命不受诏。八月,朝廷诏讨李同捷。大和三年(829)四月,斩李同捷,沧景平。附海,近海。沧即沧景节度使,唐方镇,又名横海军节度使,治沧州,故治在今河北沧县东南。

㊼大义:指朝廷对沧州用兵是大义之举。小:轻视。不义:指被讨伐的叛军。

㊽卷席:比喻像卷席一样,全部占有。探囊:比喻事极容易办到。

㊾犀甲:用犀牛皮做成的铠甲。吴兵:指南方的士兵。

㊿蛇矛:古代兵器。燕骑:指北方的部队。

51岂知句:大和元年(827)八月始讨李同捷,至三年(829)四月平定,首尾共三年。

52钩车:有钩梯的战车。

53胡羌:泛指北方的少数民族。

54谁将二句:谓除了你,有谁将国家讨伐叛军的消息告诉我这个不问世事的钓鱼郎呢? 钓鱼郎,指朱处士。

55修篁:修竹,长竹。

56苍茫:模糊不清的样子。

57御史二句:谓自己为监察御史分司东都时,是多么趾高气扬。御史,唐官名。分洛,即分司洛阳。唐代以洛阳为东都,其官员设置,在形式上与长安一致,御史官在洛阳有留台,亦有侍御史、殿中侍御史、监察御史等职,称为分司官。杜牧于大和九年(835)至开成二年(837)间为监察御史分司东都。举趾,举动。猖狂,无拘无束,肆意妄行。

58阙下二句:谓自己任左补阙时,也没有上过很好的奏章以尽谏官之职。阙下,本指宫阙之下,后来上书于皇帝而不敢直指,但言阙下。此处指朝廷。谏官,杜牧在开成三年(838)冬除左补阙,四年(839)春抵任。左补阙的职掌是向皇帝讽谏。拜疏:上奏章。

59妻子:妻子儿女。

60平生二句:比喻自己有才能与抱负,愿意辅佐皇帝把国家治理好。五色线,王嘉《拾遗记》卷二:"因祇之国,其人善织,以五色丝纳于口中,手引而结之,则成文锦。"补舜衣裳,《诗·大雅·蒸民》:"衮职有缺,维仲山甫补之。"注:"有衮冕者,君上之服也;仲山甫补之,善补过也。"衮是皇帝龙袍。杜牧曾为御史、补阙,故此处暗用补衮的典故,指为皇帝补救缺失。

㉛弦歌句:谓削平藩镇,使其地人民具有礼乐教化。弦歌,弹琴唱歌,喻以礼乐教化人民。燕赵,唐河北三镇之地,即今河北省、山西省一带。

㉜兰芷句:谓收复河湟,使其焕然一新。兰芷,两种香草名,比喻朝廷之教化。河湟,指湟水流入黄河的地区。肃宗后为吐蕃占领,宣宗大中三年(849)收复。

㉝腥膻:臭恶的气味,比喻吐蕃统治者遗留下来的落后野蛮的风气。

㉞凶狼:凶暴顽劣,比喻违抗朝命的藩镇。披攘(ráng):屈服,倒伏。

㉟生人:犹生民,老百姓。

㊱寿域:《汉书·礼乐志》:"驱一世之民,跻之礼乐之域。"比喻太平盛世。

㊲江郡:指黄州,因濒临江边,故称。霁:雨过天晴。

㊳刀好句:比喻秋色像锦缎一样,可以用剪刀剪裁。杜甫《戏题画山水图歌》:"焉得并州快剪刀,剪取吴淞半江水。"运思相同。

㊴拥鼻:扑鼻。

㊵醨酤:醉酒。

㊶仁圣天子:指唐武宗。见本诗"天子号仁圣"句注。

[点评]

这首诗约作于会昌二年(842),时杜牧任黄州刺史。唐武宗会昌二年(842),杜牧因李德裕的排挤,由比部员外郎出为黄州刺史,到任后有感于自己的身世而作此诗,抒发感慨与志愿。诗从宇宙无尽人生短促写起,说明人活在世上应该洒脱超然。接着描写李光颜与朱处士为国立功,功成身退的事迹,表现自己要为国立功,但不务虚名。最后点明自己要辅佐皇帝,实现天下太平的远大志向。全诗直抒胸臆,襟怀袒露。"平生五色线,愿补舜衣裳",说明自己已有才能与信心把国家治理好,大有杜甫"致君尧舜上,再使风俗淳"的宏伟抱负。清人翁方纲说:"小杜《感怀诗》,为沧州用兵作,宜与《罪言》同读。《郡斋独酌》诗,意亦在此。王荆公云:'末世篇章有逸才。'其所见者深矣。"(《石洲诗话》卷二)

题桐叶

去年桐落故溪上，把叶因题归燕诗。

江楼今日送归燕，正是去年题叶时。

叶落燕归真可惜，东流玄发且无期。

笑筵歌席反惆怅，朗月清风见别离。

庄叟彭殇同在梦①，陶潜身世两相遗②。

一丸五色成虚语③，石烂松薪更莫疑。

哆侈不劳文似锦④，进趋何必利如锥。

钱神任尔知无敌⑤，酒圣于吾亦庶几。

江畔秋光蟾阁镜⑥，槛前山翠茂陵眉⑦。

樽香轻泛数枝菊，檐影斜侵半局棋。

休指宦游论巧拙⑧，恶将愚直祷神祇⑨。

三吴烟水平生念⑩，宁向闲人道所之。

[注释]

①庄叟：庄子，战国宋蒙人，曾为漆园吏。主张清静无为，《史记》有传。彭殇：彭，彭祖，古之长寿者；殇，未成年而死。《庄子·齐物论》："莫寿于殇子，而彭祖为夭。天地与我并生，而万物与我为一。"

②陶潜：即陶渊明（365—427），名潜，字元亮，晋浔阳（今江西浔阳）人。大司马

陶侃曾孙。曾为州祭酒,后为彭泽令。因不能"为五斗米折腰",弃官归隐,以诗酒自娱。南朝宋元嘉四年(427)卒。《晋书》有传。其《归去来辞》称:"归去来兮,请息交以绝游,世与我而相遗。"

③一丸五色:《宋书·乐志》:"与我一丸药,光曜有五色。"

④哆侈:口张大的样子,比喻吟诗作文。《诗·小雅·巷伯》:"哆兮侈兮,成是南箕。"

⑤钱神:喻钱财之力,如同神物。《晋书·鲁褒传》:"元康之后,纲纪大坏,褒伤时之贪鄙,乃隐姓名,而著《钱神论》以刺之。"

⑥蟾阁镜:冯集梧《樊川诗集注》卷二引《洞冥记》:"望蟾阁十二丈,上有金镜,广四尺。元封中,有祇国献此镜,照魑魅不获隐形。"

⑦茂陵眉:谓如同卓文君之眉。因司马相如病免后,与卓文君居于茂陵。文君姣好,眉色望如远山。见《史记·司马相如列传》及《西京杂记》。

⑧宦游:为仕宦而奔波。

⑨神祇:天地之神。

⑩三吴:古今说法不一,杜牧此处指吴兴,即湖州。

[点评]

本诗作于大中五年(851),时杜牧为湖州刺史。诗有"去年桐落故溪上,把叶因题归燕诗。江楼今日送归燕,正是去年题叶时"语,是前一年在故乡长安,本年已至江城。又有"东流玄发且无期"语,应作于晚年。又有"三吴烟水平生念"语,应作于任湖州刺史时。杜牧大中四年(850)在长安为司勋员外郎,转吏部员外郎,秋后出任湖州刺史。故诗作于大中五年。这首诗是杜牧晚年心态的具体表现,前四句旨在怀旧,五、六句旨在叹老,七、八句抒写离别之情,九至十二句表现退隐之志,十三至十六句表现对名利的淡泊,十七句至末尾描写对安闲生活的向往。这也是杜牧出任外郡时,不得意之感的表露。

亲情友谊

碧山终日思无尽

寄扬州韩绰判官

青山隐隐水迢迢^①,秋尽江南草木凋。

二十四桥明月夜^②,玉人何处教吹箫^③。

[注释]

①迢迢:一作"遥遥"。深远的样子。

②二十四桥:指扬州城中的二十四座桥。见宋沈括《梦溪笔谈·补笔谈》卷三。一说二十四桥即红药桥。

③玉人:指韩绰。

[点评]

杜牧大和末年在扬州为淮南节度掌书记,韩绰为判官,后牧入京为监察御史,韩仍在扬州,杜牧思念他而作此诗,约为开成初年。全诗风调悠扬,意境优美。通过扬州胜景的描写,委婉地探问韩绰的近况,表示自己的思念之情,是杜牧笔法的高妙之处。今人或以为此诗写艳情,殊失作者本意。杜牧另有《哭韩绰》诗:"平明送葬上都门,绋翣交横逐去魂。归来冷笑悲身事,唤妇呼儿索酒盆。"赵嘏有《送韩绛归淮南兼谒韩绰先辈》诗。知韩绰曾及进士第,与杜牧同入牛僧孺淮南幕府,为节度判官。

沈下贤①

斯人清唱何人和②，草径苔芜不可寻③。

一夕小敷山下梦④，水如环佩月如襟⑤。

[注释]

①沈下贤：即沈亚之，字下贤，吴兴（今浙江湖州）人。元和十年（815）进士，曾为德州判官，贬南康尉，终于郢州掾。工诗善文，擅长小说，游于韩愈之门，才名为时人所推。李贺、杜牧、李商隐都有拟沈下贤诗。著有《沈下贤集》。

②斯人：指沈下贤。清唱：谓沈下贤所作的清新高雅的诗篇。

③草径句：谓荒草青苔已埋没了路径，下贤的故宅已无法寻找。

④小敷山：在湖州乌程县西南二十里。

⑤环佩：即佩玉，本为妇女饰物，此处用来比喻水之澄澈。

[点评]

诗有"一夕小敷山下梦"句，小敷山在湖州乌程县西南二十里，沈下贤曾在这里住过。故杜牧此诗应是大中四年（850）或五年（851）在湖州刺史任上所作。牧为刺史时，亚之已死，但慕其才名，故到小敷山作诗以凭吊，以抒发对他的景慕与同情。后二句融情入景，清幽之水与明净之月，既是写景又象征沈亚之的怀抱与才情。俞陛云《诗境浅说续编》："前二句言独行苔径，清咏无人，乃怀沈下贤也。后言重过小敷山下，明月堕襟，水声鸣佩，凝想悠然。诗意若有微波通辞之感，不类《停云》怀友之诗。何风致绰约乃尔！其有哀窈窕、思贤才之意乎！"

酬张祜处士见寄长句四韵^①

七子论诗谁似公^②，曹刘须在指挥中^③。

荐衡昔日知文举^④，乞火无人作蒯通^⑤。

北极楼台长挂梦^⑥，西江波浪远吞空^⑦。

可怜故国三千里，虚唱歌辞满六宫^⑧。

[注释]

①张祜：字承吉，清河人。杜牧的友人。一生不仕，大中中卒于丹阳。处士，指未仕或不仕的人。

②七子：建安七子。即汉末著名文学家孔融、陈琳、王粲、徐干、阮瑀、应瑒、刘桢七人。

③曹刘：曹植与刘桢。曹植字子建，是当时最杰出的诗人。才思敏捷，词藻富赡。刘桢字公干，曹丕称其"妙绝时人"。后世常曹刘并称。

④荐衡句：谓令狐楚表荐张祜，就像孔融当年荐举祢衡一样。本句原注："令狐相公曾表荐处士。"令狐相公即令狐楚，因曾为相，故称相公。孔融荐祢衡事，见《后汉书·祢衡传》："惟善鲁国孔融及弘农杨修，常称曰'大儿孔文举，小儿杨德祖，余子碌碌莫足数'也。融亦深爱其才，衡始弱冠而融年四十，遂与交友，上疏荐之。"

⑤乞火句：谓虽有令狐楚之荐，却没有人在皇帝面前给你说好话。乞火，用蒯通的典故。蒯通是秦汉之际的辩士，后为曹参的门客。有人劝蒯通向曹参荐举两位隐士，蒯通就给曹参讲了乞火的故事：我的同乡有一位妇女，她与同乡的老婆

婆相处得很好。一天夜里,这位妇女丢了肉,婆婆怀疑是她偷吃了,非常生气,把她赶出去。这位妇女早晨走的时候,经过同乡的那位老婆婆家,把这件事告之并且辞别。老婆婆说:"你安心走吧,我会让你家人追你的。"并很快捆了一束乱麻到丢肉的家里乞火说:"昨夜我家的狗偷了一块肉回来,狗与狗之间互相争肉,一只狗被咬死了。请借我火回去煮狗肉吃。"那家婆婆听说以后,马上派人把媳妇追了回来。那位老婆婆并不是辩士,借火也不是使妇人回家的办法,只是物有相感,事有适可。所以我是来乞火与曹相国的。然后就推荐了两位隐士,使之得到重用。张祜的遭遇正好相反,故称"乞火无人作媾通"。

⑥北极句:谓张祜虽隐居,但对朝廷仍十分关心。北极,北极星,又称北辰。常常用以比喻朝廷。

⑦西江句:谓张祜的恋阙之情,如同长江的波浪,汹涌腾空。西江,西来之江,即长江。

⑧可怜二句:谓张祜虽有"故国三千里"的歌词,但只能在后宫传唱,对张祜本人来说,并不能解决什么问题。诗有原注:"处士诗曰:'故国三千里,深宫二十年。一声何满子,双泪落君前。'"六宫,皇帝的后宫,皇后与嫔妃居地。

[点评]

这首诗作于会昌五年(845)。时杜牧在池州刺史任。杜牧在诗中激赏张祜的才华,同情张祜怀才不遇的命运。张祜原作为《江上旅泊呈池州杜员外》:"牛渚南来沙岸长,远吟佳句望池阳。野人未必非毛遂,太守还须是孟尝。江郡风流今绝世,杜陵才子旧为郎。不妨酒夜因闲语,别指东乡是醉乡。"宋葛立方《韵语阳秋》卷四:"张祜诗云:'故国三千里,深宫二十年。'杜牧赏之,作诗云:'可怜故国三千里,虚唱歌辞满六宫。'故郑谷云:'张生故国三千里,知者惟应杜紫微。'诸贤品题如是,祜之诗名安得不重乎?"本诗中两句本事非常重要,今述之于下:一是"乞火无人作媾通"。唐王定保《唐摭言》卷十一《荐举不捷》条有记载:"张祜,元和、长庆中,深为令狐文公所知。公镇天平日,自草荐表,令以新旧格诗三百篇随表进献,辞略曰:'凡制五言,苟以六义,近多放诞,靡有宗师。前件人久在江湖,早工篇什,研机甚苦,搜象颇深,辈流所推,风格罕及。'云云。谨今录新旧格诗三百首,自光顺门进献。望请宣付中书门下。祜至京师,方属元江夏偃仰内庭,上因召问祜之辞藻高下。稹对曰:'张祜雕虫小巧,壮夫耻而不为者,或奖激之,恐变陛下风教。'上颔之。由是寂寞而归。祜以诗自悼,略曰:'贺知章口徒劳说,孟浩然身更不疑。'"所记或有所疑,但令狐楚荐张祜被朝中大臣所沮,当有此事,故杜牧诗言之。二是"可怜故国三千里,虚唱歌辞满六宫"。张祜《孟才人叹一首序》云:"武宗皇帝疾笃,迁便殿,孟才人以歌笙获宠者,密侍左右。上目之曰:'吾当不讳,尔何为哉?'指笙囊泣曰:'请以此就缢。'上悯然。复曰:'妾尝艺歌,请对上歌一曲以泄其愤。'上以恳许之。乃歌'一声何满子',气亟立殒。上令医候之,曰:'脉尚温而肠已绝。'……进士高璩登第年,宴,传于禁伶,明年秋,贡士文多以为之目。大中三年,遇高于由拳,哀话于余,聊为兴叹。"诗曰:"偶因歌态咏娇嚬,传唱宫中十二春。却为一声何满子,下泉须吊旧才人。"

登池州九峰楼寄张祜①

百感中来不自由,角声孤起夕阳楼②。

碧山终日思无尽,芳草何年恨即休③。

睫在眼前长不见④,道非身外更何求⑤。

谁人得似张公子,千首诗轻万户侯⑥。

[注释]

①池州:治所在秋浦,今安徽贵池县。九峰楼:一作九华楼,池州的风景名胜之一。张祜,见前《酬张祜处士见寄长句四韵》诗注。

②百感二句:谓登上夕阳斜照的九峰楼,忽然听到一声号角,不由自主地百感交集。中,内心。不自由,不由自主。

③碧山二句:谓作者对张祜隐居的碧山,终日情思绵绵,而对张祜如同芳草一样

无人赏识的命运抱憾不已。碧山,指张祜隐居的青山。芳草,比喻张祜像芳草一样无人赏识。

④睫在句:睫毛就在眼前,人们却一直看不见。比喻白居易对张祜的不公正待遇。

⑤道非句:谓道并不是身外之物,又何必到别处寻求!道,规律,事理。

⑥谁人二句:谓有谁像你张公子那样,宁作诗千首,而不去追求高官厚禄呢?万户侯,食邑万户之侯,形容高官厚禄。

[点评]

这首诗作于会昌六年(846),时杜牧为池州刺史。杜牧会昌四年(844)九月由黄州刺史迁池州刺史,六年(846)九月又迁睦州刺史。张祜会昌五年(845)得知杜牧为池州刺史,特地来拜访,二人相互唱酬。杜牧有感于白居易非难张祜,故作诗以赞美,有"谁人得似张公子,千首诗轻万户侯"之句,为张祜鸣不平,也暗寓自己失意的牢骚。九峰楼是池州的风景名胜之一。张祜,字承吉,南阳(今河南南阳)人,寓居姑苏(今江苏苏州)。元和、长庆间,为令狐楚所器重,又客于淮南。大中中卒于丹阳隐居。事迹见《唐才子传》卷六《张祜传》。关于此诗本事,唐范摅《云溪友议》卷中《钱塘论》云:"致仕尚书白舍人,初到钱塘,令访牡丹花,独开元寺僧惠澄,近于京师得此花栽,始植于庭,栏围甚密,他处未之有也。时春景方深,僧设油幕以覆其上,牡丹自此东越分而种之也。会徐凝自富春来,未识白公,先题诗曰:'此花南地知谁种,惭愧僧闲用意栽。海燕解怜频睥睨,胡蜂未识更徘徊。虚生芍药徒劳妒,羞杀玫瑰不敢开。惟有数苞红萼在,含芳只待舍人来。'白寻到寺看花,乃命徐生同醉而归。时张祜榜舟而至,甚若疏诞,然张、徐二生,未之习稔,各希首荐焉。中舍曰:'二君论文,若廉、白之斗鼠穴,胜负在于一战也。'遂试《长剑倚天外赋》《余霞散成绮诗》。试讫解送,以徐凝为元,祜其次耳。……先是,李补阙林宗、杜殿中牧与白公辇下较文,具言元白诗体舛杂,而为清苦者见嗤,因兹有恨也。……后杜舍人之守秋浦,与张生为诗酒之交,酷吟祜宫词,亦知钱塘之岁,白有非之论,怀不平之色,为诗二首以高,则曰:'谁人得似张公子,千首诗轻万户侯。'又云:'可怜故国三千里,虚唱歌辞满六宫。'"杜牧作此诗后,张祜又酬答一首《和杜牧之九华楼见寄》:"孤城高柳晓鸣鸦,风帘半钩清露华。九峰聚翠宿危槛,一夜登高悬冷沙。出岸远晖帆欲落,入溪寒影雁差斜。杜陵归去春应早,莫厌青山谢朓家。"

残春独来南亭因寄张祜^①

暖云如粉草如茵,独步长堤不见人。

一岭桃花红锦黻^②,半溪山水碧罗新。

高枝百舌犹欺鸟^③,带叶梨花独送春。

仲蔚欲知何处在^④,苦吟林下拂诗尘。

[注释]

①南亭:即池州弄水亭。在池州贵池县南通远门外,唐杜牧建,取李白"饮弄水月中"诗句为名。

②黻(yuè):黄黑色。

③百舌:鸟名。即反舌,以其鸣声反复如百鸟之音,故名。立春后鸣啭不已,夏至后即无声。

④仲蔚:即张仲蔚。晋皇甫谧《高士传》:"张仲蔚者,平陵人。明天官博物,善属文,好诗赋,闭门养性,不治荣名。"此以张仲蔚比张祜。

[点评]

这首诗作于会昌六年(846)春,时杜牧在池州刺史任。张祜会昌五年来池州拜访杜牧,九月二人同登齐山。此诗是与张祜别后,春日寄赠之作。张祜酬诗为《奉和池州杜员外南亭惜春》:"草雾辉辉柳色新,前山差掩黛眉颦。碧溪潮涨砮侵夜,红树花深醉度春。几恨今年时已过,翻悲昨日事成尘。可知屈转江南郡,还就封州咏白蘋。"可参看。

送杜颛赴润州幕①

少年才俊赴知音②,丞相门栏不觉深③。

直道事人男子业④,异乡加饭弟兄心⑤。

还须整理韦弦佩⑥,莫独矜夸玳瑁簪⑦。

若去上元怀古去,谢安坟下与沈吟⑧。

[注释]

①润州:唐镇海军节度使治所,今江苏镇江。幕,幕府的简称。古代将帅的府署称幕,后亦泛指衙署。

②少年才俊:指杜颛年少多才。其时杜颛二十八岁。知音:指李德裕。因为此时杜颛受李德裕的辟召。

③丞相:即上句的"知音",指李德裕。李德裕在大和七年(833)曾为兵部尚书同平章事。因唐人好称显官,故仍称其丞相。

④直道事人:谓以正直之道事奉李德裕。直道,指公正无私、刚正不阿的行为。

⑤加饭:劝人保重的话。《古诗十九首》:"弃捐勿复道,努力加餐饭。"

⑥韦弦佩:语本《韩非子·观行》:"西门豹之性急,常佩韦以缓己;董安于之心缓,故佩弦以自急。"杜牧用之勉励杜颛时刻鞭策自己。韦,皮带;弦,弓弦。

⑦矜夸:夸耀。玳瑁(dài mào):一种爬行动物,形似龟,甲壳黄褐色,有黑斑和光泽,可做装饰品。

⑧若去二句:谓如果到上元去缅怀古迹,一定要到谢安坟前凭吊一番。上元,唐

县名。谢安墓在县东南十里石子冈北。谢安(320—385),字安石,东晋阳夏(今河南太康)人。孝武帝时位至宰相。符坚南侵时,他为征讨大都督,派遣将帅击败前秦兵九十万。成为历史上著名的淝水之战。

[点评]

杜颉,字胜之,杜牧之弟。大和六年(832)及进士第,授秘书省正字、瓯使巡官。李德裕出任镇海军节度使,辟为试协律郎,其时为大和八年(834),这时杜牧在扬州,为淮南节度掌书记。杜颉从长安赴任时,经过扬州,兄弟二人欢会数日。在赴润州时,杜牧作此诗相送。诗对杜颉谆谆劝勉,充满手足之情。并勉励他干一番大事业。"直道"句是杜牧心灵迸发之语,也是他人格精神的具体表现。他告诫杜颉要"直道事人",就是不阿附权贵,而要行自己正直之道,由此想见杜牧处于晚唐牛李党争极为剧烈的时代,自己又与二党有复杂的人事关系,但终不为两党所左右,保持自己的节操,是多么难能可贵。"异乡"句,虽平淡无奇,但内在感情至为炽热,体贴入微处莫过于此。

初春雨中舟次和州横江,
裴使君见迎,李赵二秀才同来,
因书四韵,兼寄江南许浑先辈①

芳草渡头微雨时,万株杨柳拂波垂。

蒲根水暖雁初浴②,梅径香寒蜂未知。

辞客倚风吟暗淡③,使君回马湿旌旗④。

江南仲蔚多情调⑤,怅望春阴几首诗!

[注释]

①横江:在安徽和县东南,也称横江浦,与南岸采石矶隔江对峙,古为要津。裴使君,即裴俦,杜牧的姊夫,时任和州刺史。李赵二秀才,未详。秀才,唐应举者皆称秀才,谓才能优秀之人。许浑,诗人的诗友,晚唐著名诗人。字用晦,丹阳(今江苏丹阳)人。大和六年(832)进士及第。历监察御史,当涂、太平县令,睦州、郢州刺史等。其时许浑为当涂县令。先辈,唐进士间互相推敬谓之先辈。

②蒲:香蒲,生于浅水或池沼中。根可供食用,叶可供编织用。

③辞客:指李、赵二秀才。暗淡:谓微雨中天气灰暗。

④使君:指裴俦。旌旗:太守出行仪仗中的旗帜。

⑤仲蔚:即张仲蔚,此以比许浑。晋皇甫谧《高士传》:"张仲蔚者,平陵人。与同郡魏景卿俱修道德,隐身不仕。明天官博物,善属文,好诗赋,闭门养性,不治荣名。"情调:情意,情味。

[点评]

　　这首诗作于开成四年(839)初春。时杜牧离开宣城赴京,溯长江,入汉水,经南阳、武关、商山入长安。诗为途次和州时所作,主要表现闲适的情怀。"和州裴使君"是杜牧的姊夫裴俦,他携李赵二秀才同来迎接,故杜牧作诗以记其事,兼寄许浑。诗中"仲蔚"即汉代的隐士张仲蔚,好诗赋,闭门养性,不慕荣名。杜牧借以比许浑,也是自我感情的流露,表现他闲适的情怀。诗中"蒲根水暖雁初浴,梅径香寒蜂未知",写初春之景,自然贴切,"洒落可诵"(清贺裳《载酒园诗话又编》)。许浑《丁卯集》卷上有《酬杜补阙初春雨中泛舟次横江喜裴郎中相迎见寄》诗:"江馆维舟为庾公,暖波微渌雨濛濛。红樯迤逦春岩下,朱旆联翩晓树中。柳滴圆波生细浪,梅含香艳吐轻风。郢歌莫问青山吏,鱼在深池鸟在笼。"即酬和之作,可参看。

赠沈学士张歌人①

拖袖事当年②,郎教唱客前③。

断时轻裂玉④,收处远缫烟⑤。

孤直絚云定⑥,光明滴水圆⑦。

泥情迟急管⑧,流恨咽长弦⑨。

吴苑春风起⑩,河桥酒旆悬⑪。

凭君更一醉,家在杜陵边⑫。

[注释]

①沈学士:即沈述师,字子明,沈传师之弟,曾任集贤学士,故称"沈学士"。张歌人,即张好好,本为歌伎,大和六年(832)被沈述师纳为妾。

②拖袖:引袖作好唱歌准备的姿态。

③郎:指沈述师。

④断时句:指好好唱歌停顿的时候,如同玉器碎裂一样清脆。断,歌曲中的停顿。

⑤收处句:指好好唱歌结束的时候,如同细长的轻烟一样,绵绵不断。收,指歌曲结束。缫(sāo),同"缲",抽茧出丝。

⑥孤直句:谓好好歌声的高亢,镇定了行云。《列子·汤问篇》:"(秦青)抚节悲歌,声振林木,响遏行云。"絚(gèng)云:急促的行云。

⑦光明句:谓好好的歌声清亮圆润,如同滴下的水珠一样。

⑧泥情句:谓好好的歌声缠绵悱恻,使得节奏急速的管乐为之迟滞。泥(nì),阻滞,滞留。急管,形容节拍急促,演奏热闹的乐奏。

⑨流恨句：指歌曲唱到痛苦幽怨之处，使琴弦也为之呜咽。长弦，指弓弦细而长的乐器。

⑩吴苑：即长洲苑，吴王之苑。故址在今江苏苏州市西南，太湖以北。

⑪河桥：桥梁。酒旆：酒旗，酒家的标帜。

⑫杜陵：地名。在今陕西省西安市东南。杜牧家在长安杜陵。

[点评]

　　本诗作于大和六年，时杜牧三十岁，在宣州幕中。其时杜牧的府主是沈传师，传师之弟述师与歌伎张好好都在宣州，与杜牧都非常要好。张好好善于唱歌，是唐代最著名的歌女之一，宋代王灼《碧鸡漫志》，记载唐时歌女数人，就有张好好。这首诗主要描写好好歌声之动听，分三个层次，一连用了几个非常贴切的比喻，状好好歌声之美；接着写"吴苑春风起，河桥酒旆悬"，是最紧要之笔，以丽景衬歌声，构思新颖别致；最后写听了张好好之歌，触动自己的乡思，又是由景入情之笔。古代诗中，描写音乐及歌声之作，颇为难工。较著名者，有李贺《李凭箜篌引》、白居易《琵琶行》等。杜牧此诗也堪称上乘之作。

题安州浮云寺楼寄湖州张郎中①

去夏疏雨余，同倚朱栏语②。

当时楼下水，今日到何处。

恨如春草多，事与孤鸿去。

楚岸柳何穷，别愁纷若絮。

[注释]

①安州:今湖北安陆。张郎中,即张文规,弘靖子,历拾遗、补阙、吏部员外郎。出为安州刺史,累迁右散骑常侍、兼御史中丞、桂管观察使。新、旧《唐书》附《张延赏传》。

②去夏二句:谓去年夏天雨后,与张文规登安州浮云寺楼,一起凭栏而语。按张文规会昌元年(841)七月十五日自安州刺史迁湖州,是其夏尚在安州,杜牧先在蕲州看望病弟,是时由蕲州归京,途经安州,与张文规相会。去夏即会昌元年。

[点评]

　　这首诗作于会昌二年(842)春,时杜牧出守黄州,由京城赴任,途经安州。诗是杜牧寄张文规以表现别后相思之作。诗的妙处在于以草与絮比喻愁绪。恨如春草,愁若柳絮,喻情极为切至。春草长满天涯,状恨之极多;柳絮纷扬空中,喻愁之复杂。这种比喻,在以后的唐宋词人中用得相当普遍。如李煜《清平乐》:"离恨恰如春草,更行更远还生。"贺铸《青玉案》:"试问闲愁都几许? 一川烟草,满城风絮,梅子黄时雨。"

长安送友人游湖南①

子性剧弘和,愚衷深褊狷②。

相舍嚣谤中,吾过何由鲜③。

楚南饶风烟,湘岸苦萦宛④。

山密夕阳多,人稀芳草远⑤。

青梅繁枝低,斑笋新梢短^⑥。

莫哭葬鱼人,酒醒且眠饭^⑦。

[注释]

①湖南:唐湖南观察使的辖区,大致相当于今天的湖南省地。

②子性二句:谓你的性情十分平和,而我的胸怀却非常褊狭。剧,十分。褊狷,正直但不随和。

③相舍二句:谓在长安这喧闹的地方分别以后,我的过失怎么能够减少呢？嚣谣(náo),喧哗吵闹。

④楚南二句:谓楚南风烟弥漫,湘江萦回曲折,行程可能很艰苦。萦宛,萦回屈曲。

⑤山密二句:谓湖南山峰攒聚,夕阳斜照,人烟稀少,芳草难寻。芳草,香草,常比喻才德兼备的人。

⑥青二句:谓青梅结满了树枝,竹笋抽出了短短的新芽。斑笋,斑竹之笋。斑竹,即紫竹,竹有紫色或灰褐色的斑纹,也称湘妃竹。古代神话谓舜南巡不返,葬于苍梧。舜妃娥皇、女英思帝不已,泪下沾竹,竹悉成斑。事见任昉《述异记》卷上。

⑦莫哭二句:杜牧对友人说,到了湖南以后,不要凭吊屈原,只管吃饭喝酒睡觉,过着悠闲的生活吧。这两句是作者的愤激之词。葬鱼人,指屈原。屈原被放逐到湖南之后,对渔父说:"宁赴常流,而葬乎江鱼腹中耳。""于是怀石,自投汨罗以死。"

[点评]

这首诗作于大中四年(850),时杜牧在长安。湖南,唐湖南观察使的辖区,大致相当于今天的湖南省地。"山密夕阳多,人稀芳草远"是写景的佳句。作者在长安,而写楚地之景,纯属想象之笔。设想友人在夕阳之下的重峦叠嶂中行走,眼见芳草连绵无际,不免使人产生寂寥之感。明丽的景色中透露出作者对友人的惜别、关怀,情绪稍有伤感而不低沉。

冬至日寄小侄阿宜诗^①

小侄名阿宜,未得三尺长。

头圆筋骨紧^②,两脸明且光。

去岁学官人^③,竹马绕四廊^④。

指挥群儿辈,意气何坚刚^⑤。

今年始读书,下口三五行。

随兄旦夕去,敛手整衣裳。

去岁冬至日,拜我立我旁。

祝尔愿尔贵,仍且寿命长。

今年我江外^⑥,今日生一阳^⑦。

忆尔不可见,祝尔倾一觞^⑧。

阳德比君子^⑨,初生甚微茫。

排阴出九地^⑩,万物随开张^⑪。

一似小儿学,日就复月将^⑫。

勤勤不自已^⑬,二十能文章。

仕宦至公相^⑭,致君作尧汤^⑮。

我家公相家^⑯,剑佩尝丁当^⑰。

旧第开朱门,长安城中央⑱。

第中无一物,万卷书满堂。

家集二百编,上下驰皇王⑲。

多是抚州写⑳,今来五纪强㉑。

尚可与尔读,助尔为贤良㉒。

经书括根本㉓,史书阅兴亡。

高摘屈宋艳㉔,浓薰班马香㉕。

李杜泛浩浩㉖,韩柳摩苍苍㉗。

近者四君子,与古争强梁㉘。

愿尔一祝后,读书日日忙。

一日读十纸,一月读一箱。

朝庭用文治㉙,大开官职场。

愿尔出门去,取官如驱羊㉚。

吾兄苦好古,学问不可量。

昼居府中治,夜归书满床。

后贵有金玉,必不为汝藏。

崔昭生崔芸㉛,李兼生窟郎。

堆钱一百屋,破散何披猖㉜。

今虽未即死,饿冻几欲僵。

参军与县尉㉝,尘土惊劻勷㉞。

一语不中治,笞棰身满疮㉟。

官罢得丝发,好买百树桑㊱。

税钱未输足，得米不敢尝。

愿尔闻我语，欢喜入心肠。

大明帝宫阙㊲，杜曲我池塘㊳。

我若自潦倒㊴，看汝争翱翔㊵。

总语诸小道，此诗不可忘。

［注释］

①本诗作于开成五年(840)冬至日，时杜牧三十八岁。诗言："去岁冬至日，拜我立我旁。""今年我江外，今日生一阳。"杜牧开成四年(839)在京任左补阙，开成五年(840)乞假往浔阳视弟眼疾，冬至日在浔阳度过，与诗吻合。

②紧：坚强。

③官人：做官的人。

④竹马：儿童游戏时当马骑的竹竿。

⑤意气：意志与气概。

⑥江外：谓杜牧在浔阳。古时称江南为江外。

⑦生一阳：即一阳生。冬至后白天渐长，古代认为是阳气初动，所以冬至又称一阳生。

⑧倾：干杯。觞(shāng)：酒杯。

⑨阳德：即阳气。《周礼·春官·大宗伯》："以天产作阴德，以中礼防之；以地产作阳德，以和乐防之。"注："阳德，阳气在人者。阳气盈纯则躁，故食植物作之使静；过则伤性，制和乐以节之。"君子：有才德的人。

⑩阴：比喻小人。九地：地下最深处。

⑪开张：开扩，展开。

⑫日就复月将：日有所得，月有所进。

⑬勤勤：勤勉的样子。

⑭仕宦：做官。公相：公侯将相。

⑮尧汤：古代的两位圣君。尧是传说中古帝陶唐氏之号；汤是商朝的开国之君成汤。

⑯公相家:因为杜牧祖父杜佑曾任德宗、顺宗、宪宗三朝的宰相,封岐国公,故称。

⑰丁当:响声。

⑱旧第二句:谓杜佑的故居非常豪华,位于长安城的中央。《长安志》卷七《唐京城》:"万年县所领朱雀门街之东从北……次南安仁门:太保致仕岐国公杜佑宅。"杜牧《长宰相求杭州启》:"某于京中,唯安仁旧第三十间支屋而已。"

⑲家集二句:谓家中有杜佑所撰的《通典》二百卷,上下驰骋,贯穿古今。家集,指杜佑所撰的《通典》,共二百卷。先是,刘秩采经史,自黄帝迄唐天宝末制度沿革设置,议论得失,撰《政典》三十五篇。佑因而广之,参以新礼,分食货、选举、职官、礼、乐、兵刑、州郡、边防八门。成书于贞元十七年(801),前后费时三十六年。所述下迄唐天宝年间,肃宗、代宗以后的重要沿革,亦附载于注中,为我国现存最早专门论述典章制度的通史。

⑳抚州:杜佑曾任抚州刺史,故称。

㉑五纪强:杜佑为抚州刺史在大历十四年(779),至开成五年(840)已有六十一年,故称五纪强。

㉒贤良:有德行的人。

㉓根本:事物的本源或关键部分。

㉔屈宋艳:指屈原和宋玉的词藻。

㉕班马:指班固和司马迁。一说为班固和司马相如。清翁方纲《石洲诗话》卷二:"小杜'浓薰班马香',对屈宋说,自指班固、司马相如,此二句谓诗赋也。上文已拈'史书阅兴亡',此不应复及马史、班史。杜诗'以我似班扬',班与扬可合称,则马亦可合称,不必定指马迁也。今人但因《班马异同》书名熟在人口,因以此句指二史,其实非也。"

㉖李杜:李白与杜甫,盛唐时期两位伟大的诗人。浩浩:水大的样子。比喻李杜的诗歌气势浩如江海。

㉗韩柳:韩愈与柳宗元,中唐时期两位杰出的散文家。苍苍:天空。比喻韩柳的文章高接云天。

㉘争强梁:谓争高下。

㉙朝庭:即朝廷。文治:以文教施政治民。

㉚驱羊:清冯集梧《樊川诗集注》卷一引《帝王世纪》:"黄帝梦人执千钧之弩,驱羊万群,寤而叹曰:千钧之弩,异力者也,驱羊数万群,能牧民为善者也。于是依

占而求之,得力牧于大泽,进以为将。"宋洪迈《容斋随笔》卷十一《符读书城南》条:"《符读书城南》一章,韩文公以训其子,使之腹有《诗》《书》,致力于学,其意美矣。然所谓'一为公与相,潭潭府中居。不见公与相,起延自犁锄'等语,乃是觊觎富贵,为可议也。杜牧之《寄小侄阿宜诗》亦云:'朝庭用文治,大开官职场。愿尔出门去,取官如驱羊。'其意与韩类也。"

㉛崔昭四句:谓崔昭与李兼家富万金,而其子无能,均不能保守家产。清冯集梧《樊川诗集注》卷一:"崔昭、李兼父子,新、旧《唐书》俱无传,表亦未见。《旧唐书·德宗纪》有岳州李兼,《权德舆传》有江西观察使李兼,当为一人。《唐会要·谥法篇》有台州刺史崔昭谥肃,赠刑部尚书。李兼谥昭。又《国史补》载裴佶姑夫为朝官,有雅望,朝退叹曰:'崔昭何人?众口称美,此必行贿者也!如此安得不乱?'言未竟,阍者报寿州崔使君候谒,姑夫怒呵阍者,将鞭之,良久,束带强出。须臾,命茶甚急,又命酒馔,又令秣马饲仆,姑曰:'何前倨而后恭也?'及入门,有得色,出怀中一纸,乃昭赠官绁千匹。据此诗云:堆钱百屋,破散披猖,明崔昭、李兼皆厚殖财贿,而其子不能守者,是行贿之崔使君,当即此崔昭也。又按:《旧纪》:'兴元元年三月,岳州李兼,黔南元全柔,桂管卢岳加御史大夫,岳加中丞。'"

㉜披猖:分散,飞扬。此言钱财用尽。

㉝参军:即参军事,职责是参谋军务。唐时王府及节府使、州郡属官都有参军事。县尉:县衙的属官。

㉞劻勷(kuāng ráng):劻,原注:"音匡。"勷,原注:"音穰。"急迫不安的样子。

㉟一语二句:谓唐朝参军与县尉的微职,受人轻视,一不小心,就会受到鞭打。

㊱官罢二句:谓任参军与县尉等微职,收入极少,官罢后所得,仅可买百株桑树。丝发,毫发,喻收入极少。

㊲大明:唐宫殿名。唐贞观八年(634),建永安宫,九年(635)改为大明宫。高宗龙朔二年(662)增建,改名蓬莱宫,长安元年(701)复称大明宫。亦谓之东内。内有含元、宣政、紫宸三殿;宣政左右为中书、门下二省,弘文、史二馆。自高宗后,皇帝常居其内。故址在今陕西西安大北门外东北三里许。

㊳杜曲:在今陕西长安县东少陵原东南。唐时为大姓杜氏聚居处。杜曲称北杜,杜固称南杜。其西为韦曲,为韦氏聚居之处。以地近宫阙,又世多贵官,故当时语曰:"城南韦杜,去天尺五。"

㊴若：一作"苦"。潦倒：蹉跎失意，形容衰颓。

㊵翱翔：本指鸟飞，比喻飞黄腾达。

[点评]

　　这首诗作于开成五年(840)冬至日，时杜牧三十八岁。前一年，杜牧在京任左补阙，本年乞假赴浔阳看望患眼病的弟弟，冬至日在浔阳度过。这时杜牧的家人和子侄都在京城，故杜牧在节日之中，寄诗于小侄阿宜，勉励其读书与成长。其时阿宜很小，"未得三尺长"，但非常聪明，以至于学着官人，骑着竹马，指挥群儿，意气洋洋。今年开始读书，至于"下口三五行"。这首诗勉励其侄，主要有两个方面内容，一是读书，以杜牧的祖父杜佑作为典范。杜佑是中唐时的名相，很有经世治国的大略，更以著书立说为己任，他在为抚州刺史时，写了一部《通典》，前后费时三十六年，成为我国现存最早的专门论述典章制度的通史。到杜牧写这首诗时，已有六十多年了，杜牧一直藏于家中。对于祖宗的事业，堪为典范的有两个方面，一是经世致用的巨著，二是官至宰相的位置。他勉励小侄阿宜的也主要在这两个方面。当然，关于读书，除了家著之外，诗中还说："经书括根本，史书阅兴亡。高摘屈宋艳，浓薰班马香。李杜泛浩浩，韩柳摩苍苍。近者四君子，与古争强梁。"主要是经史和文学书籍。对于本朝的作家，特别推重李杜韩柳，可见杜牧主张读书应当全面发展，不可偏执一隅。读书的目的是为了做官，故诗又说："朝庭用文治，大开官职场。愿尔出门去，取官如驱羊。"这种思想是当时的社会背景所决定的。在唐代，读书与人的价值实现的中介主要是应科举考试，以至于做官。杜牧就是走的这条路，因此可以说是切身体会之言。今人往往对杜牧的这种思想进行批评，实则是对古人的苛求。

池州送孟迟先辈①

昔子来陵阳②,时当苦炎热。

我虽在金台,头角长垂折③。

奉披尘意惊,立语平生豁④。

寺楼最骞轩⑤,坐送飞鸟没。

一樽中夜酒,半破前峰月⑥。

烟院松飘萧⑦,风廊竹交戛⑧。

时步郭西南,缭径苔圆折⑨。

好鸟响丁丁⑩,小溪光汋汋⑪。

篱落见娉婷⑫,机丝弄哑轧⑬。

烟湿树姿娇,雨余山态活。

仲秋往历阳⑭,同上牛矶歇⑮。

大江吞天去,一练横坤抹⑯。

千帆美满风,晓日殷鲜血。

历阳裴太守⑰,襟韵苦超越⑱。

鞭鼓画麒麟,看君击狂节⑲。

离袖飐应劳,恨粉啼还咽⑳。

明年忝谏官㉑,绿树秦川阔㉒。

子提健笔来,势若夸父渴㉓。

九衢林马挝,千门织车辙㉔。

秦台破心胆㉕,黥阵惊毛发㉖。

子既屈一鸣㉗,余固宜三刖㉘。

慵忧长者来,病怯长街喝㉙。

僧炉风雪夜,相对眠一褐㉚。

暖灰重拥瓶,晓粥还分钵㉛。

青云马生角,黄州使持节㉜。

秦岭望樊川㉝,祗得回头别。

商山四皓祠,心与捋蒲说㉞。

大泽兼葭风,孤城狐兔窟㉟。

且复考诗书,无因见簪笏㊱。

古训屹如山㊲,古风冷刮骨。

周鼎列瓶罂㊳,荆璧横抛搬㊴。

力尽不可取,忽忽狂歌发㊵。

三年未为苦,两郡非不达㊶。

秋浦倚吴江,去楫飞青鹘㊷。

溪山好画图,洞壑深闺闼㊸。

竹冈森羽林㊹,花坞团宫缬㊺。

景物非不佳,独坐如鞲绁㊻。

丹鹊东飞来㊼,喃喃送君札㊽。

呼儿旋供衫，走门空踏袜⁴⁹。

手把一枝物，桂花香带雪。

喜极至无言，笑余翻不悦⁵⁰。

人生直作百岁翁⁵¹，亦是万古一瞬中⁵²。

我欲东召龙伯翁⁵³，上天揭取北斗柄⁵⁴。

蓬莱顶上斡海水⁵⁵，水尽到底看海空。

月于何处去，日于何处来？

跳丸相趁走不住⁵⁶，尧舜禹汤文武周孔皆为灰⁵⁷。

酌此一杯酒，与君狂且歌。

离别岂足更关意⁵⁸，衰老相随可奈何！

[注释]

①池州：又名池阳郡，故址在今安徽贵池县。孟迟，字池之，平昌（今山商河西北）人，一说青阳（今安徽青阳）人。会昌五年（845）易重榜进士。事迹见《唐才子传》卷六。先辈，唐时及第之进士间互相推敬谓之先辈。

②陵阳：安徽宣城。宋祝穆《方舆胜览》卷十五《宁国府》："陵阳山，在宣城，一峰为叠嶂楼，一峰为谯楼，一峰为景德寺。"此处代指宣城。杜牧大和四年（830）至七年（833）在宣州沈传师幕府为从事，开成二年（837）至三年（838）在宣州从崔郸为判官。此处指开成中事。

③我虽二句：谓自己虽然受辟召在宣州幕府，但并不得意。金台，黄金台的简称，又称燕台，故址在今河北易县东南。相传战国燕昭王筑台于此，置千金于台上，延请天下士，故名。后人用此典故多指招纳贤士之所。杜牧此时受崔郸辟在宣州幕府，故言金台。头角，头顶左右突出的地方，常常用来比喻青少年的气概与才华。垂折，精神不振作的样子。

④奉披二句：谓有幸听到孟迟的话，惊动了我的世俗之见，感到平生立即豁然开朗。奉披，有幸听说。披为披览，引申为听说。尘意，世俗的想法。立语，顷刻之间。豁，开朗的样子。

⑤寺楼：即宣州开元寺楼。杜牧有《题宣州开元寺》《宣州开元寺南楼》等诗,可参看。骞轩：即轩骞,高飞的样子。此处描写楼角飞檐,如鸟之高飞。

⑥一樽二句：谓作者与孟迟饮酒至深夜,时月亮才从前面山峰上升起。

⑦飘萧：飘动的样子。

⑧交戛：竹被风吹而相击声。

⑨时步二句：谓时而到外城去散步,缭绕小路的苔藓呈现出或圆或折的形态。

⑩丁丁：象声词。本为伐木声,《诗·小雅·伐木》："伐木丁丁。"唐人常用以形容鸟声、琴声、佩玉声等。此处指鸟鸣声。

⑪汃汃(pā pā)：原注："普八切。"水流声。

⑫篱落：即篱笆。用竹、苇或树枝等编成起隔离作用的栅栏。娉婷(pīng tíng)：姿态美好,此处代指少女。

⑬机丝：纺织机上的线纱。哑轧：纺织机声。

⑭历阳：即和州,又称历阳郡,今安徽和县。

⑮牛矶：牛渚山在安徽当涂县西北,山脚突出长江部为采石矶,又称牛矶或牛渚矶,是古代的重要渡口。

⑯一练句：谓长江如白练一般横亘大地。练,白色丝绢,比喻长江。谢朓《晚登三山还望京邑》："余霞散成绮,澄江静如练。"坤,八卦之一,象地。

⑰裴太守：裴俦,杜牧的姊夫,时为和州刺史。裴俦后又为大理少卿、江西观察使等职。太守,即州郡长官,唐代文人惯称刺史为太守。

⑱襟韵：情怀风度。苦：极,非常。超越：高超脱俗。

⑲鞔鼓二句：谓孟迟敲着皮革制成的画有麒麟图案的鼓,击出节奏极快的鼓点,裴俦对此非常欣赏。鞔(mán),把皮革绷紧固定在鼓框的周围做成鼓面。节,节奏,节拍。

⑳离袖二句：谓作者与孟迟分别时举手劳问,依依不舍,以至怆然泪下。飑(zhān),风吹动的样子,此指挥手。

㉑明年句：杜牧开成三年(838)冬除左补阙,四年(839)初春赴任。此指开成四年在京为左补阙时。谏官,指左补阙,掌供奉讽谏。

㉒秦川：地名。自大散关以北,达于岐雍,夹渭川南北岸,沃野千里,以秦之故国,故称秦川。此谓以京城长安为中心的关中地带。

㉓子提二句：谓孟迟赴京应试,文笔纵横,气势如夸父逐日。夸父逐日,《山海

经·海外北经》："夸父与日逐走,入日。渴欲得饮,饮于河渭。河渭不足,北饮大泽。未至,道渴而死。弃其杖,化为邓林。"

㉔九衢二句:谓孟迟乘车骑马,走遍长安大街。九衢,四通八达的大道。马挝(zhuā),马鞭子。织车辙,谓车辙如织。

㉕秦台句:谓孟迟诗精深透辟,如秦镜之照人心胆。秦台,即秦镜,传说秦宫有方镜,广四尺,高五尺九寸,表里有明,人直来照之,影则倒见;以手扪心而来,则见肠胃五脏;人有疾病,掩心而照,即知病之所在。人有邪心,照之见胆张心动。事见《西京杂记》卷三。萧统《五月启》:"草叶飘风,影乱秦台之镜。"

㉖黥阵句:谓孟迟诗如黥布之布阵,谨严整束,足以惊人毛发。黥阵,黥布所布之阵。黥布即英布,汉六(今江苏六合)人,曾犯法黥面,故又称黥布。秦末率骊山刑徒起事,归附项羽,封九江王。楚汉相争时,萧何说之归汉,封淮南王,从刘邦击灭项羽于垓下。高祖十一年,发兵谋反,为番阳人所杀。事见《史记·黥布传》。黥布用兵善布阵,故称黥阵。

㉗子既句:谓孟迟怀才不遇,应举落第,未能一鸣惊人。一鸣,《韩非子·喻老》:"虽无飞,飞必冲天;虽无鸣,鸣必惊人。"《史记·滑稽列传》:"此鸟不飞则已,一飞冲天;不鸣则已,一鸣惊人。"比喻平时默默无闻,突然做出惊人的表现。

㉘余固句:谓自己虽怀和氏之璧,而无人赏识。三刖,相传春秋楚人卞和发现了一块玉璞,先后献给楚厉王、楚武王,都被看成是石头,并认为卞和欺诈,被断去双足。等到楚文王即位,和氏又抱璞哭于荆山下,楚王使人剖璞加工,果得宝玉,称为和氏璧。事见《韩非子·和氏》。刖,古代的一种酷刑,即断足。

㉙慵忧二句:谓自己懒散多病,害怕与达官显者往来。慵,懒散。长者,贵显者之称。《史记·陈丞相世家》:"(张)负随平至其家,家乃负郭穷巷,以敝席为门,然门外多有长者车辙。"长街喝,谓显贵者出行,仪仗前面有开道者喝止行人避路。

㉚僧炉二句:谓风雪之夜,二人居于寺庙之中,对着炉火,共被而眠。褐,粗布制成的被子。

㉛暖灰二句:谓夜半时又在炉边饮酒,早晨起来分粥而食。暖灰,炉火至夜间的残烬。钵(bō),僧人盛饭之具。

㉜青云二句:谓自己不意之中忽然被擢拔,持节担任黄州刺史。青云,谓官高爵显。《史记·范雎传》:"段贾顿首言死罪曰:'贾不意君能自致于青云之上。'"马生角,比喻不可能之事或极不易做到之事。王充《论衡·感虚篇》:"传书言:燕

太子丹朝于秦,不得去,从秦王求归。秦王执留之,与之誓曰:‘使日再中,天雨粟,令乌白头,马生角,厨门木象生肉足,乃得归。’当此之时,天地祐之,日为再中,天雨粟,乌头白,马生角,厨门木象生肉足,秦王以为圣,乃归之。”使持节,古使臣出使,必持符节以作凭证。魏晋时,以持节为官名。唐初,诸州刺史加号持节,总管则加使持节,但实无节。此指出守黄州。按此二句乃激愤语,因杜牧出守黄州,乃是受人排挤出朝,故深为不满。

㉝秦岭:即终南山,亦称太一山、南山。樊川,水名,在长安城南,其地本杜县之樊乡,汉樊哙食邑于此,因以得名。《长安志图》卷中:“樊川,本樊哙食邑,故名。长安名胜之地。周处士夐、唐杜公牧之、祁国杜公、奇章牛公居皆在焉。唐人语曰:‘城南韦杜,去天尺五。’可见昔时之盛。”

㉞商山二句:谓赴黄州任时经商山四皓祠庙,心中想到四皓在汉初的所为就好像摴蒲之戏一样。商山四皓,《题商山四皓庙》诗有“四老安刘是灭刘”之句,其议论颇异于人,故本诗又以摴蒲之戏视之。摴蒲(chū pú),古代的一种博戏,以掷骰子决胜负,得采有卢、雉、犊、白等称,后来泛称赌博为摴蒲。

㉟大泽二句:谓黄州处于云梦泽畔,地僻城孤,风吹蒹葭,狐兔出没,一片荒凉。杜牧《祭周相公文》:“黄州大泽,蒹葭之场。”又《黄州刺史谢上表》:“黄州在大江之侧,云梦泽南,古有夷风,今尽华俗。户不满二万,税钱才三万贯。”

㊱且复二句:谓在黄州只好研读《诗》《书》,而没有办法置身朝廷。诗书,《诗经》和《尚书》。簪笏,古代笏以书事,簪笔以备书。臣僚奏事,执笏簪笔,即谓簪笏。此处指为朝官。

㊲古训:先王的遗典。《诗·大雅·蒸民》:“古训是式,威仪是力。”《正义》:“古训者,故旧之道,故为先王之遗典也。”

㊳周鼎句:谓传国宝器与普通瓶罐同列。周鼎,周朝传国的九鼎。《史记·秦始皇本纪》:“始皇还,过彭城,斋戒祷祠,欲出周鼎泗水。”后用来比喻宝贵的事物。罂(yīng),盛流质的陶制容器,大肚小口。

㊴荆璧句:谓玉璧竟然遭到抛弃。荆璧,春秋楚人卞和得璞于荆山,剖璞得玉璧。后因以荆璧比喻优秀卓异的人才。搬(sà),原注:“苏割切。”侧手以击。

㊵忽忽:失意的样子。

㊶三年二句:谓会昌二年(842)至四年(844)为黄州刺史,首尾三年,后又转池州刺史,不可谓不显贵。

㊷秋浦二句:谓自己由黄州刺史转池州刺史,乘船而赴任。秋浦,池州治所在秋浦县。今属安徽省。吴江,池州附近的江面。池州古属吴国,故称。青鹘,鸟名,此指船头所刻的青鹘鸟图案。

㊸洞壑句:谓山谷幽深,如同闺房一般。壑(hè),山谷。闺闼(tà),内室,引申为闺房。

㊹竹冈句:谓山冈上竹林森严整肃,如同羽林一般。羽林,是皇帝卫军的名称。汉武帝太初元年(前104)置建章营骑,后改名羽林骑。唐设左右羽林卫,也叫羽林军,置有大将军、将军等官,掌统北衙禁兵,督摄仪仗。此处比喻大雨,宋王观国《观林诗话》:"牧又多以竹、雨比羽林。《栽竹》诗云:'历历羽林影。'"

㊺花坞句:谓花圃中花团锦簇,绚丽多姿。花坞(wù),四面高起而中间凹下的花圃。缬(xié),染花的丝织品或织物上的印染花纹。

㊻鞲绁:束缚之物。鞲(gōu),臂套,用皮制成,射箭、架鹰时缚于两臂束住衣袖以便动作。绁(xiè),绳索。

㊼丹鹊:鸟名。《拾遗记》卷二:"涂修国献青凤、丹鹊各一雌一雄。"

㊽喃喃:鸟啼声。

㊾呼儿二句:谓得到孟迟来拜访的消息后,急呼儿子快取衣服,未及穿鞋就出门迎候。旋(xuàn),原注:"去声。"

㊿翻:反而。

(51)直:就是,即使。

(52)一瞬:一眨眼,比喻时间极为短促。

(53)龙伯翁:古代神话中巨人国的人物。巨人国即龙伯国,其人长数十丈,举足不盈数步,而及于五山之所,一钓而连六鳌。事见《列子·汤问》。

(54)北斗柄:即斗杓。北斗七星,四星像斗,三星像杓。杓即柄。

(55)蓬莱:山名。古代方士传说为仙人所居。《史记·封禅书》:"自威、宣、燕昭使人入海求蓬莱、方丈、瀛洲。此三神山者,其传在勃海中。"斡(wò):旋转。

(56)跳丸句:谓时光流逝非常迅速。参《寄浙东韩乂评事》诗注。

(57)尧舜句:谓历史上的圣君贤士也皆随时光流逝而化为灰烬。周,即周公,姓姬名旦,周文王子,辅助武王伐纣,建立周朝。武王死,成王年幼,周公摄政。平定内乱,并制定了周代的礼乐制度。孔,孔子,名丘,字仲尼。我国古代伟大的思想家。他的思想经过系统化,成为我国长期的封建社会的统治思想。孔子本人也被历代统治者尊奉为至圣先师。

㊳关意:挂念,关心。

[点评]

　　这首诗作于会昌六年(846),时杜牧为池州刺史。孟迟及第在会昌五年
(845),是由于杜牧在池州将其乡贡入京的。可见杜牧对人才的识拔之功。唐
朝进士及第后,互相推敬称先辈。故杜牧也是如此。孟迟在当时很有诗名,尤其
工写绝句。据诗中所说,开成三年的夏天,杜牧在宣州幕中时,孟迟曾来到宣州
拜访他,二人相互游乐,相互谈笑,甚为愉快。同年八月,二人同游宣州当涂县的
牛渚山,远望吞天东去的浩瀚长江,如同一条白练横亘大地,更见风帆远去,颇生
豪情胜慨。当涂对岸即和州,当时的和州刺史是杜牧姊夫裴俦,杜牧与孟迟,也
受到裴俦的热情招待。明年,杜牧为左补阙,孟迟也来应举,但考试失利,杜牧此
时在朝中做官,沉沦下僚,也颇不得志,二人为排遣郁闷,常到寺庙同游,并在风
雪之夜,住在庙中。后来杜牧做了黄州刺史,与孟迟分别。会昌四年九月迁池
州,孟迟来拜访杜牧,杜牧很高兴,就将他和卢嗣立贡举入京。次年都中了进士。
唐代中进士第以后,往往要回乡觐省,以后再赴长安,或应制科,或从吏部试,当
孟迟赴长安时,杜牧就作了这首诗送他。诗中主要描述二人的情谊,而更值得称
道的还在于结尾几句的抒情。杜牧这时在池州僻左,颇不得志,他的出守外州,
是朝廷党争、人事倾轧的结果。他那经世治国的抱负远不能实现,加以衰老相
催,颇生无可奈何之感,对一世看得很淡漠,认为"尧舜禹汤文武周孔皆为灰",
只有对酒狂歌,以及时行乐。

赢得青楼薄幸名

赠别二首

娉娉袅袅十三余①,豆蔻梢头二月初②。

春风十里扬州路,卷上珠帘总不如③。

多情却似总无情④,惟觉樽前笑不成⑤。

蜡烛有心还惜别,替人垂泪到天明。

[注释]

①娉娉袅袅(pīng pīng niǎo niǎo):形容女子的姿态美。

②豆蔻:多年生常绿草本植物,又名草果。分肉豆蔻、红豆蔻、白豆蔻等种。红豆蔻生于南海诸谷中,南人取其花未大开者,名含胎花,言如怀孕之身。诗人以喻未嫁之少女,言其少而美。

③春风二句:谓在春风吹拂下的繁华的十里扬州城,红粉佳丽无数,但卷起珠帘一看,却都没有你漂亮。

④却似:反倒像。

⑤樽:酒器。

[点评]

这组诗作于大和九年(835)。大和七年(833),杜牧受淮南节度使牛僧孺之辟,为节度推官、监察御史里行,转掌书记。在扬州供职期间,生活浪漫,常出入于歌楼舞榭之中。本诗是大和九年春调回京城为监察御史,离扬州前夕赠妓之作。据晚唐高彦休《唐阙史》记载:唐中书舍人杜牧,少年时才气横溢,下笔成章。弱冠考取进士,又登制科。他仪态潇洒,性格疏荡。正逢丞相牛僧孺出镇扬州,辟为节度掌书记。杜牧在供职之暇,以宴游为事。扬州是当时的风景胜地,倡楼之上,常常有数以万计的绛纱灯,辉耀罗列于空中,在九里三十步的长街中,珠翠填咽,如同仙境。杜牧驰逐于此,几无虚夕。牛僧孺秘密安排吏卒三十人,便服尾随,暗中保护他。等到他要调到京城做监察御史的时候,牛僧孺在中堂设宴饯送,席间告诫说:“以御史的气概,自己应该能够顺利地走上仕途,但是我经常考虑,你风情不节,有时会伤害身体。”杜牧回答说:“某经常检点自己,不至于到您忧虑的程度。”牛僧孺笑而不答,派侍从取出书匣,拿出一本精制的册子,打开给杜牧看。其中记载的都是僧孺所派吏卒的秘密报告,有数十百条,都是说:某月某日的晚上,杜书记经过某家,无恙;某日的夜间,杜书记宴于某家,无恙。杜牧对此非常惭愧,随即感激涕零,拜谢牛僧孺,并终生不忘。这两首诗的背景大致如此。二诗虽为别妓之作,但都是杜牧真情实感的流露。二诗都用比兴手法,表现作者对于对方的情意。前者偏重于表现对方的美貌,说她娇艳出众,其他的扬州妓女都比不上她,这是对比的手法;又用含苞待放的豆蔻花来形容她的情态,这是比喻的方法。后者侧重别情,前半直接写情。二人过去欢聚一起,自是多情,而今离别,又是无情,心情非常矛盾。究竟是无情还是有情,诗人也感到迷惘了。仔细玩味,都是内心多情,而表现无情,有者只是感伤。有情指欢情,无情指离别。在此离筵之上,都想以笑容来安慰对方,然而又笑不成。因为不得不离别。多情而离别,既无可奈何,又万不得已。所以这“无情”与“有情”四字,包含了诗人无限的委婉曲折的心思。后半比喻言情。二人相对无言,欲笑而不成,只有面前的蜡烛,彻夜长明,似乎替人垂泪。烛本无知,而这里赋予其情,这是诗歌的移情表现,使人的感情更深一层。清黄叔灿《唐诗笺注》:“曰‘却似’,曰‘惟觉’,形容妙矣。下却借蜡烛托寄,曰‘有心’,曰‘替人’,更妙。宋人评牧之诗,豪而艳,宕而丽,其绝句于晚唐中尤为出色。”从这两首诗中,可以窥见晚唐社会的风气以及士子的心理状态,具有一定的认识意义。

遣　怀

落拓江南载酒行①,楚腰肠断掌中轻②。

十年一觉扬州梦,赢得青楼薄幸名③。

[注释]

①落拓句:谓曾经在江南之地,自由放纵,饮酒畅游。落拓,放浪不羁,无拘无束。
与《张好好诗》"落拓更能无"同义。一本作"落魄",谓困顿失意。江南,指扬州。
一本作"江湖"。

②楚腰句:谓欣赏那纤细柔美的轻盈体态,令人销魂。楚腰,《韩非子·二柄》:
"楚灵王好细腰,而国中多饿人。"后因以楚腰泛称女子的细腰。肠断,形容令人
销魂的程度。一作"纤细"。

③十年二句:谓十年过去了,回想扬州的往事,犹如一场大梦,只是赢得了青楼薄
幸的名声。青楼,唐时指歌楼舞馆,后世遂专指妓院。薄幸,薄情负心。赢得,一
作"占得"。

[点评]

　　这首诗是回忆在扬州幕中放荡不羁的生活,浑如一梦。唐代扬州非常繁华,
妓馆甚多,杜牧为牛僧孺淮南节度府掌书记,纵情声色,流连于歌楼舞榭之中,本
诗所谓"扬州梦"即指此事。后人大多认为这首诗是艳诗,然细细玩味,并非如
此。因为这首是忆旧之作,故想到年轻时扬州冶游之事,而感慨万千。题曰《遣
怀》,则分明是抒发感慨之作。此时杜牧年过四十,回忆以前,或有追悔,或有责
备,或有感伤,或有留恋,或有醒悟。往事如烟,不堪回首,这些都不是"艳情"二

字所能容纳的。但言情仍然是这首诗的重要方面。刘永济《唐诗绝句精华》称："次句即落拓之说，诗意言人视己轻也，非谓扬州之妓。三四句转入扬州一梦，徒赢得青楼女妓以薄幸相称，亦以写己落拓无聊之行为也。总之才人不得见重于时之意，发为此诗，读来但见其傲兀不平之态。世称杜牧诗情豪迈，又谓其不为龌龊小谨，即此等诗可见其概。"

叹　花

自是寻春去较迟，不须惆怅怨芳时。

可怜风摆花狼藉，绿叶成阴子满枝。

[点评]

　　这首诗大致作于大中四年（850）杜牧为湖州刺史时。据晚唐人高彦休《唐阙史》记载：杜牧听说吴兴郡多美女，尤其有长眉纤腰貌类神仙者，因此在罢宣州从事任后，专门到吴兴去观赏。当时的湖州刺史颇闻其名，迎接招待非常豪华。杜牧到了湖州，终日痛饮，并观赏府中官妓，说："善则善矣，但与传说者不很相称。"而对让私选的妓人则说："美则美矣，但也未惬所愿。"因而想离开湖州。刺史询问他有什么要求，他说："愿泛彩舟，让州人纵观，我四处观赏后，将无所恨。"刺史甚为高兴，选择吉日，大办彩舟，而两岸观者如堵，杜牧在此中寻觅，一直无所得。等到傍晚时分，观者渐散，忽然在河曲之岸边见一乡间妇女携带幼女。杜牧说："此奇色也！"很快将要把母女二人接至彩舟之上，并要与之说话。其女幼小恐惧，很不自安。杜牧说："今日不必带去，但要约定一个日期。"于是赠送一箱罗帛作为凭据。妇女推辞说："以后如果不守信用，恐怕女儿受累。"杜牧说："不然，我现在回到京城，就要求做此州刺史。如果我十年不来，此女可以嫁人。"于是将盟约写在纸上,然后分别。其后十四年,杜牧为湖州刺史。到郡三日,就派人搜访,其女已嫁于人三年,并生了两个儿子。杜牧召其母并反问她:"既然收我的聘礼,为什么不守信用?"其母就出示以前的盟约给杜牧看,并说:"等你十年,不来而后嫁人,嫁了三年,并生了两个儿子。"杜牧沉思片刻说:"说得也有道理!"因赠《叹花》诗一首以抒发其感慨。这首诗不见于杜牧的文集,仅见于别集,故后代学者不少人怀疑是伪作。其实大概是杜牧不满意这类艳情之诗,在临终前焚稿,故在焚中。但这首诗已广泛流传于社会,故宋人所搜集杜牧佚诗,将其录入《别集》。以这首诗与杜牧《遣怀》等诗相比较,风格一致,表明晚唐文人生活放荡浪漫的一面。杜牧在这方面尤为典型,故流传了不少佳话,这首诗也是广泛流传的佳话之一。

李司空席上作

华堂今日绮筵开,谁唤分司御史来。

忽发狂言惊满座,两行红粉一时回。

[点评]

这首诗大约作于开成初年杜牧为监察御史分司东都时。李司空,或说是李愿,或说是李拭,或说是李听,难以确定为谁。这首诗联系着杜牧的一段佳话。据唐人孟棨《本事诗·高逸篇》所载:杜牧为监察御史分司东都时,李司空罢镇闲居,声伎豪华,为当时第一。洛中名士,都来拜见。李于是大开筵席,当时朝客高流,无不与会。因为杜牧是御史台宪官,不敢邀请。杜牧派座客传达自己愿意参与的意图。李不得已,才发出邀请书。杜牧这时正在对花独酌,也已经酣畅,见到邀请,很快赶来。当时聚会者已饮酒,周围有女奴百余人,皆是绝艺殊色。

杜牧独坐于南行,瞪目注视,饮了三大杯酒之后,问李说:"听说有紫云这个人,哪一个是?"李指给杜牧看。杜牧凝视了很长时间,说:"名不虚传,应该送给我。"李低下头暗笑,诸位妓女也回首破颜而笑。杜牧又自饮三爵,朗吟而起说:"华堂今日绮筵开,谁唤分司御史来。忽发狂言惊满座,两行红粉一时回。"意气闲逸,旁若无人。这首诗也不见于杜牧的《樊川文集》,故后人也疑为伪作。但以杜牧的个性及平时所为来看,也有写这首诗的可能,况且诗的情调与《遣怀》《叹花》等亦颇相似。故仍将其选入。

见吴秀才与池妓别,因成绝句

红烛短时羌笛怨①,清歌咽处蜀弦高②。

万里分飞两行泪,满江寒雨正萧骚③。

[注释]

①羌笛:古代的管乐器,长二尺四寸,三孔或四孔,因出于羌中,故名。
②蜀弦:即蜀琴。相传汉司马相如工琴,故以其所用之琴为蜀琴;亦泛指蜀中所制的琴。
③萧骚:形容风吹树木或雨滴树木的声音。

[点评]

这首诗作于杜牧为池州刺史时。吴秀才,名未详。全诗描写的是文人与妓女的离情。前二句写离别时的情景,红烛渐短,夜色已深,羌笛演奏的音乐,如怨如诉,蜀弦高处,歌声正动离情,呜咽感人。在这种情形之下,有情人将要万里分飞,悲怨可以想见。第三句直接描写离情,万里分飞与两行泪,一近一远,两相对比,不仅言情深刻,更给读者展示了较为广阔的境界。第四句是典型的环境描写,以雨滴树木之声衬托离情,更使人想到吴秀才去后,池妓凄凉之景,与二人两地相思之情。这首诗更值得注意的是,它表现了晚唐社会的一个侧面,即文人与妓女的关系,在当时,文人与歌伎或艺伎的关系密切,是一种很正常的现象,并非视为违反名教之事。妓女与秀才的离合,往往会演为极为动人的佳话。故杜牧被视为风流才子,也与当时的社会背景相关。

轻罗小扇扑流萤

奉陵宫人①

相如死后无词客②,延寿亡来绝画工③。

玉颜不是黄金少④,泪滴秋山入寿宫⑤。

[注释]

①奉陵宫人:陪伴侍奉帝王陵墓的官人。

②相如句:谓司马相如死后,再没有人为官女写《长门赋》了。相如,司马相如,西汉著名的辞赋家。汉武帝陈皇后别在长门宫,愁闷悲思,听说司马相如工为文章,就奉黄金百斤,为相如、文君取酒。相如就作了《长门赋》以悟主上,陈皇后复得亲幸。

③延寿句:谓毛延寿死后,也没有人给后宫美女画图了。延寿,指毛延寿,汉杜陵(今陕西西安南)人。元帝后宫既多,不得常见。使毛延寿等画工图形,按图召幸。诸宫人皆贿画工,独王昭君(名嫱)不肯,遂不得见。其后匈奴求美人为阏氏,遂遣昭君,临行召见,貌为后宫第一。元帝穷案其事,毛延寿等画工皆弃市。

④玉颜句:传说汉成帝时,宫女大都出钱贿赂画工,争取召幸的机会,至少不下五万钱。玉颜,代指宫女。

⑤寿宫:皇帝的陵墓。

[点评]

奉陵制度始于西汉武帝茂陵,见《汉书·贡禹传》。唐时犹遵此制。据《资治通鉴》卷二四九《唐纪》胡三省注:"宋白曰:凡诸帝升遐,宫人无子者,悉遣诣山陵,供奉朝夕,具盥栉,治衾枕,事死如事生。"白居易《新乐府·陵园妾》诗:

"陵园妾,颜色如花命如叶。命如叶薄将奈何,一奉寝宫年月多。……山宫一闭无开日,未死此生不令出。"杜牧此诗,不仅对残酷的封建制度进行批判,也对命运悲惨的妇女给予同情。

出宫人二首

闲吹玉殿昭华管①,醉折梨园缥蒂花②。

十年一梦归人世③,绛楼犹封系臂纱④。

平阳拊背穿驰道⑤,铜雀分香下璧门⑥。

几向缀珠深殿里,妬抛羞态卧黄昏。

[注释]

①昭华管:乐器名,即玉管。传说秦咸阳宫有玉管长二尺三寸,二十六孔,吹之则见车马山林隐辚相次,吹熄亦不复见。铭曰:"昭华之管。"

②梨园:唐玄宗曾选乐工三百人、宫女数百人,教授乐曲于梨园,亲自订正声误,号"皇帝梨园子弟"。梨园故址在长安禁苑中。缥蒂花,《西京杂记》卷一:"初修上林苑,群臣远方各献名果异树,亦有制为美名,以标奇丽……缥蒂梨。"

③十年句:谓在宫中十年,犹如一场大梦,现在又回到了人世。

④绛楼句:谓绛楼之上,还封存着系臂的红纱。意谓皇帝除了这些宫女,还要强迫另一些女子入宫。系臂纱,晋武帝既平蜀吴,追求声色,民间女子有姿色者,吏以绯彩结女臂,强纳入宫,虽豪家往往不免。

⑤平阳拊背:《史记·外戚世家》:"卫皇后字子夫……出平阳侯邑……主因奏子

夫奉送入宫,子夫上车,平阳主拊其背曰:行矣,强饭,勉之! 即贵,毋相忘。"拊背,轻拍肩背。

⑥铜雀分香:铜雀,即铜雀台。汉末建安十五年(210)冬曹操所建。周围殿屋一百二十间,连接榱栋,侵彻云汉。铸大孔雀置于楼顶,舒翼奋尾,势若飞动,因名铜雀台。故址在今河北省临漳县西南古邺城的西北隅,与金虎、冰井合称三台。分香,即分香卖履。东汉末,曹操造铜雀台,临终时吩咐诸妾:"汝等时时登铜雀台,望吾西陵墓田。"又说:"余香可分与诸夫人。诸舍中无为,学作履组卖也。"后以分香卖履喻临死不忘妻妾。

[点评]

　　这组诗深刻地揭示了宫人内心的寂寞与痛苦,也给封建制度以有力的抨击。明周珽《唐诗选脉会通评林》:"热极者肠,冷极者意。热极令人欲叫,冷极令人自叹。前追思昔时之虚宠,后叹想今日之空花。盖人生幻世,荣瘁喧寂,总属梦中,何独宫人然? 退而犹恋系臂之纱,尤是世人常态。"

宫词二首(其二)

　　　　监宫引出暂开门,随例须朝不是恩①。

　　　　银钥却收金锁合,月明花落又黄昏②。

[注释]

①监宫二句:谓监宫者暂时开了宫门,把宫女带出去,这是按惯例朝见皇帝,并不是恩宠。监宫,指太监。
②银钥二句:谓朝见之后,又关上了宫门,收去钥匙,随着月明花落,又一个难熬

的黄昏到来。

[点评]

　　这首诗描写失宠宫女的幽怨之情。宫人闭锁长门，也有出来朝君之例，但必须由监宫领出。"暂开门"表示朝君之不易。而这种朝君只不过是随例而已。因非沐皇恩，故更添愤怨。待重入冷宫，监宫收钥合锁后，此情此景，比不朝君更惨。这时宫女独不成眠，所见者，只有满宫明月，空庭落花，往日凄清之景，又重现目前。全诗不着一"怨"字，但字字怨入骨髓。宋胡仔《苕溪渔隐丛话》后集卷十五言："此绝句极佳，意在言外，而幽怨之情自见，不待明言之也。诗贵夫如此，若使人一览而意尽，亦何足道哉！"

月

　　三十六宫秋夜深①，昭阳歌断信沉沉②。

　　惟应独伴陈皇后③，照见长门望幸心④。

[注释]

①三十六宫：形容宫殿之多。班固《西都赋》："离宫别馆，三十六所。"骆宾王《帝京篇》："秦地重关一百二，汉家离宫三十六。"

②昭阳：即昭阳殿。汉武帝时后宫八区有昭阳殿，成帝时赵飞燕居之，贵倾后宫。后世常以昭阳代皇后之宫。歌断：歌声停歇。沉沉：深沉的样子。此处表示无声无息。

③陈皇后：汉武帝刘彻的姑母长公主之女，姓陈。刘彻四岁时封胶东王，长公主抱置膝上，问："儿欲得妇否？"指其女阿娇，又问："阿娇好否？"答："欲得阿娇作

妇,当作金屋贮之。"及即帝位,立为皇后。失宠后废居长门宫。

④长门:汉宫名。本窦太主长门园,武帝更名长门宫。时陈皇后失宠于武帝,别在长门宫,使人奉黄金百斤,令司马相如为《长门赋》。

[点评]

　　这是一首宫怨诗。本来非常豪华的宫廷,到了深夜,歌断音沉。只有像陈皇后那样失宠的宫女,彻夜无眠,希望皇帝的临幸。可是皇帝从不临幸,只有多情的明月在伴随着她。诗的妙处便是将明月拟人化,把月的感情与人的感情融为一体,使宫人的怨恨进一步升华。

秋　夕

红烛秋光冷画屏①,轻罗小扇扑流萤②。

瑶阶夜色凉如水,坐看牵牛织女星③。

[注释]

①画屏:饰有图案的屏风。

②轻罗小扇:用细绢制成的团扇。

③牵牛织女星:俗称牛郎织女星,二星隔银河相对。古代神话以牵牛织女为夫妇,每年七月七日相会一次,故人间常以比喻夫妇。

[点评]

　　这首诗又收入王建宫词一百首中,误。杜牧诗以拗峭险侧的风格著称于世,而《秋夕》却是典型的清婉平丽之作,代表了另一种风格。诗人巧妙地选取了一个宫女秋夜乘凉的情景,含蓄地表达出她们宫中生活的寂寞、无聊与苦闷。"不明言相怨之情,但以七夕牛女会合之期,坐看不睡,以见独处无郎之意"(刘永济《唐诗绝句精华》216页)。短短二十八字,用白描的手法给读者展示了封建帝王后宫的一个侧面,揭示了这个宫女的内心世界。诗的最成功之处就是将宫女深深的哀怨融化于清丽的夜色之中,并激发无数读者的同情与思索。清人沈德潜《唐诗别裁集》卷二十称杜牧诗"远韵远神",这首诗最能代表这种特色。

闺情代作①

梧桐叶落雁初归,迢递无因寄远衣②。

月照石泉金点冷,凤酣箫管玉声微③。

佳人力杵秋风处④,荡子从征梦寐希⑤。

遥望戍楼天欲晓⑥,满城冬鼓白云飞⑦。

[注释]

①闺情:妇女抒发思念远人的感情。

②梧桐二句:谓当梧桐叶落,北雁南飞的深秋时节,思妇欲寄征衣而无法到达。迢递,遥远的样子。

③月照二句:谓当时所见的只有月照石泉,光如金点,给人以寒意,所闻的是玉箫声远,凤吹低迷。凤酣箫管,用萧史吹箫典,《文选》南朝鲍照《升天行》:"凤台无还驾,箫管有遗声。"注:"《列仙传》:萧史者,秦缪公时人也。善吹箫。缪公有女号弄玉,好之,公遂以妻之,遂教弄玉作凤鸣。居数十年,吹似凤声,凤凰来止其屋,为作凤台,夫妇止其上,不下数年。一旦皆随凤凰飞去。"

④力杵:尽心洗衣服。杵,捶衣用的棒槌。

⑤荡子:飘荡不归的男子。此处指征夫。

⑥戍楼:边防驻军的瞭望楼。

⑦冬鼓:即冬冬鼓,警夜的街鼓。

[点评]

　　杜牧此诗是代拟之作。闺情,妇女抒发思念远人的感情。清钱谦益、何焯《唐诗鼓吹评注》卷六:"此良人从征代拟闺情而作也。首言秋时寄衣,路远莫致,但见月映流泉,光如金点,玉箫声远,风吹低迷而已。夫以寄衣极远,故佳人力杵于秋风之外,而既伤迢递,则荡子从征还家之梦亦稀也。然我之所思忆良人者,无时可已,当晓望之际,惟听高城鼓漏之声,而白云飞绕于戍楼尔,此时闺情其何似哉!"

张好好诗①

　　牧大和三年②,佐故吏部沈公江西幕③。好好年十三,始以善歌来乐籍中④。后一岁,公移镇宣城,复置好好于宣城籍中⑤。后二岁,为沈著作述师以双鬟纳之⑥。后二岁,于洛阳东城重睹好好⑦,感旧伤怀,故题诗赠之。

　　　　君为豫章姝⑧,十三才有余。

　　　　翠茁凤生尾,丹叶莲含跗⑨。

　　　　高阁倚天半⑩,章江联碧虚⑪。

此地试君唱，特使华筵铺[12]。

主公顾四座[13]，始讶来踟蹰[14]。

吴娃起引赞[15]，低徊映长裾[16]。

双鬟可高下，才过青罗襦[17]。

盼盼乍垂袖[18]，一声雏凤呼[19]。

繁弦迸关纽[20]，塞管裂圆芦[21]。

众音不能逐，袅袅穿云衢[22]。

主公再三叹，谓言天下殊。

赠之天马锦[23]，副以水犀梳[24]。

龙沙看秋浪[25]，明月游东湖[26]。

自此每相见，三日已为疏。

玉质随月满[27]，艳态逐春舒[28]。

绛唇渐轻巧[29]，云步转虚徐[30]。

旌旆忽东下，笙歌随舳舻[31]。

霜凋谢楼树[32]，沙暖句溪蒲[33]。

身外任尘土，樽前极欢娱。

飘然集仙客[34]，讽赋欺相如[35]。

聘之碧瑶佩，载以紫云车[36]。

洞闭水声远，月高蟾影孤[37]。

尔来未几岁，散尽高阳徒[38]。

洛城重相见，婥婥为当垆[39]。

怪我苦何事，少年垂白须？

朋游今在否,落拓更能无⑩?

门馆恸哭后⑪,水云秋景初⑫。

斜日挂衰柳,凉风生座隅⑬。

洒尽满衿泪,短歌聊一书。

[注释]

①张好好:唐代著名歌伎。

②大和:唐文宗年号,公元827至公元835年。

③吏部沈公:沈传师,字子言,吴(今江苏苏州)人。大和二年(828)十月以尚书右丞出为江西观察使。召杜牧入幕。大和九年(835)四月,卒于吏部侍郎任,故称"吏部沈公"。

④乐籍:乐部的名籍。古时官伎属于乐部,故称乐籍。

⑤宣城:今安徽宣州。

⑥沈著作述师:沈述师字子明,传师弟,为著作郎。著作,官名,即著作郎或著作佐郎。双鬟:将头发屈绕如环,挽成双髻。

⑦洛阳:唐东都,今河南洛阳。杜牧大和九年(835)秋七月,以监察御史分司东都。

⑧豫章:郡名,即洪州。沈传师为江西观察使驻于此地。故治在今江西南昌。姝:美女。

⑨翠茁二句:谓好好像初长出翠尾的凤凰,又如含苞待放的红莲花。茁,长出。跗(fū):通"柎",花萼。

⑩高阁:指滕王阁。旧址在江西新建县西章江门上,西临大江。唐显庆四年(659)滕王李元婴为洪州都督时所建,故名。

⑪章江:即章水。江西赣江的西源。源出崇义县聂都山,东北流入赣县,与贡水合流为赣江,经南昌,流入鄱阳湖。碧虚:天空。

⑫华筵:丰盛的筵席。

⑬主公:指沈传师。

⑭踟蹰(chí chú):徘徊不前的样子。

⑮吴娃:吴地的美女。引赞:引导性的称赞,相当于现在的报幕。

⑯低徊:徘徊留恋之态。裾(jū):衣服的前襟。

⑰罗襦:丝罗制成的短袄。

⑱盼盼:注视的样子。

⑲雏凤:小凤凰。

⑳繁弦:急促的乐声。关纽:琴弦的转轴。

㉑塞管:即芦管,一种少数民族传入的乐器。

㉒袅袅:歌声绵延不绝。云衢:天空。

㉓天马锦:谓沙狐皮做成的锦裘。

㉔水犀梳:以水犀角制成的名贵梳子。水犀,犀牛的一种。

㉕龙沙:地名,在南昌城北。

㉖东湖:在南昌城东,随城回曲,水通章江,与龙沙都是当名的游览胜地。

㉗玉质:玉体。指张好好。

㉘舒:舒展。指体态日渐丰满。

㉙绛唇:朱唇。

㉚云步:飘逸如云的脚步。虚徐:轻柔,舒缓。

㉛旌旆二句:谓沈传师调任宣州观察使,旗帜沿江东下,好好也随船而去。时当大和四年(830)年九月。旌旆,唐节度使仪仗有旌节,故此代沈传师。笙歌,指善歌的张好好。舳舻(zhú lú),船尾为舳,船头为舻,这里指首尾相接的船只。

㉜谢楼:即谢朓楼,在宣城北,一名北楼,南齐宣城太守谢朓所建。

㉝句溪:一名东溪,从宣城东流过,溪流回曲如“句”字形,故名。

㉞集仙客:指沈述师。原注:“著作尝任集贤校理。”集仙本为宫殿名,开元中置,内设书院,置学士、直学士等。开元十三年(725)改集仙殿为集贤殿。

㉟讽赋:作赋。欺:压倒。相如:即司马相如(前179—前117),西汉著名辞赋家,著有《子虚赋》《上林赋》等。

㊱聘之二句:谓沈述师以隆重的礼节聘娶张好好。碧瑶佩,即碧玉佩。紫云车,本为仙家所乘,《博物志》卷八:“王母乘紫云车而至于殿西。”这里形容豪华的车子。

㊲洞闭二句:谓好好做了沈述师之妾后,不再和故人往还。上句暗用刘晨、阮肇之事。相传汉永平年间,浙江剡县人刘晨、阮肇到天台山采药迷路,遇到两个仙女,被邀至家中。半年后回家,子孙已过七代。后重入天台山访仙女,踪迹渺然。

下句暗用嫦娥奔月之事。嫦娥本为后羿之妻,因偷窃长生不老药而逃到月中,"遂托身于月,是为蟾蜍"。

㊳高阳徒:谓酒徒。《史记》载,刘邦引兵过陈留,高阳儒生郦食其求见。使者进去通报,刘邦说:"为我谢之,言我方以天下为事,未暇见儒人也。"使者出去传告,郦生瞋目按剑对使者说:"走! 复入言沛公,吾高阳酒徒也,非儒人也。"遂延入。终受重用。

㊴婥婥(chuō chuō):美好的姿态。当垆:卖酒。《史记·司马相如列传》载,卓文君随司马相如私奔后,无以为生,不久重返临邛,买一酒店卖酒,而让卓文君当垆。垆,酒店里安放酒瓮、酒坛的土台子,代指酒店。

㊵落拓:无拘无束,自由放纵。

㊶门馆句:指为沈传师的去世而伤心地痛哭。因杜牧曾在沈幕为僚,故称门馆。这里用羊昙哭谢安的典故。《晋书·谢安传》:"羊昙者,太山人,知名士也。为安所爱重。安薨后,辍乐弥年,行不由西州路。尝因石头大醉,扶路唱乐,不觉至州门。左右白曰:'此西州门。'昙悲感不已,以马策扣扉,诵曹子建诗曰:'生存华屋处,零落归山丘。'恸哭而去。"

㊷水云句:指目前自己的处境,在秋天的景色中,自己任司东都的闲职。

㊸座隅:座边。

[点评]

这首诗作于大和九年(835)秋。其时杜牧为监察御史分司东都,故于洛阳重见张好好。这首诗主要记述张好好的身世,对她的遭遇深表同情。诗的大部分写张好好姿色美丽、乐技高超以供人娱乐的生活情况。最后写重见好好之后,二人境遇都产生了极大的变化,不禁感慨万千。在诗中,他没有鄙弃这些歌伎,而是流露出深挚的情感与极大的同情,写出了她们的理想与追求,她们的苦闷与悲哀。杜牧这首诗还有自书真迹传世,现藏北京故宫博物院。北宋时《宣和书谱》卷九称其书法"气格雄健,与其文章相表里"。清人王士祯《带经堂诗话》卷二三《书画类》说:"唐杜牧之《张好好诗并序》真迹卷,用硬黄纸,高一尺一寸五分,长六尺四寸,末阙四字,与本集不同者二十许字。"自书诗卷后还有明人董其昌跋语:"樊川此书,深得六朝人气韵,余所见颜柳以后,若温飞卿与牧之,亦名家也。"真迹流传至今弥足珍贵,可见杜牧的书法造诣极深,只是被他的诗名所掩盖，故不为世人所知罢了。

杜秋娘诗①

　　杜秋，金陵女也②。年十五，为李锜妾③。后锜叛灭，籍之入宫④，有宠于景陵⑤。穆宗即位⑥，命秋为皇子傅姆⑦。皇子壮，封漳王⑧。郑注用事⑨，诬丞相欲去异己者⑩，指王为根⑪。王被罪废削⑫，秋因赐归故乡。予过金陵，感其穷且老，为之赋诗。

京江水清滑，生女白如脂⑬。

其间杜秋者，不劳朱粉施⑭。

老濞即山铸，后庭千双眉⑮。

秋持玉斝醉，与唱金缕衣⑯。

濞既白首叛，秋亦红泪滋⑰。

吴江落日渡，灞岸绿杨垂⑱。

联裾见天子，盼眄独依依⑲。

椒壁悬锦幕，镜奁蟠蛟螭⑳。

低鬟认新宠，窈袅复融怡㉑。

月上白璧门，桂影凉参差㉒。

金阶露新重，闲捻紫箫吹㉓。

莓苔夹城路，南苑雁初飞㉔。

红粉羽林仗，独赐辟邪旗㉕。

归来煮豹胎，厌饫不能饴㉖。

咸池升日庆，铜雀分香悲㉗。

雷音后车远，事往落花时㉘。

燕禖得皇子，壮发绿緌緌㉙。

画堂授傅姆，天人亲捧持㉚。

虎睛珠络褓，金盘犀镇帷㉛。

长杨射熊罴，武帐弄哑咿㉜。

渐抛竹马剧，稍出舞鸡奇㉝。

崭崭整冠佩，侍宴坐瑶池㉞。

眉宇俨图画，神秀射朝辉㉟。

一尺桐偶人，江充知自欺㊱。

王幽矛土削，秋放故乡归㊲。

觚稜拂斗极，回首尚迟迟㊳。

四朝三十载，似梦复疑非㊴。

潼关识旧吏，吏发已如丝㊵。

却唤吴江渡，舟人那得知？

归来四邻改，茂苑草菲菲㊶。

清血洒不尽㊷，仰天知问谁？

寒衣一匹素㊸，夜借邻人机。

我昨金陵过，闻之为歔欷^㊹。

自古皆一贯^㊺，变化安能推！

夏姬灭两国，逃作巫臣姬^㊻。

西子下姑苏，一舸逐鸱夷^㊼。

织室魏豹俘，作汉太平基^㊽。

误置代籍中，两朝尊母仪^㊾。

光武绍高祖，本系生唐儿^㊿。

珊瑚破高齐，作婢舂黄糜⁵¹。

萧后去扬州，突厥为阏氏⁵²。

女子固不定，士林亦难期⁵³。

射钩后呼父，钓翁王者师⁵⁴。

无国要孟子，有人毁仲尼⁵⁵。

秦因逐客令，柄归丞相斯⁵⁶。

安知魏齐首，见断箦中尸⁵⁷。

给丧蹶张辈，廊庙冠峨危⁵⁸。

珥貂七叶贵，何妨戎虏支⁵⁹。

苏武却生返，邓通终死饥⁶⁰。

主张既难测，翻覆亦其宜⁶¹。

地尽有何物，天外复何之⁶²？

指何为而捉⁶³，足何为而驰？

耳何为而听，目何为而窥？

己身不自晓，此外何思惟！

因倾一樽酒,题作杜秋诗。

愁来独长咏,聊可以自贻⑭。

[注释]

①杜秋娘:清人王士祯《带经堂诗话》卷十七叙述较详,颇有助于本诗的阅读,今略录于下:大和五年(831)春,文宗与宰相宋申锡谋诛宦官。申锡引吏部侍郎王璠与京兆尹,以密旨谕之。王璠泄其谋,郑注、王守澄阴为之备。文宗之弟漳王凑贤达,有威望,郑注令豆卢著诬告申锡谋立漳王。文宗怒,罢申锡为右庶子,命王守澄捕豆卢著所告的人晏敬则、王师文等,于禁中鞫之,诬服。左常侍崔玄亮等力争于延英殿,宰相牛僧孺也进言。乃贬漳王为巢县公,申锡为开州司马。后巢公凑薨,追封齐王。当初,李德裕为浙西观察使,漳王傅姆杜仲阳因宋申锡事,放归金陵,诏德裕存处之。

②金陵:唐润州的别名,今江苏镇江。

③李锜:唐宗室孝同五世孙。贞元初,迁至宗正少卿。自雅王傅出为杭、湖二州刺史,迁润州刺史、浙西观察、诸道盐铁转运使。恃恩骄横,利交朝臣,蓄兵谋反。顺宗时为镇海军节度使,虽失利柄而得军权,故反事未发。宪宗元和二年(807),因违抗诏命,起兵谋反。兵败后,被押送京师腰斩。

④籍之入宫:谓杜秋娘作为罪人的眷属,被没收财产,自己也被没入宫中。籍,登记财产予以没收。

⑤景陵:指唐宪宗。宪宗死后葬景陵,在今陕西省乾县。

⑥穆宗:宪宗第三子李恒,即位后改元长庆,在位四年(821—824)。即位:开始成为帝王。

⑦傅姆:古时辅导、保育贵族子女的老年妇人。

⑧漳王:即李凑,穆宗第六子,文宗弟。长庆元年(821)封漳王,大和五年(831)降为巢县公。八年(834)薨,赠齐王。

⑨郑注:绛州翼城(今山西翼城)人。出身微贱,以方伎游江湖。元和末,依襄阳节度使李㤅,李㤅荐之于宦官王守澄,成为其亲信。因郑注通医术,被荐之于文宗,并得宠。后与李训谋诛宦官,策划甘露事件,事泄,在"甘露之变"中被杀。用事:执政,当权。

⑩丞相:指宋申锡。

⑪根:祸根。

⑫废削:罢免,废除官职。

⑬京江二句:谓京江的水清澄润滑,在这里生长的女子,肤色洁白,如同脂膏。京江,长江流经京口(唐润州治所,今江苏镇江)的一段江面。

⑭不劳句:指不需化妆,自然丽质。

⑮老濞二句:谓像吴王刘濞那样的人物,积聚了大量的财物,后庭拥有上千个美女。老濞(bì),指刘濞。据《史记·吴王濞列传》,刘濞是汉高祖刘邦之侄,封吴王,都广陵(今江苏扬州)。"吴有豫章郡铜山,濞则招致天下亡命者盗铸钱,煮海水为盐,以故无赋,国用富饶。"景帝三年(前154),联合楚、胶西王等七国谋反,兵败被诛,史称"吴楚七国之乱"。刘濞谋反时年已六十三岁,故称"老濞"。这里以刘濞比李锜,因二人都是宗室,都在吴地,都谋反,都被诛。后庭,后宫。千双眉,形容侍女之多。

⑯秋持二句:谓杜秋娘拿着酒杯劝李锜酒,并为他歌唱《金缕衣》的曲子。玉斝(jiǎ),玉制的酒杯,圆口,三足。金缕衣,乐府《近代曲》名。

⑰濞既二句:谓李锜像刘濞一样,在晚年发动叛乱,失败后被诛,杜秋娘也为此流了很多泪。白首叛,刘濞叛乱时已六十三岁,故称。红泪,妇女之泪。

⑱吴江二句:谓秋娘在日落时离别京口,渡过吴江,春日到了长安。吴江,京口与扬州之间的长江,此处指京口的江面。灞,水名,在长安东二十里,源出蓝田县蓝田谷中,经长安县境,西北流入渭河。此处指长安。

⑲联裾二句:谓李锜妻妾同时被籍没入宫,而皇帝惟独对杜秋娘特别宠爱。联裾,衣袖相连,喻携手而行。盼睐,顾盼,盼望。依依,留恋而不忍分离。

⑳椒壁二句:谓皇帝把她收进宫后,让她居住在后妃的居室里。椒壁,即椒房,以椒和泥涂饰墙壁,指皇后居室。镜奁(lián),指妇女化妆用的镜匣。蛟螭,饰有龙的图案的花纹。蛟是有角之龙,螭是无角之龙。

㉑低鬟二句:谓杜秋娘低头思量,认定自己受到宠爱,更显得姿态美好,心情愉悦。

㉒白璧门:白玉所饰的宫殿之门。桂影:即月影,月光,因古人认为月中有桂树,故称。

㉓金阶:帝王宫殿的台阶。捻(niǎn):按,乐器演奏的一种手法。紫箫:原注:

"《晋书》:盗开凉州张骏冢,得紫玉箫。"古人多截紫竹为箫笛。

㉔莓苔:青苔。夹城路:指宫中的通道。南苑:即芙蓉园,在长安城东南角曲江之南。

㉕红粉二句:谓皇帝出去时,要带领很多宫女和羽林仪仗队,在众多的人当中,惟独赐给杜秋娘辟邪旗。红粉,指宫女。羽林,即羽林军,是皇帝的禁卫军。辟邪旗,绣有辟邪神兽的旗帜,是唐代仪卫旗仗之一种。

㉖豹胎:豹的胎盘,是珍贵的肴馔。厌饫(yù):感到饱足。饴:有滋有味地吃。

㉗咸池二句:谓穆宗皇帝登基,宪宗皇帝去世。咸池,东方的大泽,神话中谓日浴之处。升日,喻皇帝登基,如同日出一样。铜雀,即铜雀台。汉末建安十五年(210)冬曹操所建。周围殿屋一百二十间,连接榱栋,侵彻云汉。铸大孔雀置于楼顶,舒翼奋尾,势若飞动,因名铜雀台。故址在今河北省临漳县西南古邺城的西北隅,与金虎、冰井合称三台。分香,即分香卖履。东汉末,曹操造铜雀台,临终时吩咐诸妾:"汝等时时登铜雀台,望吾西陵墓田。"又说,"余香可分与诸夫人。诸舍中无所为,学作履组卖也。"事见《文选》晋陆机《吊魏武帝文序》。后以分香卖履喻临死不忘妻妾,此处则比喻皇帝去世。

㉘雷音二句:谓杜秋娘从此不能乘后车陪伴天子,欢乐的往事如同花之凋落,不再开放。雷音,比喻皇帝的车声。后车,随从皇帝的车子。

㉙燕禖二句:谓皇后祈祷以求得皇子,额发下垂颇具帝王之相。燕禖,古代帝王于春暖燕来之日,祀神以求嗣。禖是古代求神之祀,亦指求子所祀的禖神。皇子,指漳王李凑。壮发:额前丛生突下之发。緌緌(ruí ruí),下垂的样子。

㉚画堂二句:谓在画堂上将皇子交给了傅姆杜秋娘,让杜秋娘亲自照顾与教育他。画堂,古代宫中有彩绘的殿堂,此指皇子的居处。

㉛虎睛二句:谓皇子包被上装饰着像虎睛一样的珠子,刻有犀牛的金盘压着帷帐。褓,即襁褓,婴儿的包被。镇帷,将帷帐镇压住,使之不飘动。

㉜长杨二句:谓穆宗常常带他去射猎,并常在武帐中逗弄他。长杨,即长杨宫,在今陕西省周至县。此处代指穆宗游猎的地方。武帐,置有兵器的帷帐,帝王所用。

㉝渐抛二句:谓漳王慢慢长大,不再玩竹马的游戏,而学会斗鸡的技能。竹马,儿童游戏时当马骑的竹竿。舞鸡,即斗鸡,以鸡相斗的博戏。

㉞崭崭:整齐的样子。瑶池:古代传说中昆仑山上的池名,西王母所居。

㉟眉宇二句：谓漳王的仪表如同图画，神采就像朝阳放射的光辉。俨（yǎn），宛如，形容很像。

㊱一尺二句：谓漳王被人诬陷。江充，汉邯郸（今河北邯郸）人，字次倩，本名齐，因畏罪逃亡，改名充。以告发赵太子丹事起家。武帝任为直指绣衣使者，负责镇压三辅盗贼，禁察贵贱奢僭，取得武帝信任。与戾太子据有隙，乘武帝患病之际，诬陷太子行巫蛊。并掘蛊于太子宫中，得桐木人。太子不自安，举兵收斩充。据事败，亦自缢。事见《汉书·江充传》。这里借用江充陷害戾太子事，比喻郑注诬陷漳王李凑。据《资治通鉴》卷二四四《唐纪》，文宗皇帝子李凑贤能，人缘好，威望高。郑注派神策都虞侯豆卢著诬告宋申锡谋立漳王。宦官王守澄将此事奏于文宗，文宗甚怒。

㊲王幽二句：谓漳王受到囚禁削去了封爵，杜秋娘也被放归故乡。幽，囚禁。茅土，指受封为王侯。古代帝王社稷之坛以五色土建成，分封诸侯时，按封地所在的方向取坛上一色土，以茅封之，称为茅土，给受封者在封国内立社。

㊳觚（gū）稜：殿堂屋角的瓦脊成方角稜瓣之形，故名。斗极：北斗星和北极星。迟迟：徐行。

㊴四朝三十载：谓杜秋娘从元和二年（807）入宫，至作者开成二年（837）作诗时，历宪宗、穆宗、敬宗、文宗四朝，共三十年。

㊵潼关：关名，在今陕西临潼县西南。古称桃林之塞，秦为阳华，东汉建安中于此建关，以潼水而名。西薄华山，南连商岭，北据黄河，东接桃林，为陕西、山西、河南三省要冲。

㊶茂苑：花木繁盛的苑囿。此指原来李锜时代的苑囿。菲菲：茂盛的样子。

㊷清血：即清泪，悲伤之泪。

㊸素：白绢。

㊹歔欷（xū xī）：哽咽，抽噎。

㊺一贯：用一种道理贯穿于事物之中。

㊻夏姬二句：谓夏姬灭掉两国后，与巫臣一起逃走。夏姬，春秋时郑穆公女，陈大夫御叔妻，夏征舒之母。与陈灵公、孔宁、仪行父私通。征舒杀灵公。楚伐陈，以姬与连尹襄老。襄老死，姬回郑。楚申公巫臣聘于郑，娶姬奔晋。事见《左传》宣九、十年，成二年及《列女传》卷七《陈女夏姬传》。

㊼西子二句：谓吴国亡后，西施离开姑苏，随范蠡泛舟五湖。西子，春秋时越国美

女。越王勾践战败，把她献给吴王夫差，吴王迷于酒色，终于被越国灭亡。范蠡佐勾践灭掉吴国后，带着西施乘舟而去。鸱夷，范蠡引退后，自号鸱夷子皮。

㊽织室二句：谓薄姬以虏者的身份入织室做工，后来生下了文帝，奠定了汉朝太平的基业。薄姬，原是魏王豹的侍妾，魏王被刘邦战败，她也成了俘虏，并让她作为纺织工。一次，刘邦在织室中看中了她，就纳入后宫，后来生了汉文帝刘恒。事见《史记·外戚世家》。

㊾误置二句：谓窦姬被错放到代国的名册里，结果被两朝尊奉为母后。窦姬，原是宫女，吕后把宫女赐予诸王，窦姬也在遣送之列。她暗地要求主管的宦官把她放到靠近自己原籍赵国的名册中。后来，宦官忘记了，把她错放到代国的名册里。到代国后，受到代王刘恒的宠爱，生了儿子。后来代王即位为文帝，以窦姬为皇后；文帝死后，景帝即位，窦姬被封为皇太后；景帝死后，武帝即位，她又被尊为太皇太后。事见《史记·外戚世家》。两朝，即文、景两朝。母仪，作为母亲的典范。

㊿光武二句：谓光武帝刘秀承继了汉高祖刘邦的帝业，他的先人，却是由侍婢唐儿所生。唐儿，即唐姬，原是景帝妃程姬的侍者。景帝召程姬侍寝，正巧程姬有事，不愿去，便在夜里把侍者唐儿装扮入宫。景帝醉了酒，以为是程姬，于是就与唐儿同宿了一夜，后来生长沙定王刘发。事见《史记·五宗世家》。

(51)珊瑚二句：谓冯小怜使高齐破灭，而自己却成为舂米的奴婢。据《北史·冯淑妃传》，冯妃名小怜，深得北齐后主高纬的宠幸，高纬淫乐无度，终于亡国。北周灭掉北齐后，又把冯小怜赐给代王达，代王也很宠爱她。但小怜恃宠生事，谗毁代王妃，几置其于死地。后来隋文帝又将小怜赐给代王之兄李询，李询之母让她穿着布裙舂米，最后又逼她自杀。珊瑚，指冯小怜。

(52)萧后二句：谓萧后离开了扬州，却到了突厥当皇后。萧后，本是隋炀帝的皇后，炀帝被杀，她成了窦建德的俘虏。又辗转到了突厥，成为突厥君主的妻子。见《隋书·萧后传》。去，离开。阏氏（yān zhī），汉代匈奴单于、诸王妻的统称，后亦借指其他少数民族君主之妻妾。

(53)不定：指命运变化无常。士林：指文人士大夫阶层、知识界。

(54)射钩二句：谓管仲射中了齐桓公的衣带钩，后来却被称为仲父；吕望本来不过是钓鱼翁，后来却成为周文王的太师。射钩，据《史记·齐世家》，管仲起初追随齐国公子纠，纠与公子小白争国，管仲射小白，中其衣带钩。后来公子纠战败被杀，小白立为齐侯，世称桓公。他听说管仲贤能，就任他为相，并称为仲父。钓翁，据《史记·齐世家》，太公望，本姓姜，因其先人曾封于吕，故名吕尚，字子牙。他穷困年老，原在渭水垂钓。一次，周文王出猎，遇太公于渭水之阳，与之语，非常高兴说："自吾先君太公曰当有圣人适周，周以兴。子真是邪？吾太公望子久矣。"故号之太公望，与他并载而归，立为师。

(55)无国二句：谓诸侯国都不愿采纳孟子的学说；即使是孔子，也不免受到人诽谤。据《史记·孟子列传》，孟子即孟轲，邹（今山东邹城）人。受业子思之门人。道既通，游事齐宣王，宣王不能用。适梁，梁惠王不果所言，则见以迂远而阔于世情。退而与万章之徒序《诗》《书》，述仲尼之意，作《孟子》七篇。又据《论语·子张篇》："叔孙武叔毁仲尼，子贡曰：'无以为也，仲尼不可毁也。'"

(56)秦因二句：谓秦国因为逐客令，反而使李斯受到重用，把握权柄。据《史记·李斯列传》，李斯，战国末楚上蔡（今河南上蔡）人。从荀卿学，以六国皆弱，不足有为，乃入秦，为秦相吕不韦舍人。因说秦王并六国，拜为客卿。时议逐诸侯客，斯亦在议中，乃上书谏，复官。二十余年卒灭六国。始皇帝统一中国，斯为丞相。

(57)安知二句：谁能知道，魏齐的头颅，竟然断送在竹席裹着的尸体手中呢？据《史记·范雎列传》，范雎，战国魏（今河北境内）人，字叔。初事魏中大夫须贾，从贾使齐，以有通齐之嫌，魏相魏齐使舍人笞击雎，佯死，魏齐使从者用席子把他裹起来放在厕所中，并在他身上撒尿。后雎随秦王稽入秦，说秦昭王以远交近攻，加强王权之策。昭王既废太后，以雎为相，封于应，号应侯。秦王要替范雎报仇，致书赵王，要他把逃亡在赵的魏齐杀掉，"使人疾持其头来"。魏齐走投无路，终于自杀。"赵王闻之，卒取其头予秦。"箦（zé），竹席。

(58)给丧二句：谓吹鼓手、弓弩手这类出身微贱的人却在朝廷做了大官。给丧，为人办丧事。给丧事指周勃，据《史记·周勃世家》，周勃，沛（今江苏沛县）人。少时曾为人吹箫给丧事，后从刘邦起义，以军功为将军，封绛侯。文帝时为右丞相。蹶张，以脚踏弩，使之开张。蹶张事指申屠嘉，申屠嘉，西汉梁（今河南开封）人。以材官蹶张从刘邦击项羽，累迁御史大夫。文帝时任丞相，封故安侯。见《史记·张丞相列传》附《申屠嘉传》。廊庙，本指殿四周之廊与太庙，因为这些都是古代帝王和大臣议论政事的地方，后因称朝廷为廊庙。峨危，高的样子。

(59)珥貂二句：谓连续七朝插貂尾、做高官者，又何妨是胡虏的后裔？珥（ěr）貂，即插貂尾。汉侍中、中常侍之官插貂尾，加金珰，附蝉为装饰。珥貂事指金日磾。

据《汉书·金日磾传》,金日磾,字翁叔,本匈奴休屠王太子,武帝时归汉,赐姓金。初没入官,后为马监,迁侍中,封秺侯。后七世为内侍。七叶,谓武帝、昭、宣、元、成、哀、平七朝。戎虏支,少数民族的子孙后裔。

⑥⓪苏武二句:谓苏武被匈奴扣留十九年后,终于生还;而富贵一时的邓通,却因穷饿而死。苏武,字子卿,杜陵(今陕西西安南)人。武帝天汉元年(前100)以中郎将出使匈奴,被扣留。匈奴单于迫其投降,武不屈,被徙至北海,持汉节牧羊十九年。昭帝即位,与匈奴和亲,武得归,拜为典属国。宣帝时赐爵关内侯,图形于麒麟阁。事见《汉书·苏武传》。邓通,汉安南(今广东境内)人。因善濯船得黄头郎,尝为文帝吮痈得宠,赐蜀严道铜山,可自铸钱,因之邓氏钱满天下。景帝立,尽没收入官,通寄死人家。见《史记·佞幸列传》。

⑥①主张:主宰。翻覆:反复,变化。

⑥②何之:何往。

⑥③捉:握。

⑥④聊:姑且。自贻:谓写此赠给自己。

[点评]

　　杜秋娘本是镇海军节度使李锜妾,后李锜叛乱败亡,秋娘被没入宫,有宠于宪宗。宪宗死后,穆宗让她做漳王李凑的傅姆。漳王得罪后,杜秋娘被放归金陵(唐时润州,今江苏镇江)。杜牧于开成二年(837)经过润州时,有感于杜秋娘又穷又老,故作此诗。诗中记述杜秋娘一生的经历,并且抒发人生无常、命运难测的感慨。李商隐《赠司勋杜十三员外》诗:"杜牧司勋字牧之,清秋一首《杜秋诗》。"洪亮吉更将此诗与白居易《琵琶行》相提并论:"同是才人感沦落,樊川亦赋《杜秋诗》。"(《北江诗话》卷六)清贺裳《载酒园诗话又编》:"昔人多称其《杜秋诗》,今观之,真如暴涨奔川,略少渟泓澄澈。"清贺贻孙《诗筏》评曰:"层层引喻,层层议论,仍是作《阿房宫赋》本色。遂使汉魏浑涵之意,渐至澌灭。是亦五言古之一变。"

八六子①

　　洞房深。画屏灯照②,山色凝翠沉沉。听夜雨冷滴芭蕉,惊断红窗好梦。龙烟细飘绣衾③。辞恩久归长信④,凤帐萧疏⑤,椒殿闲扃⑥。

　　辇路苔侵⑦。绣帘垂,迟迟漏传丹禁⑧。蕣华偷悴⑨,翠鬟羞整⑩,愁坐,望处金舆渐远⑪,何时彩仗重临⑫,正消魂。梧桐又移翠阴。

[注释]

①八六子:词牌名。本调共九十字,始见于《尊前集》杜牧所作,但句读与北宋诸家稍有出入。宋人所作则八十八字,前片三平韵,后片五平韵。

②画屏:绘有图案的屏风。

③龙烟:传说中六神之一,主肝脏之神。此指魂魄。绣衾:绣有华丽图案的被子。

④长信:汉宫殿名。汉成帝时,班婕妤美秀能文,受到成帝宠爱。后来,成帝又宠幸飞燕和赵合德。她感到赵氏姊妹娇妒狠毒,自己身处危境,请求到长信宫去侍奉太后。从此就在凄清寂寞的岁月里度过了一生。后代宫怨的诗词中经常用这一典故以表现怨情。

⑤凤帐:织有凤凰花纹的帐子。

⑥椒殿:后妃居住的宫殿。

⑦辇路:皇帝出行所走的路。辇,皇帝的车子。

⑧漏:古代计时的工具,利用滴水的多少来计量时间,即漏壶。漏壶中插入一根

标杆,称为箭,其箭上刻符号表示时间。箭下用一只箭舟托着,浮在水面上,水流入或流出时,箭上升或下沉,借以表示时刻。丹禁:指帝王所居的紫禁城。

⑨舜华:即木槿之花,朝开暮谢。《说文·草部》:"蕣,木堇,朝华莫落者……《诗》曰:'颜如舜华。'"

⑩翠鬟:妇女环形的发式。

⑪金舆:帝王乘坐的车轿,代指皇帝。

⑫彩仗:皇帝出行时豪华的仪仗。

[点评]

《八六子》是杜牧仅存于今的一首词。唐人的词一般不入文集,故很多诗人作词而流传于今者不多。与杜牧同时的温庭筠,堪称作词大家,其诗文集也不给词以一席地位,故唐人之词主要靠《花间集》《尊前集》等总集保存下来。杜牧的这首词最早见于《尊前集》,参以文集中有不少宫怨的内容,以这首词为杜牧所作,还是可信的。

这首词共九十字,属长调,是杜牧吸取文学新形式进行的一种尝试,因为中晚唐诗采用新声乐曲按拍填词,所作都是小令,作长调者只有杜牧一人。因为杜牧其时能作长调,诗歌又以绝句见长,推知其作小令是有一定数量的,只是没有保存下来。

词的内容是写宫怨,这是晚唐词中常见的题材。一位宫女在洞房的深处,带有绣绘的屏风在灯光的照耀下,显出凝翠的山色。她一个人整夜在这里,连做梦都被雨滴芭蕉之声惊破。这种典型的环境衬托出女主人公的寂寞。她是一位失宠的宫妃,远离皇恩,久归长信冷宫。本来是皇帝出入的道路,现在已长满青苔。宫禁之中,静静的长夜,只听到水滴铜壶之声,时间在寂寞中一刻一刻地流过。容华在瞬间憔悴,鬓鬟更懒于修整,只是忧愁地、静静地坐着,愁望远处皇帝的车子渐渐远去,盼望着何时再能重来。正在愁苦销魂之际,见到梧桐树的阴凉又移动了很多,很快又要到达黄昏。词的上片写夜晚,下片写白天,都是细致地表现这位宫妃复杂微妙的心理活动。

这首词是草创时的作品,就艺术上说,还比较粗疏,稍欠精粹浑融。缪钺先生说:"大凡一种新的文学体裁创立之初,如何运用此种新体裁以表达情思之艺术手法,还没有在实践中取得丰富经验,所以虽然是很有天才与素养的文学作家,当他偶然尝试新体时,也不免有粗疏之作。"(《灵溪词说》34 页)但由杜牧创始之后,长调至北宋以后逐渐蔚为风气,作《八六子》者也很多,其中不乏受杜牧影响而又精粹浑融之作。

杜陵芳草岂无家

南陵道中^①

南陵水面漫悠悠^②，风紧云轻欲变秋。

正是客心孤迥处^③，谁家红袖凭江楼。

[注释]

①诗题一作《寄远》。南陵即安徽南陵县，唐时属宣州。

②悠悠：遥远的样子。

③孤迥：寂寞凄凉。

[点评]

　　杜牧大和四年(830)至七年及开成二年(837)、三年曾在宣州为幕吏，诗即作于其间。诗写客子思家之情。首句咏南陵，江水悠悠，颇能引发客子乡思，次句咏江上早秋，更是描写入妙。后二句写当作客他乡，心怀孤寂之时，忽见红袖当前，江楼独倚。由此更引起乡愁。俞陛云《诗境浅说续编》："此诗纯以轻秀之笔，达宛转之思。"沈祖棻《唐人七绝诗浅释》："夫此红袖自凭江楼，固不知客心之孤迥；而客心之孤迥，亦本与此红袖无关。是二者固无交涉，客岂不知？然以彼美之悠闲与己之孤迥对照，乃不能不觉其无情而恼人矣。其事无理，其言有情。"

汉　江①

溶溶漾漾白鸥飞②,绿净春深好染衣。

南去北来人自老③,夕阳长送钓船归。

[注释]

①汉江:即汉水,是长江最大的支流。源出陕西宁强县北蟠冢山,东南流经陕西南部、湖北西部和中部,至武汉市汉阳入长江。

②溶溶漾漾:波光浮动的样子。

③人自老:明周珽《唐诗选脉会通评林》引徐充语:"'人自老'三字最为感切,钓船常在,而南去北来之人,为利为名则无定踪,皆汩没于此,真可叹也。"

[点评]

　　这首诗作于开成四年(839)春,时杜牧赴京任左补阙,经过汉江。诗前二句写景,以江鸥之白与江水之绿相映衬,写出了春天的生机。后二句言情,表现了对岁月流逝的感叹与宦游生活的厌倦。唐人绝句四句全工者很少见,而此诗浑然天成,是不可多得的佳作。

题齐安城楼①

鸣轧江楼角一声②,微阳潋潋落寒汀③。

不用凭栏苦回首,故乡七十五长亭④。

[注释]

①齐安:即黄州,故址在今湖北黄冈西北。

②鸣轧:吹角的声音。角:古代乐器名,本出于西北地区游牧民族。江楼:指黄州的城楼。

③潋潋(liàn liàn):缓慢渐近的样子,犹冉冉。寒汀:秋季的水中小洲。

④故乡:谓杜牧家乡长安。七十五长亭:唐制三十里置一驿,驿有亭,以供行人休憩。据《通典·州郡典》所载:"齐安郡去西京二千二百二十五里。"正好是七十五个驿亭。长亭,秦汉时十里置亭,亦谓之长亭,为行人休息或饯别之处。庾信《哀江南赋》:"十里五里,长亭短亭。"李白《淮阴书怀寄王宋城》:"沙墩至梁苑,二十五长亭。"此处长亭指驿站。

[点评]

这首诗约作于会昌三年(843)秋,时杜牧为黄州刺史。杜牧在黄州,远离故乡长安,有时登上城楼,凭栏而望,不免触动乡思。诗的后二句"不用凭栏苦回首,故乡七十五长亭",用李白《淮阴书怀寄王宋城》诗"沙墩至梁苑,二十五长亭"意,数字用得恰到好处。俞陛云曰:"烟水迷茫,斜日将沈之际,危楼一角,画角声低,言登临所见也。后二句默数归程,有七十五长亭之远,无路奋飞,安用凭栏极目耶?凡客子登高,乡山遥望,已情所难堪。今言料无归计,不用回头,其心

愈苦矣。"(《诗境浅说续编》)

秋浦途中①

萧萧山路穷秋雨②，淅淅溪风一岸蒲③。

为问寒沙新到岸④，来时还下杜陵无⑤。

[注释]

①秋浦：唐时池州治所在秋浦县，今属安徽。

②萧萧：雨声。穷秋：深秋。

③淅淅：风声。蒲：即香蒲，供食用，叶供编织，可以作席、扇、篓等具。

④为问：请问，试问。寒沙：深秋时带有寒意的沙滩。

⑤杜陵：地名。在今陕西西安东南。古为杜伯国，秦置杜县，汉宣帝筑陵于东原上，因名杜陵。杜牧家在长安杜陵。

[点评]

　　这首诗作于会昌四年（844），时杜牧由黄州刺史转池州，赴任途中。池州治所在秋浦。杜牧会昌四年（844）九月由黄州刺史迁池州刺史，时值深秋。本来任黄州刺史就是受人排挤而外放，现在不仅不能归京，还要更迁池州，赴任时心中非常痛苦，因作此诗。诗以纪实的方式写自己的所见所感。诗中直接表现的是自己的思乡情绪，也暗寓作者想干一番事业而壮志难酬的苦闷。后二句寄情于雁，诗思含蓄委婉。诗虽短，但曲折回环，穷极变化。

朱坡绝句三首①

故国池塘倚御渠②，江城三诏换鱼书③。
贾生辞赋恨流落④，只向长沙住岁余⑤。

烟深苔巷唱樵儿⑥，花落寒轻倦客归⑦。
藤岸竹洲相掩映⑧，满池春雨鹧鹕飞⑨。

乳肥春洞生鹅管⑩，沼避回岩势犬牙⑪。
自笑卷怀头角缩，归盘烟磴恰如蜗⑫。

[注释]

①朱坡：在长安城南樊川，风景优美，杜牧的祖父杜佑在这里有别墅。

②故国句：谓故乡的池塘就在御沟的旁边。故国，故乡。御渠，即御沟，流过皇城的河道。

③江城句：谓自己三次奉命担任江城之州的刺史。江城，杜牧为黄州、池州、睦州刺史，三州皆临江，故称。鱼书，唐代起军旅，易官长，发铜鱼符，附的尺牒，故兼名鱼书。

④贾生句：谓贾谊在辞赋中怨恨自己的流落，但他被贬谪在长沙，仅有一年多时间。意思说自己的遭遇比贾谊还要悲惨，因为他被贬谪到江城有七年之久。贾生，即贾谊（前200—前168），年少而才高，天子议以贾生任公卿之位，而一些保

守的大臣从中作沮,于是天子亦疏之,不用其议,而让他任长沙王太傅。他为长沙王太傅三年,有鹏飞入舍中,因而感到伤悼,乃为赋以自广。见《史记·贾生列传》。

⑤只向句:谓贾谊仅仅在长沙住了一年多时间。句末原注:"文帝岁余思贾生。"据《史记·贾生列传》:"后岁余,贾生征见。孝文帝方受釐,坐宣室。上因感鬼神事,而问鬼神之本。贾生因具道所以然之状。至夜半,文帝前席。既罢,曰:'吾久不见贾生,自以为过之,今不及也。'居顷之,拜贾生为梁怀王太傅。"

⑥苔巷:长满青苔的深巷。樵儿:山里砍柴的儿童。

⑦倦客:久留他乡而疲惫不堪的人。

⑧藤岸句:谓长满藤萝的河岸与满是翠竹的水中小岛相映生辉。

⑨䴙䴘(pì tī):水鸟名,形似鸭而略小。

⑩乳肥:谓石钟乳很肥大。鹅管:指石钟乳中很薄的小洞,犹如鹅的翎管一样。

⑪沼避句:谓池沼与岩石曲折回转,犬牙交错。

⑫自笑二句:谓可笑自己如同蜗牛一样,缩头缩角盘绕在石磴上。卷怀,谓退隐。《论语·卫灵公上》:"君子哉,蘧伯玉!邦有道则仕,邦无道则可卷而怀之。"

[点评]

　　这首诗作于大中三年(849)。时杜牧由睦州刺史入为司勋员外郎,赴京途中忆念故乡而作。杜牧自黄州刺史迁池州,又迁睦州,三州都是临江之地,故诗中有"江城三诏换鱼书"之句。朱坡在长安城南樊川,风景优美,杜牧的祖父杜佑在这里有别墅。《新唐书·杜佑传》:"朱坡樊川,颇治亭观林䓍,凿山股泉,与宾客置酒为乐,子弟皆奉朝请,贵盛为一时冠。"杜牧身处江城,思及故园景物,想到汉时贾谊远贬长沙,犹有召还之期,而自己远贬荒州,"三守僻左,七换星霜,拘挛莫伸,抑郁谁诉"(《上吏部高尚书状》)。以贾谊衬托自己,并抒发胸中的愤懑。

新定途中^①

无端偶效张文纪^②,下杜乡关别五秋^③。
重过江南更千里,万山深处一孤舟^④。

[注释]

①本诗作于会昌六年(846),时杜牧由池州刺史转睦州刺史,赴任途中。新定,郡名,即睦州,治建德县(今属浙江)。杜牧于会昌六年(846)九月由池州刺史改授睦州刺史,赴任途中而作此诗。

②无端:没有缘由。张文纪:张纲(108—143),字文纪,东汉犍为武阳(今四川犍为)人。顺帝时任御史,上书谏纵任宦官。汉安元年(142)奉令与杜乔、周举等八人徇行风俗,其他七人赴任,纲独埋车轮于洛阳都亭下,曰:"豺狼当道,安问狐狸!"遂上书奏劾大将军梁冀及其弟梁不疑罪行,京师震动。后任广陵太守。事见《后汉书·张皓传》。杜牧用张纲事谓自己乃得罪权贵而被外放。

③下杜:在长安附近,是杜牧的故乡。裴延翰《樊川文集序》:"长安南下杜樊乡,郦元注《水经》,实樊川也。延翰外曾祖司徒岐公(杜佑)别墅在焉。"别五秋:杜牧自会昌二年(842)四月外放为黄州刺史,转池州、睦州,至会昌六年(846)赴睦州任,首尾五年。

④重过二句:谓这次又过江南,更远行千里,万山环绕之中,只有我一只船。杜牧《祭周相公文》:"牧于此际,更迁桐庐。东下京江,南走千里。曲屈越障,如入洞穴。惊涛触舟,几至倾没。万山环合,才千余家。"可作此二句的注脚。

[点评]

这首诗作于会昌六年(846),杜牧由池州刺史迁睦州刺史,赴任途中。杜牧在朝中被排挤，自会昌二年（842）被外放为黄州刺史，又转池州，至此已首尾五年。这时转为睦州刺史，睦州更在池州之南，离朝廷更远，也离家乡更远，故赴任途中，有感而发，作了这首诗。诗的首句写出官之由。用张纲的典故，以自己与汉代的张纲相比。张纲因敢言直谏被排挤出朝，任广陵太守，杜牧也因品行刚直，不媚事权贵，出为黄州刺史。次句写乡关之思，杜牧家在长安杜陵下杜，这是他一生引以为自豪的，他在出任外官时，也在不断地思念家乡，而这次离家却有五年之久，思乡之情更切。但前二句仍然是铺垫，后二句才写出主旨。思念家乡不仅不能回家，而要重过江南更远千里，客心孤迥已是非常难堪，又在万山深处，一叶孤舟远行，更是极为凄楚。杜牧在睦州刺史任上之不愉快，此诗已奠定了基调。

睦州四韵①

州在钓台边②，溪山实可怜③。

有家皆掩映，无处不潺湲④。

好树鸣幽鸟，晴楼入野烟。

残春杜陵客⑤，中酒落花前⑥。

[注释]

①睦州：治所在今浙江建德市。

②钓台：汉严子陵垂钓处，故址在今浙江桐庐县富春山，下有富春渚，有东西二台，各数百丈。

③可怜：可爱。

④潺湲(chán yuán):水流缓慢的样子。

⑤杜陵客:杜牧自谓。杜牧家在长安万年县杜陵原,故称。

⑥中酒:酒酣。《史记·樊哙列传》:"项羽既飨军士,中酒,亚父谋,欲杀沛公。"
《汉书·樊哙传》:"项羽既飨军士,中酒,亚父谋,欲杀沛公。"注:"张宴曰:'酒酣
也。'师古曰:'饮酒之中也。不醉不醒,故谓之中。中,音竹仲反。'"后多以中酒
称醉酒。

[点评]

　　这首诗作于唐宣宗大中二年(848)暮春,时杜牧在睦州刺史任。诗的前六
句写睦州之景,突出其秀丽。末二句表现自己思乡之情,具有王粲《登楼赋》"虽
信美而非吾土兮,曾何足以少留"的意趣。清何焯评此诗说:"溪山岂不佳? 只
韦、杜才地,不堪常置闲处耳。'残春'、'中酒',比年事蹉跎,作用既微,笔力尤
横。"(《瀛奎律髓汇评》卷四)

途中一绝

　　　　镜中丝发悲来惯①,衣上征尘拂渐难②。

　　　　惆怅江湖钓竿手,却遮西日向长安③。

[注释]

①镜中句:谓镜中使人悲伤的白发,已经看惯了。

②衣上句:谓长年为仕宦奔波,衣上的征尘已难于拂掉。意谓自己退隐之志没有
实现。

③惆怅二句:谓令人惆怅的是,在江湖握钓鱼竿的手,如今却要用来遮挡耀眼的

夕阳走向长安。江湖钓竿,因湖州近海,又邻太湖,故称。

[点评]

　　这首诗作于大中五年(851)年秋,杜牧由湖州赴任长安途中。《诗话总龟》卷四四《怨嗟门》引《郡阁雅谈》:"杜牧舍人,罢任浙西郡,道中有诗曰……与杜甫齐名,时号'大小杜'。"杜牧本年已四十九岁,由外郡调任朝廷为考功郎中知制诰。在赴任途中,想到自己长年漂泊在外,而今年已老大,故悲时光之流逝,已成长久的习惯。惟衣上征尘,长年如此,更增添了对故乡的思念。范成大《暮春上塘道中》:"明朝遮日长安道,惭愧江湖钓手闲。"用杜牧诗意。陆游诗:"衣上征尘杂酒痕,远游无处不销魂。此身合是诗人未,细雨骑驴入剑门。"可与杜牧诗相发明。

隋堤柳①

夹岸垂杨三百里②,祇应图画最相宜。

自嫌流落西归疾,不见春风二月时③。

[注释]

①隋堤:隋炀帝大业元年,开通济渠,自西苑引谷水、洛水入黄;自板渚引黄河入汴水,经泗水达淮河;又开邗沟,自山阳至扬子入长江。渠广四十步,旁筑御道,并植杨柳,后人谓之隋堤。

②夹岸句:谓运河两岸堤上,植满垂杨,绵延三百里。

③自嫌二句:谓自己已流落在南方,现在入京为官,赶紧西归,可惜来不及欣赏隋堤春风二月的景象。

这首诗作于大中五年（851），时杜牧自湖州赴长安途中。《太平广记》卷一四四引《感定录》："唐杜牧自湖州刺史拜中书舍人，题汴河云：'自嫌流落西归疾，不见春风二月时。'自郡守人为舍人，未为流落，至京果卒。"此言入京后官职微误，因杜牧入京在大中五年（851），官职方郎中、知制诰，至大中六年（852）岁中方迁中书舍人。诗言杜牧归长安途中，面对千里隋堤，风景如画，感到心旷神怡，故特下"图画"二字，最为切当。但这种描写仅是铺垫之笔墨，重在表现思乡的情绪。因为时节还没有到春风二月，隋堤还不是最美的时候，只是自己归心似箭，故不得见二月的隋堤了。

雨

连云接塞添迢递①，洒幕侵灯送寂寥。

一夜不眠孤客耳，主人窗外有芭蕉。

[注释]

①迢递：高远的样子。

[点评]

这首诗是杜牧雨夜感慨之作。尤其是后二句，作者巧妙地选取雨打芭蕉，使人彻夜不眠这一特定景象，含蓄地表现自己作客他乡，寂寞无聊与忧愁感伤的心情。有声有色，有景有情。

宣州送裴坦判官往舒州，时牧欲赴官归京①

日暖泥融雪半消，行人芳草马声骄②。

九华山路云遮寺③，青弋江村柳拂桥④。

君意如鸿高的的⑤，我心悬旆正摇摇⑥。

同来不得同归去⑦，故国逢春一寂寥⑧。

[注释]

①裴坦：字知进，河东（今山西太原）人。及进士第，入宣州观察使府为幕吏，召拜左拾遗、史馆修撰。历楚州刺史。为职方郎中知制诰。官至中书侍郎同中书门下平章事。判官，唐节度、观察使府的属官。舒州，今安徽舒城。

②骄：马健壮的样子。

③九华山：在安徽青阳县西南。

④青弋江：在安徽境内。源出石埭县之舒溪，东北流经泾县汇泾水为赏溪。又东北受幙溪、琴溪诸水，始为青弋江。经宣城及南陵、方山诸县，西北流至芜湖入长江。裴坦由宣州往舒州须经九华山、青弋江。

⑤的的：明白，昭著。

⑥摇摇：心神不安。

⑦同来句：谓自己与裴坦同入宣州幕府，而现在自己返归长安，裴坦仍在宣城。

⑧故国句：设想以后不见裴坦之寂寥。故国，谓杜牧故乡长安。寂寥，寂寞。

[点评]

　　这首诗作于开成四年(839)初春,时杜牧迁左补阙,将离宣城赴官入京。杜牧在宣州,与裴坦是同僚,裴亦为判官。开成四年(839)春,裴坦赴舒州办公务,杜牧欲赴京尚未行,故先作诗送之。诗的上半写景,下半抒情。景突出其明丽,情偏重于感伤,实以丽景反衬惆怅。从写景方面说,作者紧扣初春的特点,把日光、泥土、残雪、行人、芳草、马蹄、山路、寺庙、云霞、江村、杨柳有机地搭配在一起,勾勒出一幅春郊送别图,而惜别之意,自在其中。从抒情方面说,前三联分述,一句写行人,一句写送行人,一个开朗乐观,一个怅惘迷茫,形成鲜明的对比。最后二句直抒感叹,表现寂寥的情绪。高步瀛《唐宋诗举要》卷五赞其"格调既高,语皆隽拔"。

商山麻涧①

云光岚彩四面合②,柔柔垂柳十余家。

雉飞鹿过芳草远③,牛巷鸡埘春日斜④。

秀眉老父对樽酒⑤,茜袖女儿簪野花⑥。

征车自念尘土计,惆怅溪边书细沙⑦。

[注释]

①麻涧:在商山熊耳峰下,其地宜植麻,故称麻涧。

②岚彩:日光照耀山林呈现出来的雾气。

③雉:野鸡。

④埘(shí):在墙上凿的鸡窝。

⑤秀眉:老年人常有一两根眉毛特长,旧说以为是长寿的表征,谓之秀眉。

⑥茜袖:红色的衣袖。簪:插,戴。

⑦征车二句:谓对着征车,想到自己出入风尘,非常惆怅,惟有在溪边的沙滩上书写以排遣寂寞的情怀。征车,旅途所乘的车子。

[点评]

　　这首诗作于开成四年(839)春,时杜牧赴官入京经过商山麻涧。诗前六句写景,后二句抒情。云光岚彩,柔柔垂柳,雉飞鹿过,牛巷鸡埘,加以"芳草远""春日斜",真是风景如画。在这种环境之中,"秀眉老父对樽酒",意气闲逸;"茜袖女儿簪野花",充满生气。作者见到此情此景,不由想起自己四处宦游,颇感惆怅。故后二句是与前六句对比之词,更透露出作者人世沧桑之感。清人吴闿生评此诗曰:"秀丽如画。"(《唐宋诗举要》卷五引)道出了此诗的佳处。麻涧,《读史方舆纪要》卷五四《陕西》:"商州熊耳山,州西五十里。山东西各一峰,状如熊耳,因名。……《志》云:自州西三十里逾丹水,有马兰峪,又西十里为野人峪,林谷深僻。又十里为麻涧。涧在熊耳峰下,山涧环抱,厥地宜麻,因名。自麻涧行六十里而至秦岭。"

追忆往事

秋山春雨闲吟处

念昔游

十载飘然绳检外①,樽前自献自为酬②。

秋山春雨闲吟处,倚遍江南寺寺楼③。

云门寺外逢猛雨④,林黑山高雨脚长。

曾奉郊宫为近侍,分明扨扨羽林枪⑤。

李白题诗水西寺⑥,古木回岩楼阁风⑦。

半醒半醉游三日,红白花开山雨中。

[注释]

①十载句:杜牧自大和二年(828)及进士第后,受沈传师辟为幕吏,至开成三年
(838)在宣州崔郸幕府,首尾十一年,过着无拘无束的生活。飘然,迅疾的样子,
谓时间过得很快。绳检,指世俗礼法的约束。

②樽前句:谓经常自斟自饮,自得其乐。献、酬是古代饮酒时主客互敬的礼节。

③倚遍句:谓江南每座寺庙的楼台,我都曾登临吟咏。古时寺庙兼作旅店之用。
江南,这里指长江下游地区。

④云门寺:原注:"越州。"寺即在越州云门山上。

⑤曾奉二句:以皇帝郊祀的仪仗喻雨。郊宫,古代皇帝于郊外祭祀天地,且伴有
整齐的、声势浩大的仪仗随行。扨扨(sǒng sǒng),挺起,直立。羽林枪,羽林是

皇帝卫军的名称。此处以羽林枪比喻大雨。

⑥李白题诗:指李白《游水西简郑明府》诗。水西寺:原注:"宣州泾县。"在宣州泾县西水西山上。

⑦回:环绕。

[点评]

　　这组诗约作于开成三年(838)。据宋周紫芝《竹坡诗话》,牧之为宣州幕吏,游泾溪水西寺时留有二小诗,其一为"李白题诗"一首,今载集中。其一云:"三日去还住,一生焉再游。含情碧溪水,重上粲公楼。"杜牧开成二年(837)秋为宣州幕吏,三年(838)冬除左补阙,四年(839)初春离宣州赴京。诗以追忆的方式写往日漂泊游玩的情景。第一首忆江南之游,第二首忆越州之游,第三首忆宣州之游。第一首突出作者潇洒飘逸的性格,宦游江南十载,不受繁琐礼节的束缚,徜徉于山光水色之中,情之所至,辄吟诗遣兴;游踪所及,遍于江南。第二首偏重于写景,但以羽林枪喻大雨,新颖别致。第三首偏重于怀古。宣州水西寺,李白曾游览过,并题诗寺内。李白一生坎坷,浪迹江湖,寄情山水,杜牧其时并不得志,半醒半醉,有类李白。

自宣城赴官上京①

潇洒江湖十过秋②,酒杯无日不迟留③。

谢公城畔溪惊梦④,苏小门前柳拂头⑤。

千里云山何处好,几人襟韵一生休⑥。

尘冠挂却知闲事⑦,终把蹉跎访旧游⑧。

[注释]

①宣城:今安徽宣州。上京:京城长安。

②潇洒句:谓诗人优游江湖,已过十载。潇洒,超逸脱俗。

③迟留:逗留,流连。

④谢公城:即宣城。因南齐诗人谢朓曾任宣城太守,留有谢公楼、谢公亭等众多景物,故称宣州为谢朓城。

⑤苏小:即南齐歌伎苏小小。

⑥襟韵:指人的情怀风度。

⑦尘冠挂却:指不在尘世做官。

⑧蹉跎:失时,虚度光阴。

[点评]

　　这首诗作于开成四年(839)初春,时杜牧三十七岁。杜牧于去年冬迁左补阙,本年初春离宣城赴京。清钱谦益、何焯《唐诗鼓吹评注》卷六:"首言潇洒宦游已十余年,无日不淹留杯酒之间,盖因耽饮而乃见其潇洒也。若'溪声惊梦'、'杨柳拂头',皆潇洒之情,是云山之胜莫过宣城,襟韵之高惟余独得,今且还京未免为宦情所绊,不若挂冠而归乃为适志。今虽未遂所愿,终当归隐以寻访旧游也。岂久为名利所羁哉!'一生休'当非休美之意,言何人一生无高情旷致也,盖襟韵从云山而生,末联正足此句意。"

润州二首①

句吴亭东千里秋②,放歌曾作昔年游。

青苔寺里无马迹,绿水桥边多酒楼③。

大抵南朝皆旷达,可怜东晋最风流④。

月明更想醒伊在,一笛闻吹出塞愁⑤。

谢朓诗中佳丽地⑥,夫差传里水犀军⑦。

城高铁瓮横强弩⑧,柳暗朱楼多梦云。

画角爱飘江北去⑨,钓歌长向月中闻。

扬州尘土试回首,不惜千金借与君⑩。

[注释]

①润州:即今江苏镇江市。唐时为镇海军节度使治所。

②句吴亭:在唐润州官舍。句吴乃因吴太伯立国事而得名,后用为地名。或作
"向吴亭",误。句,同"勾"。

③绿水桥:唐润州的名胜之一。

④大抵二句:大概润州之人,在南朝时都旷达豪放,最可爱的是东晋时期,人们最
风流倜傥。南朝,指宋、齐、梁、陈四个朝代。旷达,心胸开阔,举止无检束。可
怜,可爱。风流,有才而不拘礼法的气派。

⑤月明二句:谓月明之夜,更想象桓伊那样的人出现,吹上一曲出塞的歌曲。桓

伊,《晋书·桓伊传》:"进右军将军。……王徽之赴召京师,泊舟青溪侧。素不与徽之相识。伊于岸上过……徽之便令人谓伊曰:'闻君善吹笛,试为我一奏。'伊是时已显贵,素闻徽之名,便下车踞胡床,为作三调,弄毕,便上车去,客主不交一言。"出塞,曲名。汉武帝时,李延年因胡曲造新声二十八解,内有《出塞》《入塞》曲。

⑥谢朓句:谓润州是谢朓诗中所描写的佳丽之地。谢朓《入朝曲》:"江南佳丽地,金陵帝王州。"

⑦夫差句:谓润州自古为屯兵之地,吴王夫差时就置有水犀之军。《国语·越语上》:"今夫差衣水犀之甲者亿有三千。"韦昭注:"言多也。犀似豕而大,今徼外所送,有山犀、水犀。水犀之皮有珠甲,山犀则无。"

⑧铁瓮:润州号为铁瓮城,言其坚固。

⑨画角:古乐器名,形如竹筒,本细尾大,以竹木或皮为之,或用铜为之。外加彩绘,故称画角。发音哀厉高亢。

⑩扬州二句:作者回首一望,已风尘仆仆,由扬州来到了润州,不惜千金寻访游览这佳丽繁华之地。

[点评]

这组诗是杜牧重游润州时的所见所感。前首回忆昔年曾漫游这千里清秋之地。青苔寺里,马迹冷落;绿水桥边,酒楼繁盛。景象寂寞,而人物犹尚繁华。由此想到南朝文士,例多旷达;东晋士子,雅尚风流。但这些皆无补于世道。故作者在明月之夜,更想长笛一声,愁闻出塞,以建谢玄之功业。后首言谢朓以润州为佳丽之地,夫差以此置水犀之军。而今州城固于铁瓮,而射潮之强弩犹在;柳色暗于朱楼,而云雨之梦魂居多。画角之声,飘江北而去;渔人之唱,向月中而闻。回首扬州风景,当于此艳冶之处,不惜千金,以买笑追欢。二诗览古今于一瞬,更系以深沉的感慨。宋石延年《南朝》诗:"南朝人物尽清贤,不是风流即放言。三百年间即堪笑,绝无人可定中原。"可与此诗相发明。

怀钟陵旧游四首①（其三）

十顷平湖堤柳合，岸秋兰芷绿纤纤②。

一声明月采莲女，四面朱楼卷画帘。

白鹭烟分光的的③，微涟风定翠湉湉④。

斜辉更落西山影，千步虹桥气象兼⑤。

[注释]

①钟陵：即洪州南昌，今江西南昌市。因唐宝应元年(762)曾改为钟陵县，故称。
②兰芷：兰草和白芷，皆香草。纤纤：细微的样子。
③的的：明白，鲜明。
④湉湉(tián tián)：形容水流平静。
⑤虹桥：拱桥。

[点评]

这组诗是杜牧怀念江西幕中旧友之作。这里所选第三首，主要回忆当时游湖的情景。清黄叔灿《唐诗笺注》："此赋湖上景色，宛成图画，风流俊逸，真是牧之本色。'斜辉'一联，炼句亦奇。"

昔事文皇帝三十二韵①

昔事文皇帝，叨官在谏垣②。

奏章为得地③，蚱齿负明恩④。

金虎知难动⑤，毛厘亦耻言⑥。

撩头虽欲吐⑦，到口却成吞⑧。

照胆常悬镜⑨，窥天自戴盆⑩。

周钟既宛楸⑪，黥阵亦瘢痕⑫。

凤阙觚棱影⑬，仙盘晓日暾⑭。

雨晴文石滑⑮，风暖戟衣翻⑯。

每虑号无告，长忧骇不存！

随行惟踽踱⑰，出语但寒暄⑱。

宫省咽喉任⑲，戈矛羽卫屯⑳。

光尘皆影附㉑，车马定西奔㉒。

亿万持衡价㉓，锱铢挟契论㉔。

堆时过北斗，积处满西园。

接棹隋河溢，连蹄蜀栈刓㉕。

漉空沧海水，搜尽卓王孙㉖。

斗巧猴雕剌㉗，夸趆索挂跟㉘。

狐威假白额㉙，枭啸得黄昏㉚。

馥馥芝兰圃㉛，森森枳棘藩㉜。

吠声嗾国猘㉝，公议怯膺门㉞。

窜逐诸丞相㉟，苍茫远帝阍㊱。

一为名吉士㊲，谁免吊湘魂㊳？

间世英明主㊴，中兴道德尊㊵。

昆冈怜积火㊶，河汉注清源。

川口堤防决㊷，阴车鬼怪掀㊸。

重云开朗照，九地雪幽冤㊹。

我实刚肠者，形甘短褐髡㊺。

曾经触蛮尾㊻，犹得凭熊轩㊼。

杜若芳洲翠㊽，严光钓濑喧㊾。

溪山侵越角，封壤尽吴根。

客恨萦春细，乡愁压思繁。

祝尧千万寿㊿，再拜揖余樽。

[注释]

①文皇帝：即唐文宗李昂。

②叨官句：谓杜牧开成三年(838)在朝为左补阙事。左补阙属谏官，掌供奉讽谏。

③奏章：臣下向皇帝所上的文书。得地：本指得到适宜生长的土壤，此处指才能得到所用之地。

④酢齿：即酢舌。咬啮舌头，表示不说话，或不敢说话。

⑤金虎：比喻国君所亲厚的小人。

⑥毛厘:犹毫厘,形容极小。

⑦撩头句:谓杜牧想给皇帝进谏。

⑧到口句:谓进谏的话到了嘴边又吞了回去。

⑨照胆句:《西京杂记》:"咸阳宫有方镜,人照之见肠胃五脏;女子有邪心,则胆张心动。"杜牧用这一典故,表示自己的正直。

⑩窥天句:比喻事不可为。语出司马迁《报任少卿书》:"仆以为戴盆何以望天?"杜牧另有《忆游朱坡》诗:"如今归不得,自戴望天盆。"

⑪周钟句:谓朝廷摇摇欲坠的形势。语出《汉书·五行志》:"周景王将铸无射之钟,泠州鸠曰:天子省风以作乐,小者不窕,大者不槬,今钟槬矣,王心弗戡,其能久乎?"

⑫黥阵:谓黥布所布之阵。黥布即英丰,汉六(今江苏六合)人,曾犯法黥面,故又称黥布。秦末率骊山刑徒起事,归附项羽,封九江王。楚汉相争时,萧何说之归汉,封淮南王。黥布用兵善布阵,故称黥阵。瘢痕:谓即使如黥布之阵,朝廷小人也在吹毛求疵,找其瘢痕。汉赵壹《刺世疾邪赋》:"所好则钻皮出其毛羽,所恶则洗垢出其瘢痕。"

⑬凤阙:本为汉代宫阙名,这里代指皇宫、朝廷。觚棱:殿堂屋角的瓦脊成方角棱形瓣之形。

⑭仙盘:即汉代建章宫前的承露盘。汉武帝为求仙,在建章宫神明台上造铜仙人,舒掌捧铜盘玉杯,以承接天上的仙露,故称。暾:太阳初出之光。

⑮文石:带有花纹的石头。这里指用文石所铺的道路。

⑯载衣:载的一种装饰。

⑰踟蹰:拘谨,不敢明白地表明自己的看法。

⑱寒暄:问候起居寒暖。这里指说一些无关紧要的话。

⑲官省句:谓朝廷的官属是国家的咽喉所在。此指文官而言。

⑳戈矛句:谓宫廷的周围屯满护卫的兵士。此指武官而言。

㉑光尘句:比喻李训、郑注专权,其他宰相莫不顺成其言,如同尘随影附一样。

㉒车马句:接上句文义言,谓阿谀奉承李训、郑注者的车马,皆奔向二人之门。

㉓亿万句:谓专权者在大的方面,把持着朝廷的衡柄。

㉔锱铢句:谓专权者锱铢小事也要自己裁夺。

㉕堆时四句:谓专权者积聚财宝,堆积如山。运输财宝时,东边船只相互连接,使

得运河的水都溢出来;西边的马队,络绎不绝,使得蜀中的栈道毁坏。

㉖漉空二句:谓当时的赋敛极为严重,即使是沧海之水也要汲空,富如卓王孙财产,也要搜尽。

㉗斗巧句:谓朝廷官员钩心斗角。语本《韩非子》:"卫人有以棘刺之端为母猴。"

㉘夸趫句:谓朝廷官员好大喜功。语本张衡《西京赋》:"非都卢之轻趫,孰能超而究升?""突倒投而跟挂,譬陨绝而复联。"

㉙狐威句:即狐假虎威之义。白额,即老虎。

㉚枭啸句:谓搞阴谋诡计。以上两句谓郑注狐假虎威,乱搞阴谋。据《旧唐书郑注传》,宦官王守澄知枢密,国政多专于守澄,郑注昼伏夜动,交通赂遗,初则谲邪奸巧之徒,附之以图进取,数年之后,达官权臣,也争凑其门。

㉛馥馥:形容芳香。芝兰:芷和兰。都是香草。

㉜森森:茂盛的样子。枳棘:枳木与棘木,因其多刺而称恶木。常用于比喻恶人或小人。

㉝吠声句:谓朝廷小人如同犬吠。国獜,即国狗,一国中之上品名狗。比喻妒贤害能之人。

㉞公议:公众的议论。膺门:李膺之门。《后汉书李膺传》:"时朝廷日乱,纲纪颓弛,膺独持风裁,以声名自高,士被其容接者,名为登龙门。"

㉟窜逐句:谓朝廷之上的宰相都放逐出去。

㊱苍茫句:谓被窜逐的宰相远离朝廷,难有回朝之日。帝阍,语本屈原《离骚》:"吾令帝阍开关兮,倚阊阖而望予。"

㊲名吉士:即名士与吉士。名士指名望高而不仕的人;吉士指官位高,而且接近皇帝的人。刘向《新序》:"事君日益,官职日益,此所谓吉士也。"

㊳谁免句:谓被放逐的命运。吊湘魂,用《汉书·贾谊传》事,贾谊既已谪去,意不自得,及渡湘水,为赋以吊屈原。

㊴间世:隔代,指年代相隔之久。谓英明的君主在历史上不是经常出现的。

㊵中兴句:谓唐文宗是唐室中兴之主,并以道德治理天下。

㊶昆冈:即昆仑山。语本《文心雕龙·诸子》:"暨于暴秦烈火,势炎昆冈,而烟燎之毒,不及诸子。"

㊷川口:河口,比喻人的言语。《国语》:"防民之口,甚于防川。"

㊸阴车:指载鬼怪之车。

㊹九地：即九泉，指地下。

㊺形甘句：谓自己甘于受劳役，为国尽力。短褐，即褐衣竖裁，为劳役之衣，又短又狭，故称短褐。髡：髡头发。

㊻虿尾：虿的尾部，有毒钩。比喻毒之所在。虿是蝎子一类的毒虫。

㊼熊轩：即熊车，有伏熊形横轼的车。汉时为公侯、列侯所用。以上两句谓自己虽然触犯过权贵，但凭借正直之士所援，不至于陷罪。

㊽杜若：香草名。语本屈原《九歌》："采芳洲兮杜若。"

㊾严光：即严子陵，东汉人，耕钓于富春山，后人名其钓处为严陵濑。

㊿尧：传说中古代贤明的君主，这里指当朝皇帝唐宣宗。

[点评]

这首诗作于杜牧在睦州刺史任上。诗中"杜若芳洲翠，严光钓濑喧。溪山侵越角，封壤尽吴根"，均为睦州景事。故在大中元年(847)至二年间作。诗题言回忆自己在文宗时的所为，实际上集中写甘露之变事。甘露之变是由文宗做后台，李训、郑注策划谋诛宦官，而最后弄巧成拙的悲剧。杜牧对于李训、郑注等人，是持否定态度的。在甘露之变前的文宗大和年间，杜牧与李中敏、李甘等相善，文章趣向大率相类。中敏因旱上言郑注之奸，而李甘以沮注入相而卒于贬所。凡反对郑注、李训皆被斥逐。杜牧在睦州任所，追数往事而作是诗。首言同为谏官，每怀嫉恶之心，继而极言训注之恶，凡得罪者皆以罪贬逐以离朝廷。后来被贬逐者遇明言而昭雪，返归朝廷，而自己仍滞留外郡，心情颇为愁苦。故这首诗的主旨是久抑求伸，希望回归朝廷。这首诗典型地表现出杜牧甘露之变前后的心态及文宗朝的艰难处境。"每虑号无告，长忧骇不存。随行惟跼蹐，出语但寒暄"，就是当时心境的具体表现。甘露之变以前，杜牧具有经世致用的抱负，而在大和九年，刚入朝为监察御史，看到郑注、李训专权，朝廷情况对自己不利，则移疾分司东都。其年十一月，谋诛宦官失败，四宰相被杀，惨祸震惊朝野，文人的心态产生了极大的变化，杜牧也由积极用世而逐渐变为全身远祸的心态。直至宣宗时，已时隔十余年，回忆此事，尚感不寒而栗。因此，这首诗是杜牧思想发展过程中极为重要的作品，是研究杜牧的思想与创作过程时，需要深入挖掘的重要篇章。但古今的研究者对此诗并没有足够的重视，相关选本很少选入，故本书特地拈出。

留警朝天者惕然

褒贤刺时

泊秦淮^①

烟笼寒水月笼沙,夜泊秦淮近酒家。

商女不知亡国恨,隔江犹唱后庭花^②。

[注释]

①秦淮:有二源,东源出句容县华山,南流。南源出溧水县东庐山,北流。二源合于方山,西经金陵城中,北入长江。相传秦始皇于山掘流,西入江,亦曰淮,因称秦淮。历代为著名的游览胜地。

②后庭花:唐教坊曲名。南朝陈叔宝与幸臣按曲造词,夸称宫人美色,男女唱和,轻荡而其音甚哀,名《玉树后庭花》。后主终因荒于声色,不理政事,以致亡国。

[点评]

这首诗在描写水上夜色的同时,透露出深沉的感慨,是一首脍炙人口的佳作。清沈德潜更推为"绝唱"(《唐诗别裁集》卷二十)。近人陈寅恪以为:"此来自江北扬州之歌女,不解陈亡之恨,在其江南故都之地,尚唱靡靡遗音,牧之闻其歌声,因为诗以咏之耳。"(《元白诗笺证稿·新乐府·盐商妇》)可知诗的主旨是针对当时吟诗作曲流于绮靡的风气而发,侧重于听歌时一刹那的感受。首句写景,两个"笼"字,把月、水、沙和谐地融合在一起,使人对水上的月色烟光产生一种朦胧迷茫而又清秀旖旎的美感。次句既点明了时间、地点、人物,又照应了诗题,并引出后二句诗。后二句意在讽刺歌女,她们不晓亡国之愁恨,竟然隔着江,唱起了《玉树后庭花》!故吴昌祺以为此诗"讥艳曲",颇为得之。

此诗的第二句"近"字,唐人韦庄《又玄集》选此诗作"寄",是一个重要异文。

我以为作"寄"字较为妥帖。杜牧不是船家,故在秦淮津渡停泊时,当不会在船中食宿,夜间一定是寄宿在酒家。"烟笼寒水月笼沙"也正是在水边酒楼上居高临下所见之景。同时"寄酒家"突出了人物自身的活动。但今传《樊川文集》各本均作"近",故不擅改。又诗的末二句曾被宋人王安石《桂枝香》词化用:"至今商女,时时犹唱,后庭遗曲。"

李给事二首①

一章缄拜皂囊中,慄慄朝廷有古风②。

元礼去归緱氏学③,江充来见犬台宫④。

纷纭白昼惊千古,铁锁朱殷几一空⑤。

曲突徙薪人不会⑥,海边今作钓鱼翁⑦。

晚发闷还梳,忆君秋醉余。

可怜刘校尉,曾讼石中书⑧。

消长虽殊事,仁贤每见如⑨。

因看鲁褒论,何处是吾庐⑩。

[注释]

①李给事:即李中敏,字藏之,元和中擢进士第,曾与杜牧同入沈传师江西幕府,入拜侍御史。性刚峭,与杜牧、李甘相善,其文辞气节大抵相上下。新、旧《唐

书》有传。

②一章二句:谓李中敏敢于直言上书,凛然有古人的严正之风。皂囊,黑色的封套。慄慄,严正的样子。

③元礼句:谓像李膺归故乡教授生徒一样拂袖而去。原注:"李膺退罢,归缑氏,教授生徒;给事论郑注,告满,归颍阳。"此以李膺比李中敏。李膺(110—169),字元礼,汉颍川襄城(今河南襄城)人。初举孝廉,桓帝时官至司隶校尉。与太学生首领郭泰等相结交,反对宦官专权。太学生称之为"天下楷模李元礼",以得其接见者为"登龙门"。后被宦官诬为结党诽谤朝廷,逮捕入狱,释放后禁锢终身。灵帝即位,被起用为长乐少府,又与陈蕃、窦武谋诛宦官,失败被杀。《后汉书》有传。缑氏,《文苑英华》作纶氏。纶氏属颍川郡,即颍阳。古为纶国,故城在今河南许昌西南。而缑氏本为春秋滑国,为秦所灭,汉置县,以地有缑山为名。治所在今河南偃师东南。与李膺无涉。郑注,唐文宗时人,以医术方伎进用,任太仆卿、御史大夫、工部尚书,曾勾结宦官王守澄诬逐宰相宋申锡,天下为之侧目。李中敏面对这种恐怖的环境,以病归颍阳。

④江充句:原注:"郑注对于浴室。"此以江充喻郑注。江充(?—前91),字次清,本名齐,因畏罪逃亡,改名充,汉邯郸人。以告发赵太子丹事起家。武帝任为直指绣衣使者,负责镇压三辅盗贼,禁察贵贱奢僭,取得武帝的信任。与太子据有嫌隙,乘武帝患病之际,诬陷太子行巫蛊,据不自安,举兵收斩充。据后事败,亦自缢。事见《汉书·江充传》。犬台官,汉宫名。此以江充召对犬台官比喻郑注召对浴堂门。

⑤纷纭二句:谓突然发生的震惊千古的甘露之祸,一时血染刀斧,朝堂为之一空。唐文宗大和九年(835),宰相李训、节度使郑注谋诛宦官,训先在左金吾大厅设伏兵,诈称后院石榴树上有甘露,诱使宦官仇士良等往观,即加诛杀。士良等至,见幕下有伏兵,惊走,事败。训、注、王涯、舒元舆等皆被杀,族诛十余家,死者千余人。史称"甘露之变"。事见《旧唐书·文宗纪》。此二句诗即谓是事。纷纭,混杂的样子。铁锧(fū zhì),古代刑具。铁是铡刀,锧是铡刀座。朱殿,赤黑色。

⑥曲突句:谓李中敏要求斩郑注是防微杜渐之举,却不受重视。曲突徙薪,传说齐人淳于髡见邻人窖直突而旁有积薪,告以改直突为曲突,并远徙其薪,否则,将失火。邻人不从,后竟失火,幸共救得息。于是杀牛置酒,先言曲突徙薪者不为

功,而救火者焦头烂额为上客。事见《淮南子·说山训》注。突,烟囱。

⑦海边句:谓李中敏被谪海隅,至今赋闲无事。

⑧可怜二句:原注:"给事因忤仇军容,弃官东归。"谓中敏忤触仇士良,就像汉之刘向忤触石显一样被捕入狱,遭受不幸。刘校尉,刘向(前77—前6),原名更生,字子政,楚元王刘交四世孙。宣帝时任散骑谏大夫,元帝时因反对中书宦官弘恭、石显,被捕下狱。成帝时更名向,任光禄大夫,为中垒校尉。石中书,石显(?—前32),字君房,汉济南人。宣帝时以中书官为仆射。元帝时为中书令。为人外巧慧而内阴险,常持诡辩以中伤人,先后谮杀萧望之、京房及斥罢周堪、刘向等人。成帝时,迁长信中太仆,后免官,徙归故乡,途中病死。《汉书》有传。

⑨消长二句:谓历代兴亡盛衰虽然各不相同,但仁人贤士的遭遇往往是相似的。消长,即增减、盛衰或变化。

⑩因看二句:谓阅读鲁褒刺世之论,就使人想超脱尘世。鲁褒论,即鲁褒所作的《钱神论》。鲁褒,字元道,晋南阳(今河南南阳)人,以贫素自甘,终身不仕。曾著《钱神论》以刺时。吾庐,陶渊明《读山海经》:"众鸟欣有托,吾亦爱吾庐。"

[点评]

这首诗约作于开成末年。清钱谦益、何焯《唐诗鼓吹评注》卷六:"此因中敏劝早除卷注不听而作也。首言给事皂囊之奏,长有古忠臣之风,惜乎不听乃告归颍阳,则犹李膺之遭党锢而归缑氏已。且郑注见帝于浴室而进谗谀,亦如江充见君于犬台而毁太子,后至甘露之变而纷纭白昼,铁锁朱殷,其不致危亡几稀矣。以给事先见而帝不悟,如曲突徙薪而不备,故中敏见几而归钓颍阳耳。使早从其语,岂非国家之福哉!"

商山富水驿^①

益戆犹来未觉贤^②,终须南去吊湘川^③。

当时物议朱云小,后代声华白日悬^④。

邪佞每思当面唾^⑤,清贫长欠一杯钱^⑥。

驿名不合轻移改^⑦,留警朝天者惕然^⑧。

[注释]

①商山:在今陕西商县东,亦名商岭、商坂。富水驿,即阳城驿,商山中驿站名。
原注:"驿本名与阳谏议同姓名,因此改为富水驿。"

②益戆句:谓阳城就像汲黯那样愚直。汲黯(?—前112),字长孺,汉濮阳(今河
南濮阳)人。为人性倨,少礼,面折,不能容人之过。武帝时为东海郡太守,后召
为九卿,敢于面折廷诤。武帝外虽敬重,内颇不悦。曾经说:"甚矣,汲黯之戆
也!"后出为淮阳太守,七年而卒。《史记》《汉书》皆有传。益戆,非常耿直而不
通世故。犹来,从来,由来。

③终须句:谓阳城也像贾谊那样,终于被贬谪到南方去了。贾谊(前201—前
169),汉洛阳(今河南洛阳)人。以年少能通诸家书,文帝召为博士,迁太中大
夫。数上疏陈政事,言时弊,为大臣所忌,贬为长沙王太傅,迁梁怀王太傅而卒,
年三十三。《史记》《汉书》有传。湘川,即湘水,又名湘江,湖南省最大的河流。
贾谊有《吊屈原赋》,即经湘水时凭吊屈原之作。以上二句说明阳城好直谏而被
贬为道州刺史。

④当时二句:谓当时人们对于朱云评价不高,而后代声誉很高,如同白日悬天。

此以朱云比阳城之刚直，谓当时人们虽有异议，但留名青史。物议，众人的议论。朱云，字游，汉鲁（今属山东）人。少任侠。元帝时为槐里令，数忤权贵，以是获罪被刑。成帝时复上书，愿借上方剑，斩佞臣张禹，帝怒欲杀之，御史将云去，云攀折殿槛，以辛庆忌救得免。后当治槛，帝命勿易，以旌直臣。事见《汉书》本传。

⑤邪佞句：对于奸恶之徒，恨不得当面唾之。邪佞，指巧言善媚，很不正派的人。此谓裴延龄辈，《新唐书·阳城传》："（德宗）欲遂相延龄，城显语曰：'延龄为相，吾当取白麻坏之，哭于廷。'帝不相延龄，城力也。"当面唾，当面痛斥。指阳城反对裴延龄为相事。

⑥清贫句：谓阳城过着清贫的生活，连买酒的钱都没有。《新唐书·阳城传》："常以木枕布衾质钱，人重其贤，争售之。每约二弟：'吾所俸入，而可度月食米几何，薪菜盐几何，先具之，余送酒家，无留也。'"

⑦驿名句：谓阳城驿的名字不应该轻易地改动。此句当是对元稹等人轻易地改动驿名而发。因元稹有《阳城驿》诗："商有阳城驿，名同阳道州。我愿避公讳，名为避贤邮。"不合，不应该。移改，更改。

⑧留警句：谓保留原来的驿名是要让赴京为官的人加以警戒。朝天者，指赴京做官的人。惕然，戒惧的样子。

[点评]

这首诗作于开成四年（839）春，时杜牧除官赴京取道长江、汉水，途经商山富水驿。富水驿即阳城驿。阳城（736—805），字亢宗，北平（今河北北平）人。进士及第后隐于中条山。德宗时召为谏议大夫。尝疏留陆贽，力阻裴延龄入相，有直声。改国子司业，出为道州刺史。治民如治家，税赋不能如额，观察使数责让，因弃官归去。杜牧此次赴京任左补阙，亦为谏官，作此诗的目的就是要效法阳城，以敢言直谏为己任。《新唐书·杜牧传》称："牧刚直有奇节，不为龊龊小谨，敢论列大事，指陈利病尤切至。"可与此诗相印证。

早 雁

金河秋半虏弦开,云外惊飞四散哀①。

仙掌月明孤影过,长门灯暗数声来②。

须知胡骑纷纷在,岂逐春风一一回③。

莫厌潇湘少人处,水多菰米岸莓苔④。

[注释]

①金河二句:谓金河的胡人在八月仲秋时节,开弓射猎,以使雁群惊飞四散,在空中哀鸣。这里暗指发动战争。金河,在今内蒙古呼和浩特市南,当时是回鹘统治的地区。虏弦开,比喻回鹘南侵。虏是对敌人的蔑称。惊飞,以雁群惊飞比喻百姓四处逃散。

②仙掌二句:谓在月光映照之下,只见孤雁的身影掠过仙掌,经过长门时,在暗淡的灯光中传来几声凄清的惨叫。仙掌,汉武帝为求仙,在建章宫神明台上造铜仙人,舒掌捧铜盘玉杯,以承接天上的仙露,后称承露金人为仙掌。一说陕西太华山东峰曰仙人掌。长门,宫殿名。汉司马相如《长门赋序》:"孝武皇帝陈皇后,时得幸,颇妒,别在长门宫,愁闷悲思。闻蜀郡成都司马相如,天下工为文,奉黄金百斤,为相如、文君取酒,因于解悲愁之辞。而相如为文以悟主上,陈皇后复得亲幸。"后以长门借指失宠的女子居住的寂寥凄清的宫院。杜牧用此,一方面表明长门是帝京的所在,另一方面也烘托出当时凄清的气氛。

③须知二句:谓须知胡人的骑兵还在北方横行,雁群怎能随着春风回到北方的故乡呢?意谓胡人铁蹄下逃难的人民,已无家可归。逐,跟随。

④莫厌二句：谓不要厌弃潇湘一带是地僻人少之处，因为这里水中的菰米与岸上的莓苔，足以提供暂且栖身的环境。潇湘，潇水与湘水，二水流经湖南境内，在零陵县合流，向北注入洞庭湖。菰米，菰实之一，一名雕胡米，古以为六谷之一。莓苔，青苔，阴湿地方生长的绿色的苔藓植物。

[点评]

  本诗作于会昌二年（842）八月。唐武宗会昌二年二月，回鹘南侵，突出大同川，转战于云州城门，大肆掳掠，唐王朝下诏发陈许徐汝诸处兵屯于太原、振武、天德，准备第二年春天击退回鹘。这时正是早雁南飞的季节，杜牧在黄州刺史任上，想到北方边境的人民因为回鹘统治者带兵南下，仓皇逃难，颠沛流离，而写了这首忧时感事的诗，表达了对北方饱受异族蹂躏的苦难人民的忧念和对时局的感伤。因为八月还未到深秋，所以用《早雁》标题。全诗用比兴手法，借雁以寄慨，以高超绝妙的艺术手段表达了深厚的同情，颇耐人寻味。这首诗不是一般的咏物诗，而是托物寄慨的抒情诗。表面上似乎句句写雁，实际上句句写人，句句写时局，将身世之感慨、时世之艰难融汇于对征雁的描绘中。清贺裳《载酒园诗话》说此诗"似是寄托之作"，一语切中鹄的。

  会昌二年春天，杜牧由比部员外郎外放为黄州刺史。他推测自己由京官外放，是由于宰相李德裕的排挤。并在德裕执政数年中很不得志。黄州是一个穷僻的小州，杜牧又与朝中人事离阔，深感孤独寂寞，如同孤雁一般，不知归期何日。诗的末尾故作慰藉语，谓此州虽小，尚可栖身。杜牧的忧时感事之作，大多直陈时事，而《早雁》却另辟蹊径，通体用比兴手法，全篇以想象贯之。以虚衬实，虚景藏情，虚实结合，曲尽其妙。

但将酩酊酬佳节

长安秋望

楼倚霜树外,镜天无一毫。

南山与秋色①,气势两相高②。

[注释]

①南山:即终南山。秦岭山峰之一,在陕西西安市南。

②气势句:谓清净的秋色与峻拔的山势两者争比高低。

[点评]

这首诗写长安远望中的秋景。全诗紧扣"望"字,从地上、空中、山色三个不同的角度选景,意境高远,格调清新,臻于诗中有画、画中有诗的境地。尤其是"南山与秋色,气势两相高"二句,真是把终南山的秋景写绝了。清人翁方纲说:"诗不但因时,抑且因地。如杜牧之云:'南山与秋色,气势两相高。'此必是陕西之终南山。若以咏江西之庐山,广东之罗浮,便不是矣。"(《石洲诗话》卷二)这二句形象地表现了终南山的山势与秋天的季节特点,把本来难以比较的南山与秋色互相比配,互相烘托,说成要比个高下似的。读者至此也就无不置于秋高气爽的诗情画意中了。所以后人誉此诗为"警绝"之作(陈师道《后山诗话》)。

杜甫《王阆州筵奉酬十一舅惜别之作》,有"千崖秋气高"之句,令人分不清何者是山崖,何者是秋气,只觉得浑然一体,高远无极。杜牧"南山与秋色,气势两相高",把二者分开来写,使之互相对比,互相映衬,有形的南山衬托出抽象缥缈的秋气,明净的秋色辉映着峻拔高耸的南山,同一意象运用不同的处理手段,各臻其妙。

江南春绝句

千里莺啼绿映红,水村山郭酒旗风。

南朝四百八十寺,多少楼台烟雨中①。

[注释]

①南朝二句:极言南朝寺庙之多。《南史·郭祖深传》:"时帝(梁武帝)大弘释典,将以易俗,故祖深尤言其事,耳佛寺五百余所,僧尼十余万,资产丰沃。所在郡,不可胜言。"宋张表臣《珊瑚钩诗话》卷二:"杜牧诗云:'南朝四百八十寺,多少楼台烟雨中。'帝王所都而四百八十寺,当时已为多,而诗人侈其楼阁台殿焉。"楼台,指寺院的建筑。

[点评]

这首诗题曰"江南春",则着意描写千里江南的锦绣春色,触发了诗人吊古伤今的感慨。诗的前二句写景,后二句言情。由大好的春色而引起吊古伤今的感慨,也隐约透露出诗人对人生青春不长驻的叹息。是一首感伤情调比较浓重的抒情诗。诗的前半从横的方面写出了江南春景的广阔无边与丰富多彩,后半则从纵的方面有感于昔日的繁盛、今日的衰败,是大好春色的一种反跌。正因如此,才在峭健中又有风流华美之致,体现出俊爽的风格,成为杜牧的代表作品。刘永济《唐诗绝句精华》209页称:"此诗乃杜牧游江南时,感于景物之繁丽,追想南朝盛日,遂有此作。"

关于这首诗,古代曾有过糊涂的解释。明杨慎《升庵诗话》以为"千"应改为"十",因为"千里莺啼,谁人听得;千里而绿映红,谁人见得。若作十里,则莺啼绿红之景,村郭、楼台、僧寺、酒旗,皆在其中矣。"清何文焕《历代诗话考索》则反驳说:"即作十里,亦未必听得着,看得见。题云《江南春》,江南方广千里,千里之中,莺啼而绿映焉,水村山郭无处无酒旗,四百八十寺楼台,多在烟雨中也。此诗之意既广,不得专指一处,故总而翕曰《江南春》,诗家善立题者也。"何说较为精当。

七 夕①

云阶月地一相过,未抵经年别恨多。

最恨明朝洗车雨,不教回脚渡天河②。

[注释]

①七夕:阴历七月七日。相传为牛郎织女相会之日。
②天河:银河。

[点评]

　　这首诗不见于杜牧《樊川文集》,连《外集》《别集》都不载,是否确为杜牧所作,尚值得探讨,然《全唐诗》作为补遗收入杜牧诗中,故暂且作为杜牧诗。本诗记事名篇,立意奇警,又似别有所托。作者在诗中极力表现的是一个"恨"字,有聚会之恨,有离别之恨,而归根结底是对拆散他们的天帝之恨。诗意层层推进。为了表现"恨",诗人着力于"聚"与"别"的对照,用"未抵"将恨升华,又用"最"将恨推向极致。《新唐书》说杜牧"刚直有奇节",然"困踬不自振",颇有抑郁不平之气。此诗大概是他借牛郎织女的故事抒发自己的感慨,暗寓对时局的不满情绪。所表现的是自己内心深处那不可遏止而又无法排遣之恨。

初冬夜饮

淮阳多病偶求欢,客袖侵霜与烛盘^①。

砌下梨花一堆雪,明年谁此凭栏干^②。

[注释]

①淮阳二句:谓自己像汲黯那样忧愁多病,偶尔借酒消愁,求取欢乐,而天气严寒,衣袖上、烛盘里都结了霜。淮阳,指汲黯,字长孺,汉濮阳(今河南濮阳)人。武帝时为东海郡太守,后召为九卿,敢于面折廷诤,武帝外虽敬重,内颇不悦。黯多病,卧阁内不出。"召拜黯淮阳太守,黯伏谢不受印绶,诏数强予,然后奉诏,召上殿,黯泣曰:'臣自以为填沟壑,不复见陛下,不意陛下复收之。臣常有狗马之心,今病,力不能任郡事。'"见《汉书·汲黯传》

②砌下二句:台阶下一堆梨花似的白雪,多么诱人,而明年此日,有谁来这里凭栏欣赏呢?

[点评]

　　诗人在初冬雪夜,小饮一杯,聊遣客中况味。"淮阳多病",用汉代汲黯事。据《汉书·汲黯传》,汲黯屡次犯颜直谏,后拜淮阳太守,谢不受印。泣曰:"臣常有狗马之心,今病,力不能任郡事。"后卒于淮阳任所。杜牧用此典故,情调非常感伤。后二句用杜甫《九日蓝田崔氏庄》"明年此会知谁健? 醉把茱萸仔细看"诗意,情调更为凄婉。

齐安郡晚秋①

柳岸风来影渐疏②,使君家似野人居③。

云容水态还堪赏,啸志歌怀亦自如④。

雨暗残灯棋欲散,酒醒孤枕雁来初。

可怜赤壁争雄渡⑤,惟有蓑翁坐钓鱼⑥。

[注释]

①齐安郡:即黄州,故址在今湖北黄冈西北。唐文人习惯称州为郡,刺史为太守,故此处言齐安郡。

②柳岸句:谓秋风从柳岸吹来,岸边的柳叶已稀疏凋落。

③使君:汉时刺史为使君,汉以后对州郡长官亦尊称为使君。此处是杜牧自指。野人:乡野之人,平民。

④自如:不拘束,活动不受阻碍。

⑤可怜:可叹。赤壁:指黄州赤壁矶。

⑥蓑翁:穿着蓑衣的渔翁。

[点评]

这首诗约作于会昌三年(843),时杜牧在黄州刺史任。作者守黄州,是被人排挤出朝的,因而颇有投闲置散之感。诗写外放之后的寂寞苦闷情怀,也透露出闲逸的情思。且通过古今对比,抒发人世沧桑之感。"柳岸风来""云容水态",写齐安郡之景;"啸志歌怀""酒醒孤枕",抒作者失意之情;"野人居""棋欲散",

状闲逸之态。最后"可怜赤壁争雄渡,惟有蒙翁坐钓鱼",通过古今对比,抒发人世沧桑之感。清人金圣叹说:"此诗写尽世间无味,三复读之,不胜叹息。"(《选批唐诗》卷五下)钱谦益、何焯也说:"有不胜其感慨者,忆昔郡之赤壁,吴魏争雄其下,今者霸图寂寞,江山俨然,惟有渔翁垂钓而已,然则盛衰兴废,感慨可胜道哉!"(《唐诗鼓吹评注》卷六)

九日齐山登高①

江涵秋影雁初飞②,与客携壶上翠微③。

尘世难逢开口笑④,菊花须插满头归⑤。

但将酩酊酬佳节⑥,不用登临恨落晖⑦。

古往今来只如此,牛山何必独沾衣⑧。

[注释]

①九日:即九月九日重阳节,古时有登高的习俗。齐山在今安徽贵池县东南。

②江涵句:秋色映照在碧水之中,雁群开始南飞。涵,包容。

③与客句:与客人携带酒壶,结伴登上苍翠的山峰。翠微,轻淡青葱的山色,此处代指山坡。齐山有翠微亭,是杜牧为刺史时所建。

④尘世句:谓人世间难得有心情舒畅的日子。《庄子·盗跖篇》:"人上寿百岁,中寿八十,下寿六十,除病瘦死丧忧患,其中开口而笑者,一月之中不过四五日而已矣。"尘世,犹言人间。

⑤菊花句:谓与友人登山,自应菊花插满头,尽兴而归。古人有重阳插花的习惯,《輦下风时纪》:"九月宫掖间争插菊花,民俗尤盛。"又《续神仙传》:"许碏插花

满头,把花作舞,上酒家楼醉歌。"杜牧即化用其意。

⑥但将句:谓只有喝得酩酊大醉,才对得起这样的佳节。酩酊(mǐng dǐng),大醉的样子。《艺文类聚》卷四引《续晋阳秋》:"陶潜尝九月九日无酒,宅边菊丛中摘菊盈把,坐其侧,久望,见白衣至,乃王弘送酒也。即便就酌,醉而后归。"本句化用其事。

⑦不用句:不必在登山的时候,对着落日的余晖,惆怅伤感。

⑧牛山句:何必像齐景公那样游于牛山而潸然下泪呢?《韩诗外传》卷十一:"齐景公游于牛山之上,而北望齐曰:'美哉国乎! 郁郁泰山。使古死者,则寡人将去此而何之? 俯而泣下沾襟。'"又《晏子春秋·谏上》:"齐景公游于牛山,北临其国城而流涕曰:'若何滂滂去此而死乎?'"牛山,在山东淄博市东。

[点评]

　　这首诗作于会昌五年(845)重阳日。张祜会昌五年(845)来池州拜访杜牧,九月九日与杜牧同登齐山,牧作此诗,张祜也和作一首《和杜牧之齐山登高》:"秋溪南岸菊霏霏,急管繁弦对落晖。红叶树深山径断,碧云江静浦帆稀。不堪孙盛嘲时笑,愿送王弘醉夜归。流落正怜芳意在,砧声徒促授寒衣。"齐山在今安徽贵池县东南。九月九日即重阳节,古人在这一天要登高饮菊花酒。杜牧与张祜都怀才不遇,同病相怜,故九日登齐山时,感慨万千,因而此诗是抒发愤慨之作。但杜牧却故作旷达语,抑郁的情思难以排遣,而又不得不强自排遣。全诗爽快健拔而又含思凄恻,向被推为佳作。近人吴闿生称此诗:"感慨苍茫,小杜最佳之作。"(《唐宋诗举要》卷五引)后来继作者甚多,宋吴仲复《齐山》:"却自牧之赋诗后,每逢秋至菊含情。"明喻璧《游齐山》:"江涵秋影携壶处,千载人犹说牧之。"

湖南正初招李郢秀才^①

行乐及时时已晚^②，对酒当歌歌不成^③。

千里暮山重叠翠^④，一溪寒水浅深情^⑤。

高人以饮为忙事^⑥，浮世除诗尽强名^⑦。

看著白蘋芽欲吐^⑧，雪舟相访胜闲行^⑨。

[注释]

①正初：阴历正月初一。李郢，字楚望，大中时及进士第，官侍御史。秀才，唐人谓应进士者为秀才。时李郢尚未中进士，故称。"湖南"为"湖州"之误，李郢有《和湖州杜员外白蘋洲见忆》诗与之同韵可证。惟无版本依据，故不遽改。

②行乐及时：适时清遣娱乐。《古诗十九首》："生年不满百，常怀千岁忧。昼短苦夜长，何不秉烛游。为乐须及时，何能待来兹。"

③对酒当歌：用曹操《短歌行》意："对酒当歌，人生几何。譬如朝露，去日苦多。"

④千里句：谓湖州傍晚时分，可见到的是重叠的高山绵延千里。

⑤一溪句：谓带有寒意的溪水或深或浅，但都清澈见底。

⑥高人：超世俗的人。

⑦浮世句：谓人世间除了作诗外，一切都徒有虚名。浮世，人间，人世。旧时以为世事虚浮无定，故称。强名，虚名。

⑧白蘋：一种水中浮草，即马尿花。湖州有白蘋洲，盛生白蘋。宋谈钥《嘉泰吴兴志》卷五："白蘋洲在湖州府霅溪东南，梁太守柳恽《江南曲》：'汀洲采白蘋，日暮江南春。'后人因以名洲。""杜牧之有《题白蘋洲》诗。"

⑨雪舟相访:用王子猷雪夜访友事。《世说新语·任诞篇》:"王子猷居山阴,夜大雪,眠觉,开室命酌酒,四望皎然,因起彷徨,咏左思《招隐诗》。忽忆戴安道,时戴在剡,即便夜乘小船就之。经宿方至,造门不前而返。人问其故,王曰:'吾本乘兴而行,兴尽而返,何必见戴!'"

[点评]

　　这首诗作于大中五年(851)正月初一,时杜牧为湖州刺史。李郢有《和湖州杜员外白蘋洲见忆》诗:"白蘋亭上一阳生,谢朓新裁锦绣成。千嶂雪消溪影绿,几家梅绽海波清。已知鸥鸟长来狎,可许汀洲独有名? 多愧龙门重招引,即抛田舍棹舟行!"即酬和之作。这首诗是表达杜牧晚年心境的典型作品。正月初一是中国古来最为盛大的节日,这一天,千家万户庆贺新年的到来,常常载歌载舞。而杜牧这首诗却想行乐及时,但又赶不上时光,欲对酒当歌,也很难成事。大概是他经过了多年的弃逐,好容易盼到一朝回朝,但朝中非常复杂,并非理想之所,故于大中四年秋后,又主动要求出守湖州。在湖州的第一个春节就写下了这样的一首诗,对一个尚未及第的秀才李郢倾诉心曲。"高人以饮为忙事,浮世除诗尽强名",是经历了人世沧桑后的看破红尘之语,从中也可以窥见晚唐士人的心态及其对诗歌的影响。

正初奉酬歙州刺史邢群①

翠岩千尺倚溪斜,曾得严光作钓家②。

越嶂远分丁字水③,腊梅迟见二年花。

明时刀尺君须用④,幽处田园我有涯。

一壑风烟阳羡里⑤,解龟休去路非赊⑥。

[注释]

①正初:阴历正月初一。歙州刺史邢群,杜牧的友人,字涣思,及进士第,为浙西节度使幕吏,以杜牧荐,入朝为监察御史。会昌五年(845)由户部员外郎出为处州刺史。转歙州。大中三年(849)卒于东都洛阳,年五十。杜牧为其撰墓志铭。

②严光:字子陵,会稽余姚(今浙江余姚)人。少与光武帝刘秀同游学,有高名。秀称帝,光变姓名隐遁。秀派人觅访,征召到京,授谏议大夫,不受,退隐于富春山。《后汉书》载《隐逸传》。严子陵钓台在今浙江桐庐县富春山,下瞰富春渚,有东西二台,各高数百丈。见《读史方舆纪要》卷九十《严州府》。

③丁字水:清冯集梧《樊川诗集注》卷四引《一统志》:"严州府东阳江,在建德县东南二里,上流即衢、婺二港,至兰溪县合流,又北至县东南入浙江,形如丁字,亦名丁字水。"

④刀尺:剪刀和尺。喻指做官掌权。

⑤阳羡:在江苏宜兴南,自古以产茶著名,为风景胜地。杜牧其地有别墅。

⑥解龟:解去所佩的龟印,即辞官。赊:遥远。

[点评]

　　本诗作于大中二年(848)正月一日。元方回《瀛奎律髓》卷四:"前四句言各州之景,后四句言情,皆佳句也。"邢群是杜牧的友人,在此之前,写了一首诗给杜牧,即《郡中有怀寄睦州员外杜十三兄》:"城枕溪流更浅斜,丽谯连带邑人家。经冬野菜青青色,未腊山梅处处花。虽免嶂云生岭上,永无音信至天涯。如今岁晏从羁滞,心喜弹冠事不赊。"杜牧收到邢群诗后,就作了这首诗奉酬。诗的前四句写睦州的景色,翠岩千尺而倚溪流斜转,这正是绝好的隐居之地,故古代著名的隐者严光就在这里,并留下著名的钓台。这里万山叠嶂,溪流屈曲,而作者在这里已有二年。第五句勉励邢群做官掌权,为国效力;第六、七、八句写自己的志趣,要解印辞官,退隐田园。

听取满城歌舞曲

今皇帝陛下一诏征兵,不日功集,河湟诸郡,次第归降,臣获睹圣功,辄献歌咏①

捷书皆应睿谋期,十万曾无一镞遗②。

汉武惭夸朔方地③,宣王休道太原师④。

威加塞外寒来早⑤,恩入河源冻合迟⑥。

听取满城歌舞曲,凉州声韵喜参差⑦。

[注释]

①河湟:指黄河、湟水两流域地。《新唐书·吐蕃传》:"湟水出蒙谷,抵龙泉与河合。……故世举谓西戎地曰河湟。"

②十万句:谓十万大军收复河湟,轻而易举地取得成功,连一个箭头都不曾遗失。贾谊《过秦论》:"秦无亡矢遗镞之费,而天下诸侯已困矣。"

③汉武句:谓汉武帝曾驱逐匈奴,收复朔方地,如果他知道今天收复河湟之事,恐怕也对当年夸耀战功感到惭愧。汉武,指汉武帝,他曾于元朔二年(前127)遣将军卫青、李云出云中,至高阙,收河南地,置朔方、五原郡。事见《汉书·武帝纪》。

④宣王句:谓周宣王北伐玁狁,至于太原的赫赫战功,与现在相比,也就不值得称道了。宣王,即周宣王,西周时中兴之主,在位长达四十六年。《诗·小雅·六月》:"薄伐玁狁,至于大原。"大与太通。《毛诗序》认为是歌颂宣王北伐之诗。

⑤威加句:谓声威加于边塞之外,使异族之人感到胆慑,虽未到冬天,已很觉胆寒。

⑥恩入句:谓恩惠到了河源地区,使那里的老百姓感到无限温暖,似乎黄河冰冻的时间也推迟了。河源,黄河发源地,这里指河湟一带。

⑦凉州句:凉州本为西汉置,辖境相当今甘肃宁夏和青海湟水流域,内蒙古纳林河、穆林河流域,为汉武帝十三刺史部之一。事见《晋书·地理志》。唐天宝间乐曲,常以边地名,若《凉州》《伊州》《甘州》之类。这里"凉州",指凉州地区的乐曲。

[点评]

这首诗作于唐宣宗大中三年(849)。当时吐蕃内乱,久陷于河湟地区的汉人发动起义,唐朝廷也出兵响应,数月之间,收复了三州七关,河湟地区人民归回祖国。八月,河湟地区千余人到长安,唐宣宗在延喜门迎接,他们当众脱去胡服,换上汉装,观者皆欢呼雀跃。杜牧睹此圣功,故作这首诗。全诗赞扬了宣宗收复河湟的功业,表现了作者爱国主义的热情。

河　湟①

元载相公曾借箸②,宪宗皇帝亦留神③。

旋见衣冠就东市④,忽遗弓剑不西巡⑤。

牧羊驱马皆戎服⑥,白发丹心尽汉臣⑦。

惟有凉州歌舞曲,流传天下乐闲人⑧。

[注释]

①河湟:指湟水流入黄河一带地区。唐肃宗后,长期被吐蕃侵占,宣宗时收复。

②元载句：谓宰相元载曾经策划收复河湟。元载，字公辅，代宗时为相。曾任西州刺史。大历八年（773），他曾了解河西、陇右情况，并上书代宗，附上地图，以谋划收复河湟，并提出西北边防的措施。但代宗犹豫不决。事见《新唐书·元载传》。借箸，秦末楚汉战争时，郦食其劝刘邦立六国后代，共同攻楚。刘邦正在吃饭，张良入见，以为计不可行，说："臣请借前箸筹之。"事见《汉书·张良传》。意为借刘邦吃饭用的筷子，以指代当时形势。后用来指代人策划。此处谓元载代唐代宗谋划收复河湟。

③宪宗句：谓宪宗皇帝也对河湟之事很关心。留神，指留意西北边事。

④旋见句：谓不久以后，元载就得罪下狱，而被处死了。衣冠就东市，用西汉晁错事。晁错（前200—前154），汉颍川（今河南颍川）人。景帝即位，贵幸用事，迁为御史大夫，请削诸侯封地以尊京师。"吴楚七国果反，以诛错为名。及窦婴、袁盎进说，上令晁错衣朝衣，斩东市。"元载于大历十二年三月赐自尽，情形与晁错相似。

⑤忽遗句：谓唐宪宗突然去世，来不及巡视西北以收复河湟。遗弓剑，指皇帝死亡。传说黄帝铸鼎于荆山下，鼎成，有龙下迎，黄帝乘之升天，群臣后宫从上者七十余人。其余小臣不得上龙身，乃持龙髯，而龙髯拔落，并堕黄帝之弓，百姓遂抱其弓与龙髯而哭号。见《史记·封禅书》。后用为哀悼皇帝的典故。此处指唐宪宗之死。宪宗元和十五年（820）被宦官陈宏志所杀。

⑥牧羊句：谓汉人在河湟地区都穿着戎服驱羊牧马。意谓他们受吐蕃的奴役。戎，是古代对西方少数民族的通称。

⑦白发句：谓河湟治人的心，始终向着祖国，至老不变。汉臣，用《汉书·苏武传》事，喻河湟人民不忘故国。苏武出使匈奴被扣留，持汉节牧羊十九年，等到归汉时，须发尽白。

⑧惟有二句：谓凉州歌舞在国内广为流传，富贵闲人们以此消闲娱乐，而对河湟失地却漠不关心。凉州，唐河湟地区州名。歌舞曲，指以凉州命名的乐曲。

[点评]

　　唐天宝十四载（755），安史之乱爆发，吐蕃乘机侵略河湟一带，对唐王朝造成极大的威胁，当地人民也长期遭受奴役。具有忧国忧民热情与经邦济世抱负的杜牧，对于吐蕃统治者侵占的河湟地区，一直很关心。这首诗是杜牧的感时之作,表达了关怀国家命运,要求收复失地的愿望。诗在艺术上的成就首先是精于用典。第一句用张良借箸代筹事,第三句用晁错被斩事,第四句用黄帝乘龙事,其意都是对河湟没有收复表示叹惜;第五、六句用苏武牧羊事,对沦陷区人民的白发丹心表示赞许。这样使得全诗典雅凝重,别有风韵。其次作者成功地运用了分承对比的方法。第三句承第一句,第四句承第二句,分咏和合咏结合,显得跌宕有致俊爽不群,在结构上更紧凑。再次是用对比手法。一是将当时朝廷统治者和前朝宪宗李纯、宰相元载加以比较,暗寓当时统治者的苟且偷安;二以君臣们收复失地的愿望与结果的反差对比;三是将统治者沉溺于来自河湟的凉州歌舞,与沦陷地区百姓的艰难处境及其坚贞的爱国之心对比,暗寓统治者的不思进取;四是以艰难百姓与富贵闲人对比。通体不着一字议论,然一褒一贬,爱憎分明。其缺陷在于首句过于质朴,缺乏文采,故后人不甚赞赏。

奉和白相公圣德和平,致兹休运,岁终功就,合咏盛明,呈上三相公长句四韵[①]

行看腊破好时光[②],万寿南山对未央[③]！

黠戛可汗修职贡[④],文思天子复河湟[⑤]。

应须日御西巡狩[⑥],不假星弧北射狼[⑦]。

吉甫裁诗歌盛业[⑧],一篇江汉美宣王[⑨]。

[注释]

①白相公:即白敏中,会昌六年入相,大中三年罢为尚书右仆射。三相公:即马植、魏扶、崔铉。与白敏中同在相位。

②腊破：腊月已尽，春天到来。本句行看腊破，指腊月即将结束。

③万寿南山：祝人吉祥之语，犹今日常言之"寿比南山"。南山，唐长安城南的终南山。未央：汉宫名，代指唐朝宫殿。

④黠戛可汗：即黠戛斯的头领。黠戛斯是古代的坚昆国，其君主阿热。会昌中，阿热遣注吾合素至京师，武宗以其地穷远而能修职贡，命太仆卿赵蕃慰问其国。

⑤文思天子：指唐宣宗。因为大中二年，群臣上尊号为"圣敬文思和武光孝皇帝"。复河湟：大中三年二月，陇西人民以秦、原、安乐三州及石门等七关来归。八月，河陇收复后，老幼千余人来长安，脱胡服，易汉服，宣宗登延喜门楼见之，皆舞蹈呼万岁。杜牧亲睹其盛，作此诗歌颂。

⑥日御：即羲和，神话中的御日者。

⑦星弧：即弧星，又称天弓星，在狼星东南。古人认为，天弓星主备盗贼，常向于狼。弧矢动移不如常者，多盗贼，蕃兵大起，天下乖乱。

⑧吉甫：即尹吉甫，古代著名的贤臣。

⑨江汉：《诗经》的篇名，传说是尹吉甫所作，歌颂周宣王的功业。杜牧用这一典故，歌颂唐宣宗，可谓别具匠心。

[点评]

这首诗作于大中三年（849），这一年的二月，吐蕃内乱，陇西人民以秦、原、安乐三州及石门等七关来归。朝廷以太仆卿陆耽为宣谕使，诏泾原、灵武、凤翔、邠宁、振武皆出兵应接。六月，泾原节度使康季荣取原州及石六等六关。七月，灵武节度使朱叔明取安乐州，邠宁节度使张君绪取萧关，凤翔节度使李玭取秦州。八月，河陇收复后，老幼千余人来长安，脱胡服，易汉服，宣宗登延喜门楼见之，皆舞蹈呼万岁。杜牧亲睹其盛，曾作《今皇帝陛下一诏征兵，不日功集，河湟诸郡，次第归降，臣获睹圣功，辄献歌咏》诗。年底，宰相白敏中作《贺收秦原诸州诗》，马植、魏扶、崔铉都有和作，杜牧此时正在京为司勋员外郎，故作此诗以歌颂。全诗主要是写唐宣宗收复河湟的功业，末二句用尹吉甫作《江汉》诗歌颂周宣王的典故，歌颂白敏中等宰相辅佐唐宣宗功绩。

天外凤凰谁得髓

读韩杜集^①

杜诗韩集愁来读，似倩麻姑痒处抓^②。

天外凤凰谁得髓，无人解合续弦胶^③。

[注释]

①韩即韩愈，杜即杜甫。中唐、盛唐时期的大文学家。

②倩：请。麻姑：传说中女仙。东汉桓帝时，仙人王远降于蔡经家，召麻姑至，年十八九，甚美。自云："接待以来，已见东海三为桑田。向到蓬莱，水又浅于往者会时略半也，岂将复还为陵陆乎？"蔡经见麻姑手指纤细似鸟爪，自念："背大痒时，得此爪以爬背，当佳。"事见《太平广记》卷六十引葛洪《神仙传》。

③天外二句：谓韩、杜之作无人接响，如同凤髓难求，没有办法把折断的弓弦续上。续弦胶，古代神话，称凤麟洲以凤啄麟角合煮作胶，名续弦胶，又名集弦胶、连金泥，弓弦或刀剑断折，著胶即可连接。见旧题汉东方朔《十洲记》、晋张华《博物志》卷二。

[点评]

　　韩即韩愈，杜即杜甫。中唐、盛唐时期的大文学家。杜牧诗文深受杜甫、韩愈的影响，这首诗就是杜牧写读韩杜集的感受，表现了对韩、杜文学成就的推崇。诗的前二句是正面抒写自己的感受。后二句是侧面描写，用奇特的比喻，说明无人能够继续杜甫与韩愈在诗文上的高度成就。全诗四句，两处用典，但不见生涩，可见杜牧作绝句的功力。诗的第三句，不言"凤啄"，而言"凤髓"，是死典活用，别具韵味。宋何薳《春渚纪闻》卷七《牧之诗误》条："《十洲记》载，凤麟洲上多麟凤,人取凤味及麟角合煎为胶,号集贤胶,又名连金泥。汉武帝时,西国王使至,献胶四两,尝于上林续弦者是也。而杜牧之诗有'天上凤凰难得髓,无人解合续弦胶',恐'髓'字误,然髓亦安可为胶也。"未免过于拘泥。

　　杜牧这首诗,一方面表现对杜、韩的钦佩,另一方面也是针对当时的文风有感而发。晚唐时期,伤时的诗篇日趋减少,代之而来的是"纤艳不逞"的"淫言媟语"。散文创作更趋于形式主义倾向,骈文再度统治文坛。杜牧为诗,"本求高绝,不务奇丽,不涉习俗,不今不古,处于中间"(《献诗启》),作文是"铺陈功业,称较短长"(《上安州崔相公启》),颇有力矫时弊之意。本诗正是他文学主张与文学实践的具体表现。

屏风绝句

屏风周昉画纤腰①,岁久丹青色半销②。

斜倚玉窗鸾发女③,拂尘犹自妒娇娆④。

[注释]

①屏风:室内陈设。用以挡风或遮蔽的器具,上面常有字画。周昉:字景玄,京兆人。唐朝著名的画家。其画现存有《簪花仕女图》《纨扇仕女图》《调琴啜饮图》等。纤腰:代指女子。

②丹青:指画像,图画。

③鸾发:鸾髻。

④娇娆:柔美妩媚。

这是一首题屏风画的诗。这幅画是唐朝大画家周昉所作。其画最擅长表现上层妇女的日常生活,故用之屏风较多。杜牧这首题画之作,前二句是正面描写,后二句是侧面描写。由倚窗少妇见到画中之人,顿生嫉妒之心,从而衬托出画之高妙。这是深一层的写法。读者由此可以想见,周昉"丹青色半销"的旧画尚且如此,则当其初画成时,其魅力就可想而知了。

雪晴访赵嘏街西所居三韵^①

命代风骚将^②,谁登李杜坛^③。

少陵鲸海动^④,翰苑鹤天寒^⑤。

今日访君还有意,二条冰雪独来看。

[注释]

①赵嘏:杜牧友人。会昌四年登进士第,大中中官至渭南尉。街西:唐长安以朱雀门街为中心,万年、长安二县以此为界。万年领街东五十四坊及东市,长安领街西五十四坊及西市。
②风骚:借指诗歌。
③李杜:李白与杜甫,盛唐时期伟大的诗人。
④少陵:指杜甫,因其家于长安少陵原,故称杜少陵。
⑤翰苑:指李白,因李白曾被召入长安,为翰林待诏,故称。

［点评］

　　这首诗是杜牧称赞友人赵嘏之作。赵嘏字承祐,是晚唐的著名诗人,因其名句"残星几点雁横塞,长笛一声人倚楼",而被时人称为"赵倚楼"。杜牧认为在当时诗坛上,赵嘏的地位就像盛唐时期的李白与杜甫一样,当然这是一种夸张的说法。这首诗最值得重视的是杜牧对于李白与杜甫的推崇以及对于二人诗歌风格的认识。他认为李杜是盛唐诗坛上独领风骚的大诗人,这就确定了二人崇高的地位。"少陵鲸海动,翰苑鹤天寒",用两个贴切的比喻表现出二人诗歌的风格特征。杜甫诗深沉浑厚,如同大海鲸翻;李白的诗飘逸俊爽,如同独鹤冲天。从杜牧对于李、杜诗歌的看法,我们可以体会出唐人对本朝诗人的认识。

杜牧简明年谱

[唐德宗贞元十九年癸未(803)]　1岁

○杜牧字牧之,京兆万年(今陕西西安南)人。

○杜牧的生平事迹,附于《旧唐书》卷一四七、《新唐书》卷一六六《杜佑传》。《樊川文集》中又有其《自撰墓志铭》。诸书均言其为京兆万年人。杜牧甥裴延翰作《樊川文集序》,称其居于长安城南下杜樊乡。

○杜牧的生卒年,学界曾有歧见。两《唐书》本传仅言其卒年五十,未言具体年代。清钱大昕《疑年录》始定其生于贞元十九年癸未(803),卒于大中六年壬申(852)。其后岑仲勉先生据《旧唐书》本纪中材料,考其卒于大中七年(853),王达津先生更考其卒于大中十一年(857),所据均为《旧唐书》本纪。著名的杜牧研究专家缪钺先生,先后作了《杜牧卒年考》《杜牧年谱》等著作,考证杜牧卒于大中六年,堪为定论。

○本年,杜牧祖父杜佑自淮南节度使拜检校司空、同中书门下平章事。

○本年孟郊五十二岁,韩愈三十五岁,刘禹锡三十一岁,白居易三十一岁,柳宗元三十岁,元稹二十四岁,牛僧孺二十四岁,李德裕十七岁,贾岛十五岁,李贺十四岁。

[贞元二十年甲申(804)]　2岁

○父杜从郁为太子司议郎约在本年。

[贞元二十一年乙酉(即顺宗永贞元年)(805)]　3岁

○祖父杜佑进检校司徒,兼度支盐铁使,旋加弘文馆大学士。

[宪宗元和元年丙戌(806)]　4岁

○祖父杜佑拜司徒,封岐国公。

○约于本年,父杜从郁拜左补阙,降授左拾遗,改为秘书丞。

[元和二年丁亥(807)]　5岁

○弟杜颛生。

[元和七年壬辰(812)]　10岁

○六月,祖父杜佑以太保致仕。十一月卒,年七十八,册赠太傅,谥曰安简。

○李商隐约生于本年。

○温庭筠约生于本年。

[元和八年癸巳(813)]　11 岁

○四月,祖父杜佑葬于长安城南少陵原。父从郁为驾部员外郎,伯父师损为司农少卿,式方为昭应县令。

[元和九年甲午(814)]　12 岁

○从兄杜悰娶岐阳公主,加银青光禄大夫、殿中少监、驸马都尉。

○本年孟郊卒,年六十四。

[元和十年乙未(815)]　13 岁

○本年,沈亚之及进士第。

[元和十一年丙申(816)]　14 岁

○本年,李贺卒,年二十七。

[元和十四年己亥(819)]　17 岁

○本年柳宗元卒,年四十七。

[元和十五年庚子(820)]　18 岁

○正月,宪宗为宦官陈宏志所弑,太子李恒即位,是为穆宗。

○本年,李中敏及进士第。

[穆宗长庆二年壬寅(822)]　20 岁

○杜牧本年始读《尚书》《毛诗》《左传》《国语》及十三代史书。

○三月,从父杜式方卒于桂管观察使任,赠礼部尚书。

[长庆四年甲辰(824)]　22 岁

○李甘及进士第。

○韩愈卒,年五十七。

○本年三月,穆宗卒,太子李湛即位,是为敬宗。

[敬宗宝历元年乙巳(825)]　23 岁

○敬宗即位之后,大起宫室,广声色。杜牧作《阿房宫赋》以讽刺之。

○文:《阿房宫赋》《上昭义刘司徒书》。

[宝历二年丙午(826)]　24 岁

○李方玄及进士第。

[文宗大和元年丁未(827)]　25 岁

○游同州澄城县,遇谭宪,谈其兄谭忠事,作《燕将录》。

○杜牧曾游涔阳,盖因从兄杜悰官于澧州。涔阳唐时即澧州,今湖南澧县。

○文:《燕将录》《窦列女传》《同州澄城县户工仓尉厅壁记》。

[大和二年戊申(828)] 26岁

○正月,在东都洛阳应进士试。知贡举为礼部侍郎崔郾。

○二月放榜,杜牧以第五人及进士第。及第后随即要赴长安应关试。杜牧作《及第后寄长安故人》诗。

○三月,在长安应制科,登贤良方正能直言极谏科。释褐弘文馆校书郎,试左武卫兵曹参军。

○十月,应江西观察使沈传师之辟,为江西团练巡官,试大理评事。江西观察使治所在洪州,即今江西南昌。

○本年,李远作《上弘文杜校书》诗,上于杜牧。

○诗:《及第后寄长安故人》《赠终南兰若僧》。

[大和三年己酉(829)] 27岁

○杜牧在江西观察使幕中。

○春,杜牧曾到三吴,拜访朱处士,与他纵谈时事。

○本年,邢群及进士第。

[大和四年庚戌(830)] 28岁

○杜牧在江西观察使幕中。

○九月,沈传师迁宣歙观察使,杜牧又随从至宣城。宣城今属安徽省。

○本年正月,牛僧孺自武昌军节度使召还守兵部尚书、同平章事,杜牧有诗寄之。

○诗:《寄牛相公》。

[大和五年辛亥(831)] 29岁

○杜牧在宣歙观察使幕中。

○十月,沈述师托杜牧为李贺作集序。

○本年,元稹卒,年五十三。

○文:《李贺集序》。

[大和六年壬子(832)] 30岁

○杜牧在宣歙观察使幕中。

○杜牧弟杜顗二十六岁,及进士第。

○许浑及进士第。

○诗:《赠沈学士张歌人》《和宣州沈大夫登北楼书怀》。

[大和七年癸丑(833)] 31岁

○杜牧在宣歙观察使幕中。

○四月,沈传师内召为吏部侍郎,杜牧应淮南节度使牛僧孺之辟,至扬州,为淮南节度推官,监察御史里行,转掌书记。

○诗:《宣州留赠》。

[大和八年甲寅(834)] 32岁

○杜牧在淮南节度使幕中,为掌书记。愤河北三镇之桀骜,对于朝廷姑息之政,提出中肯的意见,作《罪言》。

○本年十一月,李德裕为镇海军节度使,辟杜牧弟杜顗为巡官。杜顗赴任时经扬州与杜牧相会,牧作《送杜顗赴润州幕》。

○诗:《诗州三首》《送杜顗赴润州幕》《牧陪昭应卢郎中在江西、宣州,佐今吏部沈公幕,罢府周岁,公宰昭应,牧在淮南,縻职叙旧,成二十韵,用以投寄》。

○文:《罪言》《原十六卫》《淮南监军使院厅壁记》《上知己文章启》。

[大和九年乙卯(835)] 33岁

○杜牧入朝为监察御史,在长安供职。

○七月,杜牧友人侍御史李甘反对郑注、李训,被贬为封州司马,杜牧移疾分司东都。

○本年,杜牧在洛阳东城遇张好好,感旧伤怀,作《张好好诗》。

○本年十一月,李训、郑注谋诛宦官,所谋为宦官识破,宦官杀宰相王涯、贾𫗧、舒元舆等四宰相及众多朝官,史称"甘露之变"。

○诗:《张好好诗并序》《赠别》《送容州中丞赴镇》《送王侍御赴夏口座主幕》。

[开成元年丙辰(836)] 34岁

○杜牧为监察御史分司东都。

○诗:《洛中送冀处士东游》《洛阳长句二首》《东都送郑处诲校书赴上都》《洛中二首》《兵部尚书席上作》《故洛阳城有感》《题敬爱寺楼》《金谷园》。

[开成二年丁巳(837)] 35岁

○杜牧为监察御史、分司东都。弟杜顗患眼疾,居于扬州禅智寺。杜牧迎同州眼医石生至洛阳,又与石生同赴扬州,视弟眼病。

○八月,与弟由扬州渡江至宣州,应宣歙观察使崔郸之辟为团练判官,殿中侍御史内供奉。

○本年,长男曹师生。

○本年,李商隐及进士第。

○诗:《杜秋娘诗并序》《洛中监察病假满送韦楚老拾遗归朝》《题扬州禅智寺》《将赴宣州留题扬州禅智寺》《陕州醉赠裴四同年》。

○文:《投知己书》。

[开成三年戊午(838)] 36岁

○杜牧为宣州团练判官。

○夏,与孟迟会于宣城,仲秋同往历阳会和州刺史裴俦,又同游当涂县牛渚矶。

○冬,迁左补阙,史馆修撰。

○诗:《题宣州开元寺》《题宣州开元寺水阁,阁下宛溪夹溪居人》《宣州开元寺南楼》《题元处士高亭》《有感》《句溪夏日送卢霈秀才归王屋山将欲赴举》《卢秀才将出王屋,高步名场,江南相逢赠别》《偶游石盎僧舍》《赠朱道灵》《别沈处士》。

○文:《上淮南李相公状》。

[开成四年己未(839)] 37岁

○初春,杜牧由宣州赴京,取道长江、汉水、南阳、武关一线。携弟至浔阳,将弟安排于从兄杜慥处。随后赴京,就任左补阙,史馆修撰。

○诗:《李甘诗》《自宣州赴官入京,路逢裴坦判官归宣州,因题赠》《村行》《宣州送裴坦判官往舒州,时牧欲赴官归京》《自宣城赴官上京》《往年随故府吴兴公夜泊芜湖口,今赴官西去,再宿芜湖,感旧伤怀,因成十六韵》《商山麻涧》《商山富水驿》《丹月》《丹水》《题武关》《除官赴阙商山道中绝句》《汉江》《途中作》《初春雨中舟次和州横江,裴使君见迎,李赵二秀才同来,因书四韵,兼寄江南许浑先辈》《和州绝句》《题乌江亭》《题横江馆》《入商山》《题商山四皓庙一绝》《送牛相公出镇襄州》。

○文:《唐故范阳卢秀才墓志》《唐故岐阳公主墓志铭》。

[开成五年庚申(840)] 38岁

○杜牧本年转膳部、比部员外郎,皆兼史职。

○冬,请假往浔阳视弟眼疾,仍取道汉上。

○诗:《冬至日寄小侄阿宜诗》《襄阳雪夜感怀》。

[武宗会昌元年辛酉(841)] 39岁

○杜牧在浔阳。

○四月,从兄杜慥由江州迁蕲州刺史,杜牧与弟杜顗又随至蕲州。蕲州治所在今湖北蕲春。

○七月,归长安。

○本年冬,孟迟来长安,与杜牧相会。

○本年,次子洼洼生。

○诗:《奉和门下相公送西川相公兼领相印出镇全蜀诗十八韵》《罢钟陵幕十三年来泊溢浦感旧为诗》《许秀才至辱李蕲州绝句,问断酒之情,因寄》《十九兄郡楼有宴病不赴》。

○文:《与浙西卢大夫书》《上宣州崔大夫书》《荐王宁启》。

[会昌二年壬戌(842)] 40岁

○四月,杜牧出为黄州刺史。杜牧出守的原因大概是受李德裕的排挤。在黄州时,又迎眼医石公集至蕲州视弟眼疾。

○秋,送弟至扬州,依从兄杜悰,时杜悰为淮南节度使。

○诗:《郡斋独酌》《雪中书怀》《自遣》《早雁》《题安州浮云寺楼寄湖州张郎中》《春日言怀寄虢州李常侍十韵》《云梦泽》。

○文:《上门下崔相公书》《上李中丞书》《上池州李使君书》《黄州准赦祭百神文》《黄州刺史谢上表》。

[会昌三年癸亥(843)] 41 岁

○杜牧在黄州刺史任。上书于宰相李德裕论讨伐泽潞用兵策略,德裕颇采其言。

○本年贾岛卒,年五十六。

○诗:《东兵长句十韵》。

○文:《上李司徒相公论用兵书》《祭城隍神祈雨文》《第二文》。

[会昌四年甲子(844)] 42 岁

○杜牧在黄州刺史任。

○九月,迁池州刺史。池州治所在贵池县,今属安徽。

○本年秋冬间,杜牧贡孟迟、卢嗣立入京应举,次年二人均中进士第。

○本年杜牧上李德裕书论北边防御回鹘事,德裕颇为称善。

○诗:《皇风》《即事黄州作》《雨中作》《齐安郡晚秋》《齐安郡中偶题二首》《齐安郡后池绝句》《题齐安城楼》《兰溪》《黄州竹径》《题木兰庙》《黄州偶见作》《寄浙东韩乂评事》《早春寄岳州李使君,李善棋爱酒,情地闲雅》《题桃花夫人庙》《赤壁》。

○文:《上李太尉论北边事启》《贺中书门下平泽潞启》《塞废井文》。

[会昌五年乙丑(845)] 43 岁

○杜牧在池州刺史任。上书于宰相李德裕,论江贼事。

○本年,诗人张祜来池州拜访杜牧,二人于九月九日同游齐山。

○本年四月,李方玄卒于宣城客舍,年四十三。

○诗:《登池州九峰楼寄张祜》《九日齐山登高》《池州李使君殁后十一日,处州新命始到,后见归妓,感而成诗》《游齐州林泉寺金碧洞》《题张祜处士见寄长句四韵》《还俗老僧》《斫竹》《赠张祜》。

○文:《唐故宣州观察使御史大夫韦公墓志铭》《池州造刻漏记》《池州重起萧丞相楼记》《上李太尉论江贼书》《祭故处州李使君文》《与人论谏书》。

[会昌六年丙寅(846)] 44 岁

○杜牧在池州刺史任。

○秋,杜牧与来池州的孟迟相会,并送其离池州。

○九月,迁睦州刺史,十二月,抵睦州任所。睦州属今浙江建德市。

○本年白居易卒，年七十五。

○诗：《池州送孟迟先辈》《重送》《春末题池州弄水亭》《新定途中》《题池州弄水亭》《池州弄水亭》《池州春送前进士蒯希逸》《池州清溪》《题池州贵池亭》《见吴秀才与池妓别，因成绝句》《秋浦途中》《送薛邽二首》《登九峰楼》《润州二首》《登池州九峰楼寄张祜》《池州废林泉寺》《残春独来南亭寄张祜》。

○文：《祭木瓜神文》《上白相公启》《上宣州高大夫书》《代人举蒋系自代状》《上安州崔相公启》《杭州新造南亭子记》。

[宣宗大中元年丁卯(847)]　45 岁

○杜牧为睦州刺史。

○诗：《初春有感寄歙州邢员外》《正初奉酬歙州刺史邢群》《送卢秀才一绝》《泊秦淮》。

○文：《送卢秀才赴举序》。

[大中二年戊辰(848)]　46 岁

○杜牧为睦州刺史。

○八月，内擢为司勋员外郎，史馆修撰。

○九月，取道金陵、宋州赴京。途中会弟杜顗于扬州，住三十日后又西上长安。

○十二月，抵长安。

○本年十月，牛僧孺卒，年六十九。

○诗：《江南怀古》《秋晚早发新定》《除官赴京睦州雨霁》《夜泊桐庐先寄苏台卢郎中》《朱坡绝句三首》《忆游朱坡四韵》《昔事文皇帝三十二韵》《睦州四韵》《题新定八松院小石》《史将军二首》《送国棋王逢》《重送绝句》《寄内兄和州崔员外十二韵》《寄珉笛与宇文舍人》《晚泊》。

○文：《上吏部高尚书状》《上刑部崔尚书状》。

[大中三年己巳(849)]　47 岁

○杜牧为司勋员外郎、史馆修撰。

○闰十一月，上书宰相求杭州，不获。

○本年，李商隐在长安，赠《杜司勋》《寄杜十三员外》诗与杜牧。

○诗：《今皇帝陛下一诏征兵，不日功集，河湟诸郡，次第归降，臣获睹圣功，辄献歌咏》《奉和白相公圣德和平，致兹休运，岁终功就，合咏盛明，呈上三相公长句四韵》《夏州崔常侍自少常亚列出领麾幢十韵》《李侍郎于阳羡里富有泉石，牧亦于阳羡粗有薄产，叙旧述怀，因献长句四韵》《奉送中丞姊夫俦自大理卿出镇江西，叙事书怀因成十二韵》《中丞业深韬略，志在功名，再奉长句一篇，兼有诤劝》《许七侍御弃官东归，潇洒东南，颇闻自适，高秋企望，题诗寄赠十韵》。

○文:《唐故江西观察使武阳公韦公神道碑》《唐故太子少师奇章郡开国公赠太尉牛公墓志铭》《上周相公书》《进撰故江西韦大夫遗爱碑文表》《为中书门下请追尊号表》《谢许受江西送彩绢等状》《上宰相求杭州启》。

[大中四年庚午(850)] 48岁

○杜牧为司勋员外郎、史馆修撰。三上宰相书,求为湖州刺史。

○秋,转吏部员外郎,尚未叙朝散,即出任湖州刺史。湖州治所在今浙江湖州。

○诗:《长安杂题长句六首》《题永崇西平王宅太尉愬院六韵》《题桐叶》《道一大尹、存之学士、庭美学士,简于圣明,自致霄汉,皆与舍弟昔年还往,牧支离穷悴,窃于一麾,书美歌诗,兼自言志,因成长句四韵,呈上三君子》《将赴吴兴登乐游一绝》《寄李起居四韵》《新转南曹,未叙朝散,初秋暑退,出守吴兴,书此篇以自见志》《将赴湖州留题亭菊》《湖南正初招李郢秀才》《题吴兴消暑楼十二韵》《奉和仆射相公春泽稍僭,圣君轸虑,嘉雪忽降,品汇昭苏,即事书成四韵》《寝夜》。

○文:《上河阳李尚书书》《上宰相求湖州第一启》《第二启》《第三启》。

[大中五年辛未(851)] 49岁

○杜牧在湖州刺史任。

○八月,内擢为考功郎中、知制诰。

○本年二月,杜牧弟杜颛卒,年四十五。

○诗:《沈下贤》《题茶山》《茶山下作》《入茶山下题水口草市绝句》《春日茶山病不饮酒呈宾客》《早春赠军事薛判官》《代吴兴妓春初寄薛军事》《八月十二日得替后,移居霅溪馆,因题长句四韵》《隋堤柳》《途中一绝》《和严恽秀才落花》《题白蘋洲》《七绝一首》。

○文:《唐故进士龚轺墓志》《上盐铁裴侍郎书》《祭周相公文》《祭龚秀才文》《贺平党项表》《裴休除礼部尚书,裴谂除兵部侍郎等制》《张直方授左骁卫将军制》《姜阅贬岳州司马等制》《朱能裕除景陵判官制》《沙州专使押衙吴安正等二十九人授官制》《敦煌郡僧正慧菀除临坛大德制》。

[大中六年壬申(852)] 50岁

○杜牧为考功郎中、知制诰。

○岁中,迁中书舍人。

○十一月,患病,自撰墓志铭,于年底卒。

○妻河东裴氏,朗州刺史裴偡之女,先杜牧而卒。

○长男曹师,年十六;次曰洼洼,年十二;别生二男,曰兰、曰兴;一女曰真。曹师即杜晦辞,仕至淮南节度判官;洼洼,即杜德祥,仕至礼部侍郎。

○诗:《华清宫三十韵》《早春阁下寓直,萧九舍人亦直内署,因寄书怀四韵》《秋晚与沈十四舍人期游樊川不至》《留诲曹师等诗》《岁日朝回口号》。

○文:《唐故东川节度检校右仆射兼御史大夫赠司徒周公墓志铭》《唐故淮南支使试大理评事兼监察御史杜君墓志铭》《自撰墓志铭》《贺生擒衡州草贼邓裴表》《代裴相公让平章事表》《又代谢赐批答表》《又谢赐告身鞍马状》《论阖内延英奏对书时政记状》《高元裕除吏部尚书制》《毕諴除刑部侍郎制》《李珏册赠司空制》《李讷除浙东观察使兼御史大夫制》《薛逢除秦州刺史制》《卢籍除河东副使,李推贤殿中丞,高湜除湖南推官,薛廷杰桂管支使等制》《赖师贞除怀州长史,周少鄘除虢州司马,王桂直除道州长史等制》《冯少端等湖南军将授官制》《张直方贬恩州司户制》《谢赐御札提举边将表》《代人举周敬复自代状》《韦有翼除御史中丞制》《令狐定赠礼部尚书制》《郑处海守职方员外郎兼侍御史知杂事制》《李文举除睦州刺史制》《窦弘余加官依前台州刺史苏庄除邓州刺史等制》《韦退之除户部员外郎裴德融除殿中侍御史卢颖除监察御史等制》《韦宗立授检校仓部员外郎知盐铁庐寿院等制》《李雱除检校刑部员外郎充盐铁岭南留后郑蕃除义武军推官等制》。

说明 本简谱参考了下列论著:

○缪钺《杜牧年谱》,人民文学出版社1980年9月版。

○吴在庆《杜牧论稿》,厦门大学出版社1991年3月版。

○胡可先《杜牧研究丛稿》,人民文学出版社1993年9月版。

○郭文镐《杜牧诗文系年小札》,《人文杂志》1984年第6期。

○曹中孚《杜牧诗文编年补遗》,《江淮论坛》1984年第3期。

○王西平《杜牧诗文系年考辨》,《西北大学学报》1986年第1期。

河南文艺出版社部分诗词类图书

臧克家　主编

毛泽东诗词鉴赏·增订二版　大32开(精)　30.00元(已出)

季世昌　徐四海　主编

毛泽东诗词唱和　16开(精)　30.00元(已出)

陈祖美　主编

唐宋诗词名家精品类编(全套十种)

黄河之水天上来·李　白集　大16开(平)　46.00元(已出)

每依北斗望京华·杜　甫集　大16开(平)　42.00元(已出)

相见时难别亦难·李商隐集　大16开(平)　46.00元(已出)

烟笼寒水月笼沙·杜　牧集　大16开(平)　32.00元(已出)

万里归心对月明·唐代合集　大16开(平)　49.00元(已出)

一蓑烟雨任平生·苏　轼集　大16开(平)　46.00元(已出)

杨柳岸晓风残月·柳　永集　大16开(平)　39.00元(已出)

但悲不见九州同·陆　游集　大16开(平)　45.00元(已出)

壮岁旌旗拥万夫·辛弃疾集　大16开(平)　40.00元(已出)

云中谁寄锦书来·宋代合集　大16开(平)　46.00元(已出)

贺新辉　主编

元曲名家精品鉴赏(全套五种)

错勘贤愚枉作天·关汉卿集　(已出)

天边残照水边霞·白　朴集　(已出)

困煞中原一布衣·马致远集　(已出)

愿有情人都成眷属·王实甫集　(已出)

重冈已隔红尘断·元代合集　(已出)

广东中华诗词学会　编

中华新韵府·韵字袖珍版　128开(精)　6.00元(已出)

李中原　编

历代倡廉养操诗选　大32开(平)　18.00元(已出)

邓国光　曲奉先　编

中国历代咏月诗词全集　大32开(精)　50.00元(已出)

史焕先　主编

江水北上——"南水北调邓州情"诗歌作品选　16开(精)　38.00元(已出)

本社图书邮购地址:(450011)郑州市鑫苑路18号11号楼

河南文艺出版社　图书发行